| 톨스토이 대표단편선 |

톨스토이 대표 단편선

개정 4판 1쇄 인쇄 2024년 02월 15일
개정 4판 1쇄 발행 2024년 02월 20일

지은이 | 톨스토이
엮은이 | 박은주
펴낸이 | 이현순
일러스트 | 정원미

펴낸 곳 | 백만문화사
출판신고 | 2001년 10월 5일 제2013-000126호
주소 | 서울시 마포구 토정로 214, 지하1층 (신수동)
전화 | 02)325-5176 팩스 | 02)323-7633
전자우편 | bmbooks@naver.com
홈페이지 | http://www.bm-books.com

Translation Copyright© 2024 by BAEKMAN Publishing Co.
Printed & Manufactured in Seoul, Korea

ISBN 978-11-89272-40-1(03890)
값 16,000원

세월이 흘러갈수록 더욱 좋은 책!

톨스토이
대표 단편선

| 레프 니콜라예비치 톨스토이 · 박은주 옮김 |

백만문화사

C·O·N·T·E·N·T·S

톨스토이 대표 단편선 *Representative best stories of Tolstoy*

사람은 무엇으로 사는가

-Lev Nikolaevich Tolstoi

사람은 무엇으로 사는가

-Lev Nikolaevich Tolstoi

1

한 구두장이가 아내와 자녀들을 데리고 어느 농가의 2층에 세 들어 살고 있었다. 이 구두장이는 자기 집도 땅도 없었기 때문에 오직 구두 만드는 일을 해서 가족들을 부양하고 있었다. 하지만 빵값은 비싸고 품삯은 얼마 되지 않았기 때문에 버는 것은 모두 먹는 것에 들어가기 바빴다. 가난한 이 구두장이는 단 한 벌의 모피 외투를 가지고 부인과 둘이서 번갈아 입고 있었는데 그것마저 낡아서 누더기가 되어 있었다. 그래서 그는 2년 전부터 새 외투를 만들기 위해 양가죽을 사야겠다고 마음먹고 있었다.

가을로 접어들자 이 구두장이에게도 조금은 여유가 생겼다. 아내의 작은 가방 속에는 3루블이 들어 있었고 또 마을 사람들에게 5루블 20코페이카를 빌려 준 것이 있었다.

그래서 구두장이는 아침부터 양가죽을 사기 위해 돈을 빌려

준 마을 사람들을 찾아갈 준비를 했다. 그는 식사를 마치고 루바슈카(러시아의 민족의상으로 남자의 상의) 위에다 부인의 재킷을 걸쳤다. 그 위에 다시 단 한 벌의 긴 낡은 모피 외투를 껴입고 3루블의 지폐를 주머니에 넣고 나뭇가지로 지팡이를 만들어 마을을 향해 길을 떠났다. 그는 속으로 이렇게 생각했다.

'마을 사람들에게 빌려 준 5루블을 받고 주머니에 있는 3루블을 보태어 새 외투를 만들 양가죽을 사는 거야.'

구두장이는 마을에 도착하여 돈을 빌려간 농부의 집을 찾아갔다. 그러나 농부는 외출 중이었다. 대신 그 농부의 부인이 있었고 1주일 안으로 돈을 보내겠다고 약속하면서 좀처럼 빌려 준 돈을 갚지 않았다.

또 다른 집을 찾아갔으나 지금 돈이 한 푼도 없다고 하면서 구두 수선비로 20코페이카를 줄 뿐이었다. 구두장이는 할 수 없이 양가죽을 외상으로 사려고 했으나 가죽 장사는 외상으로 물건을 주지 않았다.

"돈을 가져와요. 돈만 가져오면 얼마든지 마음에 드는 것으로 줄 테니까. 외상이라면 진저리가 나요. 외상값 받기가 얼마나 어려운지……."

이렇게 되어 구두장이는 겨우 수선비 20코페이카와 어느 집에서 낡은 털장화에 가죽을 대고 수선하는 일을 얻었을 뿐 헛

수고만 하고 그냥 집으로 돌아가게 되었다.

구두장이는 기분이 상하고 힘이 빠져 수선비로 받은 20코페이카를 몽땅 털어 보드카를 한 잔 마시고 양가죽도 사지 못한 채 집으로 돌아가고 있었다. 집을 나설 때에는 좀 추운 것 같았으나 보드카 한 잔을 마시고 나니 모피 외투가 없어도 될 만큼 몸이 따뜻해졌다. 구두장이는 한 손에 든 지팡이로 얼어붙은 땅을 두드리고 다른 한 손으로는 털장화를 휘두르며 혼잣말로 중얼거렸다.

"보드카 한 잔을 하고 나니 온 몸이 후끈거리는 걸. 가죽으로 만든 옷 따위는 필요 없어. 그렇고말고. 모피 외투쯤 없어도 살아갈 수 있어. 나에게 그런 것은 필요 없어. 그러나 집사람이 가만히 있지 않을 텐데 이 일을 어떻게 하지? 열심히 죽을힘을 다해 일을 하는데 집사람은 언제나 나를 무시한단 말이야. 그래, 이번에도 그 사람들이 돈을 가져오지 않으면 그 놈의 모자라도 빼앗아야겠어. 암 그렇게 하구말구! 그리고 이 무슨 짓들인가? 고작 20코페이카를 주다니……. 이걸 가지고 무얼 하란 말인가? 기껏해야 술 한 잔 마시면 그만인걸. 네놈들은 어렵다고 엄살을 부리지만 나는 더욱 죽을 지경이야. 너희들은 집도 있고 가축도 있고 그 외에도 가진 것이 많지만 나는 고작해야 이 낡은 외투뿐이야. 너희들은 농사를 지어 직접 수확한 밀로 빵을 만들지만 나는 모두 돈을 내고 사야 해. 최소한 1주일에 3루블은 빵값으로 치러야 해. 집에 돌아가면 빵도 없을 텐데. 지금 당장 1루블 50코페이카는 있어야 해. 그러니 아무리 형편이 어려워도 내 돈을 꼭 받아야겠어."

이렇게 중얼거리면서 구두장이는 이윽고 길모퉁이의 교회 근처까지 왔다. 그때 교회 뒤에 무엇인가 흰 물체가 보였다. 이미 날이 어두워졌기 때문에 구두장이는 눈을 크게 뜨고 자세히 바라보았다. 그러나 그것이 무엇인지 분간할 수가 없었다.

"이런 곳에 큰 돌이 있을 리는 없는데……. 그러면 짐승인가? 짐승 같지는 않고, 머리는 사람 같아 보이는데 어쩐지 너무 하얀데? 또 사람이라면 이런데 있을 리가 없지."

구두장이는 좀 더 가까이 다가가 보았다. 그때서야 똑똑히 보였다. 아니 이게 웬일인가? 그건 사람이 분명한데 죽었는지 살았는지 벌거숭이 알몸으로 그 차디찬 교회 벽에 기댄 채 꼼짝도 하지 않았다. 갑자기 무서운 생각이 들었다.

'아마도 나쁜 놈들이 저 사람을 죽이고 옷가지를 벗긴 후에 여기에다 버린 것이 틀림없어. 그렇다면 내가 여기서 꾸물대고 있다가는 무슨 봉변을 당할 지도 모른다.'

이렇게 생각하고 그는 그 옆을 지나쳐 갔다. 교회 모퉁이를 돌아서니 그 사람이 보이지 않았다. 교회를 지나 한참을 가다

가 뒤를 돌아다보니 그 사나이는 벽에서 몸을 일으켜 움직이고 있었다. 어쩐지 무슨 동정을 살피고 있는 것 같았다. 구두장이는 더욱 겁이 나서 이상한 생각이 들었다.

'다시 가까이 가 볼까? 그대로 지나가 버릴까? 가까이 갔다가 무슨 봉변을 당할지도 몰라. 저 놈의 정체를 모르지 않는가? 좋은 일을 하고서야 이런 데 왔을 리가 없고, 곁에 다가가면 갑자기 달려들어 목을 졸라 죽일지도 몰라. 비록 목을 졸라 죽이지는 않더라도 결국 귀찮은 일을 당할 거는 뻔하지. 저 사나이는 분명히 알몸인데, 내가 입고 있는 옷을 몽땅 벗어 줄 수도 없는 거고. 아! 하느님, 제발 무사히 지나가게 도와주소서.'

그렇게 생각하고 구두장이는 발걸음을 재촉했다. 교회를 거의 다 지나가게 되자 드디어 양심의 소리가 들리기 시작했다. 그래서 구두장이는 걸음을 멈추었다.

"세몬, 너는 무엇을 망설이는 거냐? 사람이 저렇게 죽어가고 있는데 겁을 먹고 못 본 체 슬그머니 도망치려 하다니. 네가 대단한 부자라도 되는가? 빼앗길 물건이라도 있단 말인가? 그런 행동은 지탄받을 것이다. 세몬!"

결국 세몬은 발길을 돌려 그 사나이에게 다가갔다.

2

그 사나이에게 가까이 다가가서 자세히 살펴보니 그는 젊고 아직 움직일 힘도 남아있는 듯 보였고 몸에는 아무런 상처가 없었다. 그러나 추위 때문에 몸이 얼어붙어 말을 잘 듣지 않는 모양이었다. 그는 벽에 기댄 채 세몬 쪽을 보려고도 하지 않았다. 너무 추운 나머지 눈을 들어 쳐다볼 수도 없는 모양이었다. 세몬이 더욱 가까이 가자 그제야 고개를 들어 세몬 쪽을 바라보았다. 세몬은 사나이와 눈이 마주치자 사나이에 대한 동정심이 더 솟아났다. 그래서 손에 들었던 털장화를 땅바닥에 집어던지고 허리띠를 풀어 장화 위에 놓고 긴 모피 외투를 벗었다.

"이렇게 있으면 어떻게 되는지 알아? 빨리 이것을 입게나."

세몬은 양팔로 사나이를 부축하여 일으켜 세웠다. 사나이는 겨우 일어났다. 일으켜 세워놓고 보니 키도 헌칠하고 얼굴도 잘생긴 귀공자 타입이었다. 세몬이 그의 어깨에 긴 외투를 걸쳐 주었으나 팔이 소매에 끼여 잘 들어가지 않았다. 세몬은 소매를 끼워주고 옷깃을 이리저리 당겨 허리띠까지 매어 주었다.

세몬은 자기가 쓰고 있던 낡은 모자까지 벗어서 떨고 있는 젊은이에게 씌워 주려고 했으나 막상 모자를 벗고 나니 머리가 썰렁하여 '나는 머리가 벗겨졌지만 이 젊은이는 머리카락이 많으니까.'라고 생각하며 다시 모자를 썼다.

"그보다는 맨발이니까 장화를 신겨 주는 것이 훨씬 좋겠구나."

그래서 구두장이는 젊은이를 다시 앉히고 수선하기 위해 받은 털장화를 젊은이에게 신겼다. 그리고 나서 구두장이는 말했다.

"다 됐네. 이제 일어서서 몸을 움직여야 몸이 녹을 걸세. 그다음 일은 내가 일일이 거들지 않아도 잘할 거야. 그런데 걸을 수 있겠나?"

사나이는 일어나서 감격한 표정으로 세몬을 바라보았으나 아무 말이 없었다.

"젊은이, 왜 아무 말을 하지 않는 거요? 이런 곳에서 추운 겨울밤을 보낼 셈이요? 날씨가 추우니 빨리 집으로 가야지. 아직 걸을 힘이 없는가? 자, 여기 내 지팡이가 있으니 이것을 짚고 걷게나."

그러자 사나이는 걷기 시작했다. 별로 힘들지 않게 걸었다.

"젊은이는 대체 어디서 왔는가?"

"저는 이 마을에 사는 사람이 아닙니다."

"이 마을 사람이라면 내가 다 알지. 그런데 왜 이런 곳까지 왔나?"

"그 이유는 말씀드릴 수 없습니다."

"분명 어떤 못된 놈들에게 봉변을 당했겠지. 쯧쯧."

"아닙니다. 그 누구도 저를 해치지 않았습니다. 저는 하느님의 벌을 받은 것입니다."

"물론 모든 것이 하느님의 뜻인 줄은 알고 있지. 그러나 이제 어디라도 가서 쉬어야 할 것이 아닌가? 자네는 어디로 갈 작정인가?"

"갈 곳은 없습니다. 저는 어디든 마찬가지입니다."

세몬은 깜짝 놀랐다. 젊은이는 불량한 사람이 아닌 것 같았고 말씨도 공손한데 자세한 내막은 말하지 않았다. 세몬은 마음속으로 생각했다.

'말 못할 사정이라도 있나 보군.'

세몬은 젊은이에게 말했다.

"그러면 우리 집으로 같이 가는 것이 어떤가? 몸을 좀 녹이면 정신도 날 테니까."

세몬은 집을 향해 빨리 걸었다. 이 낯선 젊은이도 전혀 뒤쳐지지 않고 잘 따라왔다. 찬바람이 세몬의 옷 속으로 들어왔다. 술이 점차 깨면서 추위가 느껴지기 시작했다. 세몬은 코를 훌쩍이며 아내의 재킷 자락을 여몄다. 그리고 은근히 걱정이 되었다.

"아니, 모피 외투를 만들기 위해 양가죽을 사러 갔다가 양가죽은 못 구하고 그나마 한 벌밖에 없는 모피 외투도 없이 돌아오다니. 게다가 벌거숭이 사나이까지 데리고 왔으니, 마트료나가 화를 낼 것이 분명한데……."

마트료나 생각을 하자 세몬은 마음이 갑자기 침울해졌다. 그러다가 옆에 함께 걷고 있는 사나이를 바라보노라니 교회 모퉁이에서 처음 보았을 때의 눈빛이 생각나서 다시 마음이 유쾌해졌다.

3

세몬의 아내는 서둘러 집안일을 마쳤다. 장작을 쪼개고 물을 길어온 다음 아이들과 함께 저녁 식사를 마치고 나서 깊은 생각에 잠겼다.

'빵은 언제 굽는 것이 좋을까?'

저녁에 구울까, 내일 아침에 구울까 궁리하고 있었다.

'세몬이 밖에서 점심을 먹고 들어오면 저녁은 이것으로 충분하고 내일 아침 식사 끼니도 이것으로 해결할 수 있겠지.'

마트료나는 큰 빵 조각을 만지며 궁리하고 있었다.

"오늘 저녁에는 빵을 굽지 않아도 되겠다. 밀가루도 조금밖에 없으니 이 빵으로 금요일까지 버텨야겠어."

마트료나는 빵 굽는 일은 그만두기로 하고 남편의 속옷을 깁기 시작했다. 그녀는 바느질을 하면서 남편이 어떤 양가죽을 사올 것인지 생각에 잠겼다.

"가죽장사에게 속아 넘어가지는 말아야 할 텐데. 그이는 워낙 사람이 좋아서 믿을 수가 없어. 그이는 절대로 남을 속이지 못하는데 자신은 어린 아이들한테도 속아 넘어가니…….

8루블이라면 적은 액수는 아니니까, 그만한 돈이면 좋은 외투를 살 수 있을 거야. 지난겨울에 모피 외투가 없어서 얼마나 고생을 했는가? 냇가에도 못 나가고 들에도 못 나갔었지. 오늘만 해도 그렇지. 그이가 옷이란 옷은 모두 껴입고 나가 버리니 나는 입을 옷이 없잖아. 그런데 왜 이렇게 늦을까? 돌아올 시간이 지났는데, 혹시 이 양반이 그 돈으로 술이나 퍼먹고 있는 것은 아니겠지?"

마트료나가 그런 생각을 하고 있을 때 계단 아래 출입문이 삐꺽거리는 소리가 나면서 누군가가 들어오는 소리가 났다. 마트료나는 바늘을 옷감에 꽂아 두고 문 밖으로 나가 보았다. 두 사나이가 들어오고 있었다. 남편 곁에는 생전 못 보던 젊은 사나이가 알몸에 모피 외투와 털장화만을 신고 모자도 없이 서 있었다. 마트료나는 남편이 술을 마셨다는 것을 단번에 알아차렸다.

"그러면 그렇지. 또 술을 마시고 왔어."

남편을 다시 쳐다보니 모피 외투도 입지 않고 재킷차림에다 양손에는 아무것도 없이 빈손으로 서 있었다. 마트료나는 화가 머리끝까지 치밀어 올랐다.

"그 돈으로 전부 술을 마셔버린 거야? 형편없는 이런 건달하고 잔뜩 술을 마시는 것도 모자라서 집에까지 끌고 온 거야?"

마트료나는 두 사람 뒤로 따라 들어가다가 이 낯선 젊은이가 입고 있는 모피 외투가 바로 남편이 입고 나간 것임을 알았다.

방안에 들어온 젊은이는 앉지도 않고 그냥 선 채로 고개를 숙인 채 움직이지 않았다. 그래서 마트료나는 분명히 이 사람이 무슨 나쁜 짓을 저질러 겁을 먹고 있는 것이라고 생각했다.

마트료나는 화가 난 얼굴을 하고 난롯가로 물러나서 두 사람의 동정만 살피고 있었다. 세몬은 모자를 벗고 아무렇지도 않다는 듯이 태연하게 의자에 걸터앉았다.

"여보, 왜 그러고 있어? 저녁 준비를 해야지."

마트료나는 아무 대꾸도 하지 않고 난로 옆에 그대로 서 있었다. 그리고 두 사람의 눈치를 살피고 있었다. 세몬은 부인이 화가 난 원인을 알았다는 듯이 사나이의 손을 잡고 힘없이 말했다.

"자, 앉아요. 저녁 식사를 해야지."

그러자 낯선 사나이는 힘없이 의자에 앉았다.

"그래, 저녁 식사 준비를 안 했나?"

마트료냐는 마침내 분통을 터뜨렸다.

"안 하긴 왜 안 해요? 준비는 했죠. 그러나 당신을 위해 준비한 건 아니에요. 그 꼴을 보니 당신은 염치도 없이 술을 퍼마셨군요. 양가죽을 사러 간다더니 아무것도 없이 빈손으로 돌아오고 거기에다 건달까지 데려오다니. 당신 같은 주정뱅이에게 줄 음식은 없어요!"

"그만해요, 마트료나. 무슨 영문인지도 모르면서 함부로 화를 내면 못 써요. 그렇게 화를 내기 전에 오늘 어떤 일이 있었는지부터 물어보는 것이 도리가 아니오?"

세몬은 긴 외투 주머니 속에서 아침에 가지고 간 돈을 꺼내어 부인에게 내밀었다.

"돈은 여기 그대로 있소. 도리포노프는 오늘 돈이 없다면서 내일은 꼭 주겠다고 약속을 했소."

마트료나는 더욱 화가 치밀어 올랐다.

'빌려준 돈도 받지 못하고 사오겠다던 양가죽은 사오지 않고 도리어 하나밖에 없는 외투를 전혀 모르는 낯선 사나이에게

입혀 오다니.'

마트료나는 탁자 위에 놓인 돈을 챙기면서 말했다.

"저녁은 없어요. 벌거숭이와 주정뱅이에게까지 신경을 쓸 겨를이 없어요."

"이봐, 마트료나. 말을 조심해요. 우리 사정도 들어 봐야지."

"당신 같은 주정뱅이에게 무슨 말을 들어요? 사실 나는 당신 같은 얼간이 사내와 결혼할 생각이 없었어요. 그리고 지금까지 어머니가 주신 것들을 술값으로 다 없애버렸죠. 그리고 양가죽을 사러 간다더니 그 돈마저 다 마시고 오는군요."

세몬은 아내에게 자기가 마신 것은 고작 20코페이카밖에 안되며, 이 젊은 사나이를 데리고 온 경위에 대해서도 열심히 사실대로 설명하려고 했으나 마트료나는 세몬이 한마디도 하지 못하게 말을 가로막고는 쉴 새 없이 소나기처럼 퍼부어댔다.

그녀는 10년 전의 일까지 들추며 계속 퍼부어댔다. 그뿐만 아니라 그녀는 계속 지껄이면서 세몬의 곁에 달려들어 재킷 소매를 붙잡고 사정없이 흔들어댔다.

"내 옷을 내놔요. 하나밖에 없는 내 옷을 빼앗아 입고 염치도 좋지. 빨리 벗어요. 정말 못난 인간 같으니라고. 차라리 당신 같은 사람은 죽어버리는 게 나아요."

세몬이 아내의 재킷을 벗으려고 하는 동시에 마트료나가 덤

벼들어 세차게 옷을 잡아당기는 바람에 옷의 실밥이 부드득 터졌다. 마트료나는 옷을 빼앗아 입고 문 쪽으로 달려갔다. 그녀는 그대로 나가려고 하다가 문득 발을 멈췄다. 기분은 매우 상하지만 남편이 데리고 온 이 낯선 사나이가 도대체 어떤 사람인지 알고 싶은 충동이 일어났다.

4

마트료나는 발을 멈추고 말했다.

"사람이 모자라지 않고서야 이렇게 벌거숭이로 있을 리가 없어요. 모자란 건 당신도 마찬가지예요. 만일 나쁜 짓을 안 했다면 어디서 이 사나이를 끌고 왔는지 왜 똑똑히 말을 못해요?"

"그러니까 내가 그 말을 하려든 참이야. 내가 집으로 돌아오는 길에 이 사람이 교회 담 밑에 벌거벗은 몸으로 쭈그리고 앉아 있었는데, 얼어 죽을 정도였어. 글쎄 여름도 아닌데 알몸으로 떨고 있었소. 정말 하느님이 도우신 거요. 내가 그리로 지나갔으니까 망정이지 그렇지 않았다면 영락없이 얼어 죽고 말았을 거요. 사람이 살다 보면 언제 무슨 일을 당할지 알 수 없는 일이지 않소. 그래서 내가 입고 있던 외투를 입히고 집에까지 데려왔지. 마트료나, 당신도 마음을 가라앉히고 이 사람의 처지를 한 번 생각해 봐요. 사람은 누구나 한 번은 죽는단 말이오. "

마트료나는 다시 욕설을 퍼부으려 하다가 문득 젊은이를 쳐다보자 말문이 막혔다. 사나이는 의자의 맨 끝에 꼼짝도 하지 않고 앉아 있었다.

두 손은 무릎 위에 얌전히 올려놓고 고개를 가슴에까지 떨어뜨리고 눈을 감고 마치 무엇이 목을 조르는 것처럼 얼굴을 일그러뜨리고 있었다. 마트료나가 입을 다물고 조용했기 때문에 세몬이 입을 열었다.

"마트료나, 당신에게는 하느님도 없단 말이오?"

마트료나는 이 말을 듣고 다시 한 번 젊은이를 쳐다보았다. 그 순간 마트료나의 기분이 차츰 가라앉기 시작했다. 그녀는 문에서 몸을 돌려 난로가 놓인 한쪽 구석으로 가서 서둘러 저녁 준비를 시작했다. 식탁 위에 술잔을 놓고 크바스(호밀로 양조한 러시아의 맥주)를 따르고 남은 빵을 내놓으며 그들에게 말했다.

"자. 식사들 하세요. "

세몬은 낯선 사나이를 식탁으로 데리고 갔다.

"식탁에 앉아요."

세몬은 큰 빵을 잘게 잘랐다. 둘은 빵을 먹기 시작했다. 마트료나는 식탁 한쪽에 앉아 한 손으로 턱을 받치고 낯선 젊은이를 바라보았다.

마트료나는 이 젊은이가 불쌍하게 생각되어 계속 돌봐 주고 싶은 마음이 들었다. 그러자 젊은이는 갑자기 밝은 표정으로 변하고 일그러진 얼굴도 펴면서 마트료나 쪽으로 눈길을 돌리며 싱긋 웃었다.

식사가 끝나고 마트료나는 식탁을 치운 다음 그 낯선 젊은이에게 물었다.

"도대체 당신은 어디서 왔어요?"

"저는 이 마을에 사는 사람이 아닙니다."

"그러면 왜 그런 곳에 있었나요?"

"그 사정은 말할 수가 없습니다."

"길에서 강도라도 만났나요?"

"아닙니다. 저는 하느님께 벌을 받았습니다."

"그래서 그렇게 벌거벗은 몸으로 쭈그리고 있었어요?"

"네, 그래서 알몸으로 앉아 있다가 얼어 죽을 뻔했지요. 그것을 보고 주인 양반이 저를 불쌍히 생각하여 외투를 벗어 입히고 털장화를 신겨 여기까지 데리고 온 것이지요. 두 분께서는 틀림없이 하느님의 은총을 받으실 겁니다. ”

마트료나는 자리에서 일어나 방금 기워 놓았던 세몬의 낡은 속옷을 그 젊은이에게 주었다. 그리고 바지도 찾아서 건네주었다.

“젊은이는 속옷도 없잖아. 자 이것을 입고 아무 데나 마음에 드는 곳에서 주무세요. ”

젊은이는 모피 외투를 벗고 속옷을 입은 다음 침대에 누웠다. 마트료나는 등불을 끄고 모피 외투를 집어 남편 곁으로 갔다. 마트료나는 외투자락을 덮고 눕긴 했으나 좀처럼 잠을 잘 수 없었다. 낯선 젊은이의 일이 머릿속을 떠나지 않았다.

그 젊은이가 마지막 남은 빵을 먹었으니 내일 아침 먹을 빵이 없다는 것과 모자란 형편에 남편의 속옷과 바지를 주어버렸으니 여간 아쉬운 생각이 들지 않을 수 없었다.

그러나 젊은이가 조용히 웃던 모습을 생각하니 가슴이 뭉클해졌다. 마트료나는 오랫동안 잠을 이룰 수가 없었다. 세몬 역시 잠을 자지 못하고 외투자락을 잡아당기곤 했다.

그때 마트료나가 말을 걸었다.

“남은 빵을 다 먹어버렸는데 내일 먹을 것을 준비해 두지 못했으니 어떻게 하면 좋지요? 이웃 마나랴 집에 가서 좀 꾸어올까요? ”

"그래, 그게 좋겠군. 어찌 됐든 간에 굶기야 할라고."

마트료나는 가만히 누워서 생각하다가 말했다.

"나쁜 사람은 아닌 것 같은데 왜 자기 신분을 밝히지 않지요?"

"글쎄, 말 못할 사정이라도 있겠지."

"세묜!"

"왜?"

"우리는 남을 도와주는데 왜 남들은 우리를 도와주지 않지요?"

세묜은 대답할 말이 없었다.

"그런 생각을 해 봐야 무슨 소용이 있어."라고 말한 뒤 돌아누웠다. 그리고 곧 잠이 들었다.

5

다음날 아침 세묜은 일찍 잠에서 깨었다. 마트료나도 아이들이 일어나기 전에 이웃집에 빵을 꾸러 갔다. 어젯밤에 데리고 온 젊은이는 낡은 속옷과 바지를 입은 채 의자에 앉아 천정만 바라보고 있었다. 그리고 그렇게 앉아 있는 모습이 어제보다 한

결 밝아 보였다.

"어이! 젊은이. 배에서는 먹을 것을 요구하고 몸에는 입을 것을 걸쳐야 하니 벌이를 해야 하지 않겠나. 자네는 무슨 일을 할 줄 아나?"

"저는 아무 것도 할 줄 모릅니다."

세몬은 뜻밖의 대답에 깜짝 놀랐다.

"그래도 하겠다는 마음만 있으면 돼. 사람은 무엇이든지 배우면 할 수 있는 거야."

"그러지요. 모두들 일을 하니까 저도 하겠습니다."

"그래, 자네 이름은 무엇이라고 하는가?"

"미하일이라고 합니다."

"이봐, 미하일. 자네는 자네 신분에 대해서 말하고 싶지 않은 것 같으니 그건 아무래도 좋아. 굳이 우리가 알아야 할 이유는 없으니까. 그러나 자기 몫은 해야 해. 내가 시키는 일을 하겠다면 우리 집에 있어도 좋아. 괜찮은가?"

"감사합니다. 열심히 배워 익히겠습니다. 무슨 일이든지 가르쳐 주십시오."

세몬은 실 가닥을 손가락에 감고 실을 꼬기 시작했다.

"별로 어려운 것은 아니야. 잘 보게."

미하일은 그것을 자세히 들여다보더니 쉽게 익혀가지고 손가락으로 실을 꼬았다. 세몬은 또한 꼰 실을 가지고 바느질하는 방법도 가르쳤다. 가죽을 잘라 맞추는 일, 돼지털로 신발을 꿰매는 일도 보여주는 대로 미하일은 쉽게 배웠다.

미하일은 세몬이 어떤 일을 가르쳐도 즉시 터득하여 사흘 만에 오래전부터 구두 만드는 일을 했던 사람처럼 능숙하게 일을 처리했다. 일단 일을 시작하면 쉬지 않고 일만 하고 먹는 것은 생각보다 양이 적었다. 한가할 때에도 말을 하거나 웃는 일이 없었으며, 좀처럼 밖으로 나가는 일도 없었다.

미하일이 유일하게 웃었던 때는 마트료나가 그를 위해 저녁 식사를 준비하던, 첫 번째 만남의 순간뿐이었다.

6

하루가 지나고, 1주일이 가고, 또 그렇게 해서 1년이란 세월이 흘렀다. 미하일은 여전히 세몬의 집에서 부지런히 일을 하고 있었고, 구두 장인으로서 인기가 높아졌다. 미하일만큼 튼튼하고 멋있는 구두를 짓는 사람은 없다고 소문이 퍼져서 먼 이웃마을에서도 주문이 밀려들었고 세몬의 수입은 점점 늘어갔다.

겨울철에 접어든 어느 날, 세몬과 미하일이 마주 앉아 열심히 일을 하고 있는데 방울 소리가 요란하게 들려오더니 집 앞에 삼두마차가 섰다. 창문으로 내다보니 마차가 집 앞에 멈추고 젊은 사람이 마부석에서 뛰어내려 마차의 문을 열었다. 그러자 마차 안에서 모피 외투를 입은 점잖은 신사 한 분이 내렸다. 그리고는 세몬의 구두가게를 향해 계단을 올라왔다. 신사가 문 앞에 이르자 마트료나가 달려 나가 문을 열었다. 신사는 허리를 꾸부리고 들어와 다시 허리를 폈는데 키는 머리가 천정에 닿을 정도로 크고 몸집도 방안을 가득 채울 만큼 우람했다.

　세몬은 일어나 인사를 하면서도 신사의 거구에 어안이 벙벙했다. 이제까지 이렇게 큰 사람은 본 일이 없기 때문이다. 세몬은 몸이 마르고 호리호리한 체격이었다. 미하일 역시 깡마른 편이며 마트료나도 깡마른 나무처럼 삐쩍 말랐다. 그런데 이 신사는 딴 세상에서 온 것처럼 얼굴엔 붉은 윤기가 돌며 목은 황소처럼 굵은 것이 마치 몸 전체가 무쇠로 뭉쳐진 것 같았다. 신사는 숨을 크게 한번 내쉬더니 외투를 벗은 후 의자에 앉고 나서 물었다.

　"이 가게 주인이 어느 쪽인가?"

　세몬이 나서며 말했다.

　"네, 제가 주인입니다. 나으리."

그러자 신사는 큰소리로 젊은 하인에게 말했다.

"페치키, 그것을 이리 가져와."

젊은 하인은 달려가서 무슨 꾸러미를 가져왔다. 신사는 그것을 탁자 위에 올려놓더니 "풀어라." 하고 하인에게 명령했다.

하인이 보따리를 풀었다. 가죽이었다.

신사는 가죽을 손가락으로 찌르며 말했다.

"주인, 이 가죽이 어떤 가죽인 줄 알겠나?"

"네, 알겠습니다."

"이봐, 이 가죽을 정말 안단 말이지?"

세몬이 가죽을 만져보며 말했다.

"아주 좋은 물건입니다."

"그야 물론 좋은 가죽이지. 자네 같은 친구는 한 번도 보지 못했을걸. 독일제 가죽인데 200루블이나 주었지."

세몬은 겁이 나서 떨리는 목소리로 말했다.

"저 같은 놈은 구경도 못했습니다."

"그야 그렇겠지. 그러면 이 가죽으로 내 발에 맞는 구두를 지을 수 있겠는가?"

"네, 지을 수 있습니다."

신사는 갑자기 큰소리로 말했다.

"지을 수 있다고? 그전에 먼저 자네는 누구의 구두를 짓는지, 어떤 가죽으로 짓는지 똑똑히 알아야 해. 나는 1년을 신어도 찢어지지 않고, 모양이 찌그러지지 않는 구두를 원한단 말이야. 그러니까 자신이 있으면 맡아서 재단을 하고 그렇지 않으면 아예 처음부터 손을 안 대는 것이 좋아. 미리 말해두지만 구두가 1년이 못 되어 찢어지거나 찌그러지는 날에는 자네를 바로 감옥으로 보낼 것이야. 그러나 1년이 지나도 이상이 없으면 수공비로 100루블을 주지. 어때? 장담할 수 있겠나?"

세몬은 은근히 겁이 나서 대답을 못하고 미하일 쪽을 바라보았다. 그리고 미하일의 옆구리를 찌르면서 상의했다.

"이봐, 미하일 어떻게 하지?"

미하일은 그 일을 맡으라는 뜻으로 고개를 약간 끄덕였다.

결국 세몬은 미하일의 뜻에 따라 신사의 주문을 받아들여 1년을 신어도 찢어지지 않는 구두를 만들기로 했다.

신사는 하인을 불러 왼발의 신발을 벗기게 하고서는 다리를 쭉 내밀었다.

"그럼 치수를 재게."

세몬은 자리를 펴고 무릎을 꿇고 앉아 신사의 양말을 더럽히지 않게 손을 닦은 뒤에, 한 자 이상 되는 가는 종이를 가지고 치수를 재기 시작했다. 세몬은 먼저 발바닥의 길이를 재고 발등의 높이를 잰 다음 종아리의 둘레를 재려고 했으나 종이의 양끝이 닿지 않았

다. 신사의 종아리가 통나무처럼 굵었던 것이다.

"조심해. 종아리가 꽉 끼지 않게 만들어야 해."

세몬은 다른 종이를 덧붙였다. 신사는 의젓하게 앉은 채 양말 속의 발가락을 움직이면서 주의를 살펴보다가 미하일을 보았다.

"저 사람은 누군가?"

"우리 가게 구두 장인입니다. 그가 나리의 구두를 만들 겁니다."

신사는 미하일에게 말했다.

"분명히 알아두라고. 1년 동안 끄떡없는 구두를 만들어야 해."

세몬은 미하일을 바라보았다. 그런데 미하일은 신사의 얼굴은 쳐다보지도 않고 그 뒤의 한 구석을 바라보고 있었다. 마치 누군가를 찾아내려고 살피는 표정이었다. 미하일은 한참 동안 그런 모습으로 있었다. 그러다가 갑자기 싱긋 웃더니만 얼굴 전체가 환하게 밝아졌다.

"이 바보 같은 녀석! 무엇을 보고 그렇게 싱글거리고 있어? 정신 차려서 기한 내에 구두를 만들어 낼 생각은 안하고 말이야."

그러자 미하일이 대답했다.

"네, 기한 내에 만들어 놓겠습니다."

"그래? 그럼 됐어."

신사는 한쪽 구두를 신고 모피 외투를 입은 후 문 쪽으로 걸어갔다. 문을 나설 때 들어올 때와는 다르게 허리를 굽히지 않았기 때문에 이마를 세게 부딪쳤다. 신사는 화를 내며 분통을 터뜨리더니 이마를 문지르며 마차를 타고 떠났다.

신사가 사라지자 세몬이 말했다.

"정말 어마어마한 분이야. 저 정도면 도끼로 쳐도 넘어뜨리지 못하겠는데. 온 집안이 흔들릴 정도로 부딪쳤는데 별로 아프지도 않은 표정이군."

마트료나도 가만히 있지 않고 거들었다.

"그렇게 호강을 하고 사니까 몸도 크지요. 저렇게 크고 튼튼한 사람에겐 죽음의 사신도 가까이 가지 못할 거예요."

7

세몬이 미하일에게 말했다.

"일을 맡기는 했지만 걱정이야. 만일 잘못되는 날엔 꼼짝없이 감옥에 가는 거야. 가죽은 비싸고 나리의 성질은 괴팍한데 만에 하나 실수하는 날엔 큰일이야. 이봐, 미하일. 자네는 눈도 밝고 솜씨도 좋으니까 이 치수대로 재단을 하게. 나는 나중에 겉가죽을 꿰매겠네."

미하일은 세몬이 하라는 대로 신사가 가지고 온 가죽을 탁자 위에 올려놓고 가위를 가지고 재단하기 시작했다. 마트료나는 미하일 곁으로 가서 미하일이 재단을 하는 것을 지켜보다가 깜짝 놀랐다. 오랫동안 곁에서 보았기 때문에 마트료나도 이제는 구두 만드는 일에 상당히 익숙해졌는데 미하일은 신사가 주문한 구두 모양과는 다르게 아주 엉뚱하게 재단을 하고 있었다. 마트료나는 주의를 주려고 하다가 다시 생각했다.

'그분의 장화를 어떻게 만들어야 하는지 내가 잘못 들은 건지도 몰라. 미하일이 나보다 더 잘 알고 있겠지. 괜히 참견했다가 망신만 당할지도 모르지.'

미하일은 재단을 마치고 실로 꿰매기 시작했는데, 그것은 장화를 만들 때 꿰매는 두 겹실이 아니고 가벼운 슬리퍼를 만들 때 사용하는 한 겹실이었다.

마트료나는 그것을 보고 다시 한 번 놀랐으나 역시 아무 말도 하지 않고 지켜만 보았다. 미하일은 조금도 흐트러지지 않고 열심히 꿰매고 있었다.

한참 후 식사 시간이 되어 세몬이 일어나 미하일 쪽을 봤더니 그 신사가 가져온 가죽으로 슬리퍼를 만들고 있는 것이 아닌가! 세몬은 너무 놀라서 크게 소리를 질렀다.

"아니, 이게 뭐야! 미하일은 우리 집에 1년을 같이 있으면서 한 번도 실수를 한 적이 없는데 하필이면 이럴 때 엄청난 실수를 하다니. 나리는 굽이 있는 장화를 주문하셨는데 슬리퍼 따위를 만들어 버렸으니, 그 나리께 어떻게 변명을 하지? 이 비싼 가죽은 다시 구할 수도 없는데 이 일을 어떻게 하면 좋단 말인가."

그래서 미하일에게 물었다.

"여보게 미하일, 이게 무슨 짓인가? 아니 나를 아주 죽일 작정인가? 이래서야 감옥밖에 더 가겠는가? 나리는 장화를 주문했는데 도대체 무엇을 만들어 놓았는가?"

세몬이 너무 기가 막혀 꾸중을 하고 있는데 밖에서 소리가 나더니 누군가가 문을 두드렸다. 두 사람이 창문을 내다보니 누군가 말을 타고 와서 문 앞에 서 있었다. 문 가까이 가 보니 방금 그 신사와 함께 왔던 젊은 하인이었다.

"안녕하세요?"

"예, 어서 오세요. 무슨 일로?"

"실은 방금 주문했던 장화 때문에 심부름을 왔습니다."

"장화 때문이라뇨?"

"장화가 이제는 필요 없게 되었습니다. 나리께서 갑자기 돌아가셨습니다.”

“네?”

“여기를 나와 댁으로 돌아가는 도중에 마차 안에서 돌아가셨습니다. 마차가 집에 도착하여 내려드리려고 가까이 갔는데도 움직이지 않으셨습니다. 돌아가신 거죠. 마차에서 겨우 끌어내었습니다. 그래서 마님께서 방금 주문한 장화는 이제 필요 없으니 그 가죽으로 죽은 사람에게 신기는 슬리퍼를 만들어 오라고 하셨습니다. 그래서 이렇게 왔습니다.”

미하일은 탁자 위에 남은 가죽을 모아 둘둘 말아서 묶고 다 만든 슬리퍼를 툭툭 털어 앞치마로 곱게 닦아서 젊은 하인에게 전해 주었다. 젊은 하인은 슬리퍼를 받고 돌아갔다.

“여러분, 안녕히 계십시오.”

8

다시 1년이 지나고, 여러 해가 지나 미하일이 세몬의 집에 머문 지 어느덧 6년이 되었다. 미하일은 그래도 여전히 어디를 가는 일도 없었고, 쓸데없는 말도 하지 않았다. 그 동안 그가 웃었던 일은 두 번 있었는데, 한 번은 마트료나가 처음 저녁 식사를 준비하고 있을 때 서로 얼굴을 마주친 순간이었고, 또 한 번은 장화를 주문하러 왔던 신사를 보았을 때였다. 세몬은 미하일의 구두 장인으로서의 실력에 만족했고 미하일을 대견스럽게 생각하고 있었다. 그는 이제 어디서 왔느냐고 묻지도 않았고 혹시 미하일이 나가버리지 않을까 그것만 걱정하고 있었다.

그러던 어느 날 온 식구가 집안에 모여 있었다. 마트료나는 냄비를 화덕에 올려놓고 음식을 만들고 있었고, 아이들은 의자를 넘어 다니며 장난을 치기도 하고 창밖을 내다보기도 했다. 세몬은 창가에서 열심히 구두를 꿰매고 있었고, 미하일은 다른 창가에서 구두 뒤꿈치를 만들고 있었다.

그때 한 사내아이가 의자를 넘어 미하일에게 오더니 어깨를 흔들면서 말했다.

"미하일 아저씨, 저것 좀 보세요. 어떤 아주머니가 여자아이 둘을 데리고 이리로 오는 것 같아요. 그런데 한 아이는 절름발이에요!"

사내아이가 말하자 미하일은 하던 일을 멈추고 고개를 돌려 창밖을 유심히 바라보았다.

세몬은 미하일의 태도에 놀랐다. 지금까지 창밖을 내다보거나 한눈을 파는 일이 없었는데 오늘따라 창에 얼굴을 바짝 붙이고 무엇인가에 정신없이 눈길을 보내고 있었다. 세몬도 이상

해서 하던 일을 멈추고 창밖을 내다보니 정숙한 옷차림을 한 여자가 자기 집을 향해 오고 있었다. 모피 외투를 입고 목에는 목도리를 두른 채 두 여자아이의 손을 잡고 있었다. 여자아이들은 얼굴이 너무나 똑같이 닮아 분간할 수가 없었다. 그런데 한 아이는 다리를 절고 있었다.

여인은 계단을 올라와 문을 연 다음 두 여자아이들을 먼저 들여보내고 자기도 따라 들어왔다.

"안녕하세요!"

"어서 오십시오. 무슨 일로 오셨습니까?"

여인은 탁자 옆 의자에 앉았다. 두 여자아이들은 여인의 무릎에 기댔는데 낯선 사람들을 보고 낯설어하는 눈치였다.

"이 아이들이 봄에 신을 수 있는 구두를 맞추려고 합니다."

"아, 그래요? 아직까지 이렇게 작은 아이들이 신을 작은 구두를 만들어 본 일은 없지만 만들 수는 있습니다. 바깥에 장식을 한 것도 있고, 안에 천을 댄 것도 있는데 어느 것으로 할까요? 이 미하일이란 사람은 아주 솜씨가 좋답니다."

세몬은 그렇게 말하면서 미하일을 돌아다보았다. 미하일은 여전히 하던 일을 멈추고 여자아이들에게서 눈을 떼지 못하고 있었다.

세몬은 미하일의 그런 태도에 깜짝 놀랐다. 사실 두 아이들

은 깜찍한 얼굴이었다. 눈은 새까맣고 두 뺨은 포동포동하고 볼그스레하며 모피 외투를 입고 있었고 목에는 비싼 목도리를 두르고 있었다. 그렇지만 미하일이 왜 저렇게 이 아이들에게 정신을 뺏기고 있는지 도저히 이해할 수가 없었다. 마치 오랫 동안 헤어졌던 친구라도 만난 것처럼 보였다.

세몬은 이상하게 생각하면서도 돌아서서 여인과 구둣값을 흥정하고 여자아이들의 발 치수를 재려고 하였다. 그러자 그 여인은 다리가 불편한 여자아이를 무릎에 앉혀 놓으면서 말 했다.

"미안하지만 이 아이의 발 치수는 두 가지로 재어야 합니다. 불편한 발을 먼저 재서 구두 한 짝을 만들고 다른 쪽 발의 치 수를 재서 똑같이 세 짝을 만들면 되요. 둘은 쌍둥이기 때문에 발 치수가 똑같아요."

세몬은 치수를 모두 잰 다음 다리가 불편한 여자아이를 가리 키며 말했다.

"왜 이렇게 되었습니까? 아주 귀여운 아이인데, 태어날 때부 터 이랬습니까?"

"아닙니다. 이 아이의 친어머니가 잘못해서 그만……."

여기에 마트료나가 참견하고 나섰다. 이 여인과 두 아이에 대 해서 알고 싶었던 것이다.

"그럼 아주머니는 이 아이의 친어머니가 아니신가요?"

"나는 친어머니도 친척도 아닙니다. 아무런 관계가 없지만 내가 맡아서 기르고 있는 겁니다."

"그런데 이렇게 훌륭히 키우셨군요."

"네, 내가 낳은 자식은 아니지만 키우다 보면 정이 들지요. 나는 두 아이를 내 젖으로 키웠어요. 내 아이도 있었으나 하느님께서 데려 가셨지요. 죽은 내 아이는 별로 불쌍하지 않은데 이 아이들은 정말 가여워서 견딜 수가 없어요."

"그러면 이 아이들은 누구의 자식입니까?"

9

이 여인은 다음과 같이 이야기를 했다.

"6년 전의 일입니다. 이 두 아이는 태어난 지 하루도 안 돼 고아가 되었습니다. 애들 아버지는 이 아이들이 태어나기 사흘 전에 죽고 어머니는 아이들이 태어난 지 하루도 안 되어서 죽었어요. 저는 남편과 시골에서 농사를 짓고 살았는데, 이 아이들의 부모와는 이웃 간이었고 서로 한 식구처럼 살았어요. 어느 날 이 애들 아버지가 숲 속에 들어가 혼자서 일을 하는데 큰 나무가 넘어지면서 허리를 다쳤지요. 간신히 집에까지는 왔으나 곧 세상을 떠났습니다. 사흘 뒤에 그의 아내는 쌍둥이를 낳았지요. 그 쌍둥이가 바로 이 아이들입니다. 하지만 워낙 가난한데다 돌보아 줄 친척도 없는데 혼자서 쌍둥이를 낳다가 그만 죽은 거예요.

내가 다음날 아침 궁금해서 집을 찾아갔는데 가엾게도 벌써 싸늘한 시체가 되어 있었습니다. 그리고 숨이 넘어가는 순간 고통에 몸부림치다가 이 아이를 덮쳐서 한쪽 다리를 못 쓰게 만들었지요. 조금 후에 마을 사람들이 모여 시체를 수습한 뒤에 깨끗한 옷을 입히고 관을 짜서 장사를 지냈지요. 모두들 친절하고 인정 있는 사람들입니다. 그러나 갓 태어난 아이들이 문제였어요. 정말 난처했어요. 그곳에 모인 사람들 중에 젖을 물릴 수 있는 사람은 나 혼자뿐이었어요. 나는 태어난 지 겨우 8주 된 아들이 있었어요. 그래서 우선 내가 두 아이를 맡기로 하고 집에 데려왔지요. 그 다음에 마을 사람들이 모여 이 아이들을 어떻게 할까 의논했지만 좋은 방법이 없어 결국 다시 부탁이 왔어요.

'아주머니, 이 아이들을 얼마 동안만 맡아 주세요. 그러면 우리가 곧 다른 방법을 찾아볼 테니까요.'

나는 두 아이들을 계속 맡기로 했습니다. 처음에는 온전한 아이에게만 젖을 먹였습니다. 다리가 불편한 아이에게는 아예 젖을 줄 생각을 안 했어요. 그런 상태에서는 도저히 살 수가 없다고 생각했기 때문이지요. 그러다가 갑자기 불쌍한 생각이 들어 같이 젖을 먹이게 되었어요.

그래서 나는 세 아이를 한꺼번에 젖을 먹여 키웠는데 내가 아직 젊고 기운이 넘치고 아무 것이나 잘 먹었기 때문에 가능했지요. 두 아이에게 동시에 젖을 먹이고 한 아이가 젖을 놓으면 기다리는 아이에게 젖을 주며 아이들을 힘들게 키웠어요. 그런데 이 두 아이는 하느님의 돌보심으로 건강하게 잘 자랐지만 내가 낳은 아이는 2년째 되던 해에 죽고 말았어요. 그 후에 나는 아이를 못 낳게 되었지요. 남편은 멀리 떨어진 이곳에서 일을 하고 있습니다. 급료도 많아서 살림 형편은 점점 나아졌고 불평 없이 살아가고 있습니다. 그런데 내게 아이가 없잖아요. 이 두 아이들마저 없었다면 나 혼자 얼마나 적적하게 살았겠어요? 내가 이 아이들을 귀여워하는 것은 너무나 당연하지요. 이 아이들은 내게 촛불과 같은 존재입니다."

여인은 한쪽 다리가 불편한 아이를 끌어안고 한 손으로 흐르는 눈물을 닦았다.

마트료나는 깊은 한숨을 내쉬며 말했다.

"아이들은 부모 없이는 살아도 하느님의 보살핌 없이는 살아갈 수 없다고 하더니 정말 그런가 봐요. "

세 사람이 이런 이야기를 계속하고 있는데 미하일이 앉아 있던 구석에서 갑자기 번개 같은 섬광이 비치면서 온 집안이 환하게 밝았다. 모두 놀라서 그쪽을 바라보았더니 미하일이 의자에 앉아 두 손을 무릎 위에 올려놓고 하늘을 쳐다보며 밝은 미소로 빙그레 웃고 있었다.

10

얼마 후 여인이 두 여자아이를 데리고 돌아가자 미하일은 의자에서 일어나 일감을 탁자 위에 올려놓고 주인 내외에게 공손히 인사하면서 말했다.

"이제 작별을 해야겠습니다. 주인님, 아주머니 용서하십시오. 하느님이 저를 용서하여 주셨으니 두 분께서도 용서해 주실 줄 믿습니다. "

두 부부가 미하일을 바라보니 그에게서 눈부신 광채가 빛나고 있었다.

세몬도 일어나 미하일에게 정중하게 인사를 했다.

"미하일, 이제 보니 자네는 보통 사람이 아닌 것 같아서 자네를 붙잡을 수도 없고 그 동안 궁금했던 일을 전부 물어볼 수도 없네. 그러나 이것만은 꼭 알고 싶네. 내가 자네를 처음 집으로 데리고 왔을 때 매우 침울한 표정을 하고 있다가 아내가 저녁 준비를 하고 있을 때 빙긋 웃으며 밝은 표정으로 변했는데 무슨 이유로 그랬는가?

그리고 거인 신사가 장화를 주문했을 때도 자네는 웃으면서 밝은 표정을 지었고 이번에 저 부인이 여자아이들을 데리고 왔을 때에도 똑같이 빙그레 웃었네. 미하일, 어째서 자네에게서 밝은 빛이 나며 왜 세 번을 웃었는지 그 이유를 알려 주게.”

그러자 미하일은 비로소 말을 시작했다.

“저의 몸에서 빛이 나는 것은 다름이 아니오라 지금까지 하느님의 벌을 받고 있었고 오늘에야 비로소 용서를 받았기 때문입니다. 또 세 번 웃었던 것은 하느님께서 말씀하신 세 가지 말씀의 뜻을 깨달았기 때문입니다. 첫 번째는 아주머니께서 나를 가련하다고 느껴 보살펴 줄 마음이 생겼을 때 깨달음이 있어서 웃었고, 두 번째는 거인 신사가 장화를 주문했을 때에 알게 되어 웃었고, 방금 두 아이를 보았을 때 마지막 세 번째 말씀의 뜻을 알게 되어 웃었던 것입니다.”

세몬은 다시 물었다.

“미하일, 하느님은 어째서 자네에게 벌을 내리셨는가?

그리고 자네가 깨달았다는 하느님의 세 가지 말씀은 대체 무엇인가? 나도 궁금하니 좀 들려주게."

미하일은 조용한 목소리로 대답했다.

"내가 하느님께 벌을 받은 것은 하느님의 명령을 거역했기 때문입니다. 나는 원래 천사였습니다. 어느 날, 하느님은 나에게 한 여인의 영혼을 데리고 오라는 명령을 내리셨습니다. 그래서 인간 세상에 내려와 그 여인을 찾아가보니 쌍둥이 딸을 방금 해산한 뒤 몸이 쇠약해져 누워 있었습니다. 갓난아이들은 어머니 옆에서 움직이고 있었으나 어머니는 아이를 안고 젖먹일 힘도 없었습니다.

그 때 내 모습을 발견한 여인은 하느님이 자기를 데리고 갈 사람을 보낸 줄 알고 슬프게 흐느끼며 애원했습니다.

'오, 천사님! 제 남편은 숲 속에서 혼자 일하다가 나무에 깔려 며칠 전에 죽었습니다. 저는 부모님도 없고 형제도 없기 때문에 갓난아이를 돌볼 사람이 없습니다. 제발 제 영혼을 불러가지 마시고 이 아이를 제 힘으로 키우도록 해주세요. 부모가 없으면 이 아이들은 살지 못합니다.'

그 여인이 울면서 말했습니다.

그래서 나는 고민 끝에 한 아이에게는 어머니 젖을 물려주고, 다른 아이는 어머니 품에 안기게 한 다음 그냥 하늘나라로 돌아갔습니다. 그리고 하느님께 말씀을 드렸습니다.

'하느님, 저는 여인의 영혼을 데리고 올 수가 없었습니다. 여인의 남편은 며칠 전 나무를 하다가 숲 속에서 목숨을 잃었고, 그 여인은 쌍둥이를 낳아 기진맥진한 상태에서 제발 자기 영혼을 데려가지 말라고 애원하였습니다. 자신의 아이를 자기 손으로 키우게 해달라며 어린 생명은 부모 없이는 살 수가 없다고 했습니다. 그래서 저는 그 여인의 영혼을 빼앗지 못했습니다.'

그러자 하느님께서 다시 분부하셨습니다.

'지금 곧 내려가 여인의 영혼을 데려오너라. 그러면 세 가지의 진리를 알게 될 것이다. 즉 사람 안에는 무엇이 있는가? 사람에게 허락되지 않은 것이 무엇인가? 사람은 무엇으로 사는가? 이 세 가지를 알게 되는 날에 너는 다시 하늘나라로 돌아올 수 있을 것이다.'

그래서 나는 세상으로 다시 내려와 그 여인의 영혼을 빼앗았습니다. 쌍둥이 아이들은 어머니 품에서 떨어져 있었지만 그 여인의 영혼이 떠나는 순간 시신이 침대 위로 쓰러지면서 한 아이를 덮쳐 한쪽 다리를 못 쓰게 만들었습니다. 나는 그 마을을 떠나 하늘로 날아올라 갔습니다. 그 여인의 영혼을 하느님께 바치려고 날아가는데 갑자기 강한 돌풍이 불어와 나의 두 날개를 부러뜨렸습니다. 그래서 그 여인의 영혼만 하늘 나라로 올라갔고 나는 지상으로 떨어져 들판에 쓰러져 있었습니다."

11

세몬과 마트료나는 자기들이 먹이고 입혀주던 사람이 누구이며, 자기들을 위해 열심히 일해 주던 사람이 어떤 사람인지 알게 되자 기쁨과 두려움에 눈물을 흘렸다.

천사는 다시 말을 이었다.

"나는 홀로 벌거벗은 채 들판에 버려졌습니다. 나는 그때까지 인간의 추위, 고통, 굶주림 같은 것을 알지 못했습니다. 나는 갑자기 인간이 된 것입니다. 배가 몹시 고팠고, 몸은 얼어 어떻게 해야 좋을지 몰랐습니다. 그때 문득 들판 너머 하느님의 교회가 서 있는 것을 보고 그곳에 몸을 의지하려고 다가갔습니다. 그러나 교회 문이 잠겨 있어서 안으로 들어가지 못하고 찬바람만을 피해 교회 뒤로 돌아가 앉아 있었습니다. 해가지고 어둠이 찾아오자 배는 더욱 고파지고 몸은 차츰 얼어붙어 나는 꼼짝도 할 수 없었습니다. 그때 문득 사람의 발소리가 들려왔는데 한 사람이 장화를 들고 내가 있는 쪽으로 걸어

오면서 혼자 무엇이라고 중얼거렸습니다. 나는 인간이 된 후 처음으로 언젠가는 반드시 죽는 인간의 모습을 보았습니다.

나는 그 얼굴이 너무나 무서워서 얼른 돌아앉아 버렸습니다. 그리고 그 사나이가 중얼거리는 소리를 들어보니 이 추운 겨울에 어떻게 입을 것을 마련할 것이며 어떻게 처자식을 먹여 살릴 것인가 하는 것이었습니다. 그래서 나는 생각했습니다.

'나는 지금 추위와 배고픔으로 죽어가고 있다. 마침 사람이 오고는 있지만 그는 자기 아내의 모피 외투를 어떻게 마련할 것이며 어떻게 먹고 살아갈 것인가를 걱정하고 있다. 이 사람은 나를 도와줄 능력이 없을 것이다.'

그는 나를 발견했으나 얼굴을 찡그리며 조금 전보다 더욱 무서운 모습을 하고 걸음을 재촉하며 지나갔습니다. 조그마한 희망마저 사라져 버리는 줄 알았습니다. 그런데 갑자기 사나이가 발을 멈추고 뒤돌아서 나에게 오는 소리가 들렸습니다. 내가 다시 그 얼굴을 쳐다보았을 때는 방금 지나갔던 사람의 얼굴이 아니라고 생각했습니다. 아까는 그 얼굴에 죽음의 기운이 서려 있었으나 지금은 생기가 가득하고 하느님의 인자함이 어려져 있음을 보았습니다. 그는 내 곁으로 다가와 입고 있던 옷을 벗어서 나에게 입혀 주고 자기 집으로 데리고 갔습니다. 그 사람의 집에 도착하니 한 여인이 우리를 맞이하였으나 불친절하게 대했습니다. 그 여인은 사나이보다 훨씬 무서운 얼굴을 하고 있었습니다. 그 여인의 입에서 죽음의 독기가 뿜어 나와 나는 그 입김에 제대로 숨을 쉴 수가 없어서 질식할 것만 같았습니다. 여인은 나를 추운 밖으로 쫓아내려고 하였습니다. 만일 그때 나를 몰아냈다면 여인은 당장 죽고 말았을 것입니다. 나는 그것을 알고 있었습니다. 그러나 남편이 갑자기 하느님의 얘기를 하자 여인은 급히 태도를 바꾸어 부드러워졌습니다. 여인이 서둘러 저녁 식사 준비를 하면서 나를 쳐다보았을 때 벌써 그 얼굴에는 죽음의 그늘이 사라지고 생기가 차 있었습니다. 나는 거기서 하느님의 모습을 발견했습니다.

그때 나는 '사람 안에 무엇이 있는가를 알게 될 것이다.'라고 하신 하느님의 첫 번째 말씀의 뜻을 깨닫게 되었습니다. 나는 사람 안에 사랑이 있다는 것을 깨달았습니다. 하느님께서 나에게 약속하신 것을 이렇게 깨닫게 하시는구나 생각하니 너무 기뻐서 싱긋 웃었던 것입니다. 그러나 아직 하느님 말씀의 뜻을 전부 알 수 없었습니다. '사람에게 무엇이 허락되지 않고 있는가?', '사람은 무엇으로 사는가?'라는 말씀의 뜻을 모르고 있었습니다.

여러분과 함께 살다 보니 금방 1년이 지났습니다. 그러던 어느 날, 가게에 한 사람이 나타나 1년을 신어도 찢어지거나 찌그러들지 않는 장화를 주문했습니다. 그 사람을 문득 바라보았더니 뜻밖에도 그 사람의 배후에 나의 동료인 죽음의 천사가 서 있는 것이 보였습니다. 나 외에는 누구도 그 천사를 볼 수 없었으나 나는 그 천사를 알고 있었습니다. 그리고 해가 지기 전에 그의 영혼이 떠날 것을 알았습니다. 나는 생각했습니다.

'이 사나이는 1년을 신어도 닳지 않는 신발을 주문하지만 자기가 오늘 죽는다는 것을 모르고 있구나.'

그래서 나는 사람에게 허락되지 않은 것은 무엇인가 하는 말씀의 뜻을 깨닫게 되었습니다.

사람 안에 무엇이 있는가는 벌써 깨달았습니다. 그리고 이번에는 사람에게 허락되지 않은 것이 무엇인가를 깨달았습니다. 그것은 자신에게 지금 무엇이 필요한가를 아는 것입니다. 그래서 나는 두 번째로 싱긋 웃었습니다. 동료 천사를 만난 것도 기뻤고, 두 번째 말씀을 개시해 주신 것도 기뻤습니다.

그러나 아직 사람은 무엇으로 사는가에 대해서는 알지 못했습니다. 그래서 나는 계속 여러분의 신세를 지면서 마지막 말씀의 뜻을 깨닫게 해주실 것을 기다리고 있었습니다. 그리하여 6년이 지난 오늘 쌍둥이 여자아이와 여인이 가게를 찾아와 그 아이들을 보는 순간 어머니가 죽은 후에도 두 쌍둥이가 아무 탈 없이 잘 자라고 있는 것을 보고 생각했습니다.

'그 어머니가 갓난아기를 생각해서 살려달라고 애원했을 때, 나도 아이들은 부모가 없이는 살아가지 못한다고 생각했는데 다른 여인이 엄연히 잘 기르고 있었구나.'

그리고 그 여인이 아이들이 잘 자라는 것에 보람을 느낀다고 하면서 감동의 눈물을 흘리는 것을 보았습니다. 거기서 살아계신 하느님의 모습을 보았고, '사람은 무엇으로 사는가?'라는 말씀의 뜻도 깨닫게 되었습니다. 드디어 하느님께서 마지막 말씀을 깨닫게 해주시고 용서하셨다는 기쁨에 세 번째로 웃었던 것입니다."

12

그러자 천사의 모습이 나타났는데 전신이 눈부신 빛으로 둘러싸여 있어서 눈으로 똑바로 볼 수가 없었다. 그 천사는 큰 음성으로 말하기 시작했다. 마치 그가 말하는 것이 아니라 하늘에서 울려오는 소리 같았다. 천사는 이렇게 말했다.

"나는 이와 같은 것을 깨달았다. 모든 사람은 자기에게 필요한 것을 생각하고 걱정한다고 살 수 있는 것이 아니라 사랑으로써 살아가는 것이다.

쌍둥이를 낳고 죽어가는 여인에게도 자기 아이들이 살아가기 위해 무엇이 필요한지를 아는 것이 허락되지 않았다. 또 부자 신사는 그에게 필요한 신발이 어떤 것인지 알지 못했다. 즉 사람에게는 어느 누구라도 저녁에 어떤 신발이 필요한지 아는 것이 허락되지 않았다.

내가 인간이 되어 살아갈 수 있었던 것은 내가 내게 필요한 것을 염려하고 걱정했기 때문이 아니라 내 곁을 지나가던 한 사람과 그의 아내가 나를 가엾게 생각하고 사랑해 주었기 때문이다. 또 두 쌍둥이가 잘 자란 것도 그들의 어머니도 아닌 한 여인이 그 아이들을 불쌍히 여기고 사랑해 주었기 때문이다. 모든 인간이 살아가고 있는 것은 각자가 자기 자신에게 필요한 것을 염려하고 걱정하기 때문이 아니라 그들 가운데 사랑이 있었기 때문이다.

나는 전부터 하느님께서 인간에게 생명을 주시고 그들이 잘 살기 원하신다는 것을 알았지만 지금 나는 또 다른 한 가지를 알게 되었다.

그것은 다름 아닌 인간이 각기 흩어져 무관하게 살기를 원치 않으신다는 것이다. 그래서 인간 각자에게 무엇이 필요한가를 보여주지 아니하시고 전 인류가 하나 되기를 원하시며 모든 인간을 위해 필요한 것이 무엇인가만을 보여주시고 알려주신 것이다.

나는 이제야 깨달았다. 모든 사람들이 자신의 생계를 걱정하고 애씀으로써 살아갈 수 있다고 생각하는 것은 인간이 그렇게 생각하고 있을 뿐, 실은 사랑에 의해서 살아가고 있는 것이다. "

그러고 나서 천사는 하느님께 영광의 찬송가를 노래했다. 그러자 그 웅장한 목소리로 인하여 온 집안이 울리더니 천정이 갈라지고 땅에서 하늘까지 불기둥이 솟았다. 세몬과 그의 아내, 아이들 모두는 땅에 엎드렸다. 미하일의 등에 날개가 돋아나더니 미하일은 날개를 활짝 펼치고 하늘로 올라갔다. 세몬이 정신을 차렸을 때, 집은 전과 다름없었고 집 안에는 가족 외에 아무도 없었다.

톨스토이 대표 단편선 *Representative short stories of Tolstoy*

일리아스의 행복

-Lev Nikolaevich Tolstoy

일리아스의 행복

-Lev Nikolaevich Tolstoi

❧

바쉬키르의 가장 큰 도시 우파에는 일리아스라는 사람이 살고 있었다.

일리아스는 1년 전 결혼을 했다. 그리고 얼마 안 되어 아버지가 돌아가셨고 약간의 재산을 물려받았다. 재산이라고 해봐야 고작 암말 일곱 마리와 암소 두 마리, 그리고 스무 마리의 양이 전부였다.

하지만 일리아스는 얼마 되지 않는 재산을 가지고 열심히 일을 했다. 이른 새벽부터 밤늦게까지 들판에 나가서 전보다 몇 배 더 열심히 일을 했다. 그의 아내도 남편 못지않게 부지런히 일을 했다. 덕분에 일리아스의 재산은 해마다 점점 늘어났다.

그렇게 일을 하다 보니 어느새 36년이란 세월이 훌쩍 지나가 버렸다. 일리아스의 머리도 희끗희끗해졌지만 대신에 일리아스는 나라 안에서 소문난 부자가 되었다.

말이 2백 마리, 소가 50마리, 그리고 양은 무려 1천 2백 마리나 되었다. 수많은 남자 일꾼들이 말떼를 지켰고 수많은 여자 일꾼들은 말 젖을 짜서 버터와 치즈를 만들거나 쿠미스(말의 젖으로 만든 술)를 만들었다.

"일리아스는 정말로 엄청난 부자야! 그의 집에는 무엇이든지 다 있어서 저 정도로 부자라면 죽지 않고 오래 살고 싶을 거야."

이웃 사람들은 누구나 일리아스를 부러워했다.

이런 소문이 점점 퍼져서 나중에는 권세가 높은 사람들도 일리아스를 소문으로 알게 되었다. 그들은 어떻게 하면 일리아스와 가까이 지낼 수 있을까를 궁리하였다. 그래서 먼 곳에서 일리아스를 찾아오는 사람도 많아지게 되었다.

일리아스는 그들을 즐거운 마음으로 맞이하여 맛있는 음식으로 환대하였다. 신분의 높고 낮음에 상관없이 찾아오는 사람을 누구나 똑같이 대접하였으며, 쿠미스와 차로 융숭하게 대접하였다. 그리고 항상 양을 잡아서 식사를 대접했으며, 부득이한 경우에만 양 대신 소를 잡아 대접했다.

그런데 일리아스에게는 두 명의 아들과 한 명의 딸이 있었다. 두 아들은 집안 형편이 어려울 때 아버지를 도와 열심히 일을 했다. 하지만 부자가 되자 차츰 난폭해지고 방탕해졌다. 결국 큰 아들은 술을 마시고 행패를 부리다가 마을 사람들에게 맞아 죽었다. 또한 둘째 아들은 콧대가 엄청 세고 건방진 여자와 결혼해서 아내의 말만 들으며 아버지의 말은 아예 들으려고 하지도 않았다. 그래서 하는 수 없이 일리아스는 둘째 아들에게 재산을 떼어 주고 따로 살게 하였다.

둘째 아들에게 재산을 많이 떼어 주고 막내딸도 시집을 보내고 나니, 일리아스의 재산은 많이 줄어들게 되었다. 게다가 별안간 양떼들이 병에 걸려 죽어 버렸다. 설상가상으로 가뭄마저 들어서 겨울이 되기도 전에 가축들에게 먹일 풀이 떨어졌다. 그래서 많은 소와 말들이 굶어 죽게 되었다. 또한 엎친대 덮친 격으로 키로키스인 마적단에게 얼마 남지 않은 말들까지 모조리 빼앗기고 말았다.

일리아스의 재산은 얼마 남아 있지 않았다. 그리고 몸도 늙고 쇠약해져서 전처럼 일도 하지 못하게 되었다.

일리아스는 어느덧 일흔이 되었다. 이제는 그에게 남은 것이라고는 아무것도 없었다. 천막을 씌운 마차도, 말안장도, 항상 깔고 앉았던 비단 양탄자도 모두 팔아 버리고 끝내는 아무것도 없는 빈털터리가 된 것이다. 언제 그런지도 모르게 순식간에 가난뱅이가 되어버렸다.

일리아스에게 남아 있는 것이라고는 모피로 된 외투 한 벌과

장화 한 켤레, 양가죽 반 장, 그리고 함께 늙어 온 아내 셰마가 전부였다. 둘째 아들은 이미 먼 곳으로 떠나버렸고, 시집간 막내딸도 결혼한 지 얼마 안 되어 죽고 말았다. 그래서 늙고 가난해진 일리아스 부부에게는 의지할 사람마저 아무도 없게 되었다.

결국 일리아스는 아내와 함께 종살이를 하기로 결심했다. 말년에 비참하게 된 일리아스를 동정한 이웃 사람이 그렇게 하도록 도와준 것이다. 그는 이웃에 사는 무하멧트샤프라는 사람이었다. 형편이 그렇게 넉넉한 사람은 아니었지만 착한 마음씨를 가지고 있었다. 그래서 이웃의 불쌍한 노인을 그냥 보고 있을 수 없었다. 게다가 일리아스가 부자로 살 때, 이웃들을 돕고 가난한 사람들을 차별하지 않고 정성껏 대했기 때문에 이 부부를 더욱 돕고 싶어 했다.

무하멧트샤프는 일리아스에게 말했다.

"일리아스, 부인과 함께 우리 집에 와서 살도록 하십시오. 우리 밭에서 힘이 허락하는 만큼만 일하고 겨울에는 가축들도 좀 돌봐주세요. 그리고 셰마 아주머니는 말 젖을 좀 짜주세요. 가끔 버터도 만들어 주십시오. 그러면 두 분이 먹을 것과 입을 것은 걱정하지 않도록 해드리겠습니다."

그날부터 일리아스는 아내와 함께 무하멧트샤프의 집에서 일을 하면서 살게 되었다. 오랫동안 일을 하지 않았고 또 나이가 있어서 처음에는 좀 힘이 들었으나 차츰 일이 익숙해지면서 견딜만했다. 부부는 정성을 다하여 무하멧트샤프를 도왔다.

무하멧트샤프는 이들 부부가 열심히 일하는 것을 보면 가슴이 아팠다. 옛날에 그처럼 잘 살던 이들이 남의 집에서 일꾼으로 일하는 것이 가엾게 생각되었다.

어느 날이었다. 먼 곳에 살고 있는 무하멧트샤프의 친척들이 놀러왔다. 이들 중에는 돼지고기를 금하는 이슬람교를 믿는 몰라가 함께 왔기 때문에 식사 대접은 양을 잡아서 하기로 하였다.

일리아스는 재빨리 양을 잡아 요리를 하여 손님들 앞에 갖다 놓았다. 손님들은 요리 솜씨를 칭찬하며 음식을 맛있게 먹었다. 또 차와 쿠미스를 마시며 재미있게 시간을 보내었다. 바닥에는 비단 양탄자가 깔려 있었고 그들은 모두 새털로 만든 푹신한 의자에 기대어 앉아 이야기를 하고 있었다.

그때 마침 일을 마친 일리아스가 그들이 앉아 있는 창문 앞을 지나가게 되었다. 무하멧트샤프는 창밖으로 지나가는 일리아스를 바라보며 말했다.

"방금 저 창 밖으로 지나가는 노인을 봤소?"

손님 중에 한 사람이 대답했다.

"네, 잠깐 보았습니다만 왜 그 노인에 대해서 무슨 이야기라도 있습니까?"

손님은 의아한 눈으로 주인을 바라보며 말했다.

"물론 있지요. 저 사람이 이 부근에서 제일 부자였던 일리아스라고 하는데, 이름을 들어 본 적이 있습니까?"

그 말을 들은 손님들은 놀라서 눈이 동그래지며 말했다.

"아, 물론 들어 본 적이 있지요. 만나 본 적은 없지만 굉장한 부자여서 전국 어디에나 그 소문이 퍼져 있었지요."

"그랬을 겁니다. 그런데 그렇게 부자로 살던 일리아스가 지금은 알거지가 되어 지금 우리 집에 와서 일을 해주고 있습니다. 나이 많은 아내와 함께 말입니다.

사람들은 모두 깜짝 놀랐다.

"인생이란 마치 수레바퀴처럼 돌고 돈다고 하더니, 어떤 사람은 위로 올라가고 어떤 사람은 아래로 내려가고, 아래로 내려갔던 사람이 다시 위로 올라가고, 올라갔던 사람이 다시 내려가고, 아마도 인생은 그렇게 바뀌는 모양입니다. 저렇게 나이가 많은 노인이 일해야 한다니……. 지금 저 사람의 마음은 얼마나 쓰리고 아프겠습니까?"

그러자 무하멧트샤프가 조용한 목소리로 말했다.

"그래도 저들 부부는 아주 열심히 일하고 있습니다."

한 손님이 말했다.

"저 노인하고 잠시 이야기를 해도 괜찮겠습니까? 지금까지 살아온 이야기도 한 번 들어보고 또 여러 가지 궁금한 것도 있고요."

"물론 그렇게 하실 수 있습니다."

그렇게 대답한 뒤 주인은 큰 소리로 불렀다.

"할아버지, 여기로 오셔서 쿠미스 한 잔 드세요. 할머니도 오십시오."

잠시 후 일리아스는 늙은 아내와 함께 손님들이 있는 방으로 들어왔다. 그는 손님들에게 인사를 한 후, 잠시 눈을 감고 기도를 드린 후 입구 옆에 자리를 잡고 앉았다. 일리아스의 부인은 여자들만 따로 머무는 방으로 가기 위해 커튼 뒤로 들어갔다.

일리아스에게 손님이 술을 권하자 그는 공손히 술잔을 받아 잠시 기도를 드린 후, 술을 마시고 잔을 내려놓았다.

그러자 손님 가운데 한 사람이 말했다.

"어떻습니까? 할아버지, 저희들을 보니 옛날에 잘 사시던 때가 생각나시나요? 그래서 괴롭지 않으십니까? 옛날엔 그토록 잘 사셨는데, 지금은 너무나 비참하게 되셨습니다."

그러자 일리아스는 조용히 웃으며 대답했다.

"이제 와서 옛날엔 행복했는데 지금은 불행하다느니 하고 따지는 것이 무슨 의미가 있겠습니까? 손님들은 내가 무슨 말을 해도 잘 믿지 않을 테니 제 아내를 불러서 물어보십시오. 아내는 솔직한 사람이라 자기가 생각하고 있는 그대로를 여러분에게 다 이야기할 것입니다."

손님은 커튼 뒤쪽을 향해 말을 걸었다.

"할머니, 할머니는 옛날에 잘 살았을 때의 행복과 지금 당하고 계신 불행을 어떻게 생각하고 계십니까?"

셰마 할머니가 커튼 뒤에서 대답했다.

"글쎄요. 내 남편 일리아스와 나는 50년을 같이 살면서 줄곧 행복을 찾으려고 열심히 노력했습니다. 하지만 행복을 찾은 적이 한 번도 없었습니다. 지금 우리들은 아무것도 없는 가난뱅이가 되어 남의 집에서 하인 노릇을 하고 있습니다. 이 생활도 벌써 2년이 되었습니다. 부자로 살았던 동안은 찾지 못했지만 겨우 이제야 우리들은 행복을 찾은 것 같습니다. 지금 이 생활에 아무런 불만이 없습니다. 더 이상 바랄 것이 없습니다."

이 말에 손님들도 놀라고 무하멧트샤프도 놀랐다. 한 손님은 자리에서 벌떡 일어나 커튼을 걷고 그런 말을 한 할머니의 얼굴을 보았다. 커튼 안에서 할머니는 두 손을 모으고 자기 남편을 그윽한 눈으로 바라보고 있었다. 할아버지도 웃으며 할머니

를 바라보았다. 할머니는 다시 말을 이었다.

"나는 사실을 말씀드리고 있습니다. 50년 동안 행복을 찾아 보았지만 무엇 하나 자유롭지 못한 동안에는 그것을 발견할 수 없었지요. 이제 가난뱅이가 되어 남의 집 종살이를 하면서 겨우 무엇과도 바꿀 수 없는 행복을 찾았습니다."

"두 분께서 지금 행복하다고 하시는 것은 도대체 무얼 두고 하시는 말씀인가요?"

"그것을 설명하면 다음과 같지요. 우리들이 부자로 살고 있 을 때는 이이나 나나 하루도 마음 편할 날이 없었습니다. 우리 들끼리 대화를 나누고 영적인 시간을 보내며 어떻게 살아야 하 는가에 대해서 이야기할 시간이 없었어요. 그래서 언제나 신경 이 곤두섰고 걱정이 많았던 것이지요.

손님들이 찾아오면 무엇을 대접할까? 무엇을 선물로 주어 야 할까? 어떻게 하면 실례가 되지 않을까? 그런 걱정들만 했 지요. 손님들이 돌아가면 이번에는 수많은 하인들을 감독하고 부리는 일에 신경을 써야 합니다. 하인들은 틈만 나면 주인의 눈을 속이고 물건을 훔쳐 내며 또 창고에 저장해 둔 음식들을 훔쳐 먹는 일이 예사니까요. 그렇게 그들을 감독하고 살피다 보면 때로는 엉뚱한 사람을 벌하기도 했습니다. 게다가 송아 지나 망아지가 늑대에 잡혀가지 않을까 걱정이 돼서 밤새 망을 보다 보면 잠을 이루지 못하는 일이 많지요. 그뿐인가요? 혹시 어미양이 갓난 새끼양을 죽이지 않을까 한밤중에 뛰어나가 살펴보아야 하지요. 이런 일들은 결코 행복한 일이 아니지요. 낮에는 낮대로 바빠야 하고 밤에는 또 그런 일로 신경을 써야 하니, 얼마나 정신적인 여유가 없겠어요. 한 가지를 해결하면 다른 걱정거리가 생겼지요. 그래서 한시도 마음 편할 날이 없었습니다.

여름에는 무슨 농사를 지을까? 밭에는 무슨 씨앗을 뿌릴까? 겨울에는 어떻게 또 이 추운 겨울을 보낼까? 이런저런 걱정이 떠날 틈이 없었습니다. 그뿐만이 아니었습니다. 어떤 문제에 대해서 남편과 의견이 맞지 않아 말다툼을 하고, 그것이 도를 지나쳐 남 보기에 언짢을 때도 많았습니다.

결국 우리들은 항상 걱정과 근심 속에 살았고, 여러 가지 죄를 많이 짓게 되었습니다. 그러니까 남들이 부자라고 부러워하고 있을 때, 정작 우리 부부는 행복하고는 거리가 먼 생활을 했던 것입니다. "

" 그러면 지금은 어떤가요? "

손님 중에 한 사람이 물었다.

" 지금은 편히 잘 수도 있고, 남편과 함께 자리에 앉아 자유롭게 무슨 말이라도 할 수 있어요. 게다가 크게 말다툼할 일도 없어요. 걱정거리가 하나 있다면 어떻게 하면 주인에게 도움이 될까 하는 거예요. 그래서 주인에게 손해를 끼쳐서는 안 된다는 생각으로 힘자라는 대로 열심히 일하고 있는 겁니다. 우리는 일터에서 돌아오면 점심을 먹을 수 있고, 저녁이 되면 따뜻한 방에서 잘 수가 있지요. 또 우리에게 털외투까지 주셔서 따뜻하게 입고 있어요. 밤이 되면 우리는 늘 한가하답니다. 그래서 옛날이야기도 하고, 영적인 이야기를 나누고, 하느님께 기도를 드릴 시간도 넉넉하지요. 그러니까 지난 50년 동안 우리가 찾고 있던 행복을 이제야 찾은 것이랍니다. ”

이 말을 다 들은 손님들은 이해가 가지 않는다는 듯이 웃었다.

가난한 지금에 와서야 행복을 찾았다는 말이 그들은 이해가 되지 않았던 것이다. 어째서 부자였을 때, 남들이 모두 부러워하는 것을 가지고도 행복을 느낄 수 없었을까 도저히 이해가 되지 않았다.

그러자 일리아스가 흰 수염을 쓰다듬으며 말했다.

“손님 여러분, 그렇게 웃을 일이 아닙니다. 이 이야기는 사람의 행복이란 무엇인가를 알려 주는 이야기입니다. 나는 전에 바보였었고, 또 우리 집사람도 바보였었기 때문에 재산을 다 잃고 눈물을 흘리며 슬퍼했습니다.

그러나 지금 와서 가만히 생각해 보니, 하느님은 그때 우리에게 진실을 깨닫게 해주신 것입니다. 농담으로 말하거나 장난하는 것이 아닙니다. 이 이야기가 혹시 여러분의 영혼에 도움이 될까 진실을 그대로 말씀드리는 것입니다. "

그 말이 끝나자 지금까지 심각한 표정으로 듣고 있던 폴라가 말했다.

"참으로 훌륭하신 말씀이십니다. 일리아스 노인의 말씀은 하나에서 열까지 모두 참된 말씀입니다. 바로 그런 말씀이 우리 경전 코란에도 적혀 있습니다. "

폴라의 말을 듣자, 손님들은 지금까지 일리아스를 비웃던 웃음을 그치고 깊은 생각에 잠겼다. 손님들은 누구 할 것 없이 모두 일리아스의 말을 곰곰이 생각하게 되었다.

세 그루의 사과나무

-Lev Nikolaevich Tolstoi

세 그루의 사과나무

-Lev Nikolaevich Tolstoi

1

어느 가난한 농가에 아들이 태어났다. 농부는 크게 기뻐하며 이웃집에 가서 아들의 영적인 부모가 되어 달라고 부탁했다.

그런데 이웃집에서는 거절을 했다. 왜냐하면 가난한 농가에서 태어난 아들의 대부(代父)나 대모(代母)가 되는 것이 싫었던 것이다. 가난한 농부는 다른 집으로 가 보았으나 거기서도 마찬가지였다.

온 마을을 다 돌아다녔지만 대부나 대모가 되려고 하는 사람은 아무도 없었다.

하는 수없이 농부는 이웃 마을을 향해 떠났다. 농부는 오로지 새로 태어난 아기에게 세례명을 지어 주어야 한다는 일념뿐이었다.

농부가 정신없이 이웃 마을로 가고 있을 때 저쪽에서 한 나그네가 오고 있었다.

나그네는 그를 보더니 발길을 멈추고 인사를 했다.

"안녕하시오? 어딜 그렇게 바삐 가시오?"

"네, 사실은 하느님께서 보배를 주셨죠. 자식이란 젊어서는 즐거움이 돼주고 나이 먹어서는 의지가 되며 죽어서는 연미사를 올려 주는데, 가난하다 보니까 우리 아들놈에게는 아무도 대부모가 되어 주려고 하지 않는군요. 그래서 대부모가 되어 줄 분을 찾아가는 길이지요."

나그네는 농부의 말을 듣고는 잠시 생각하는 듯하더니,

"내가 대부(代父)가 되면 어떻겠소?"

라고 농부에게 물었다.

농부는 크게 기뻐하며 나그네에게 고맙다고 한 다음,

"그러면 대모(代母)는 누구를 하면 좋을까요?"

하고 물었다.

"대모는 장사꾼의 딸에게 부탁해 보시오. 시내에 가면 광장에 가게를 여러 채 가진 큰 집이 있을 거요. 그 집의 주인을 불러내 딸을 대모로 해달라고 부탁하시오."

농부는 의아스럽게 생각했다.

"여보시오. 나 같은 농부가 어떻게 그런 부자 상인을 불러낼 수 있겠습니까? 나를 우습게 보고 만나주지 않을 겁니다."

"그런 걱정은 하지 않아도 될 거요. 가서 부탁만 하면 될 테니, 내일 아침에 세례식을 준비해 두시오. 내가 가서 대부가 되겠소."

가난한 농부는 그 길로 시내로 나가 부자 상인을 찾아갔다. 집 안마당으로 들어가자 부자 상인이 나와서,

"무슨 볼일이라도 있소?"

하고 물었다.

"실은 다름이 아니오라……. 나리, 하느님께서 이 사람에게 귀한 아들 하나를 점지해 주셨습니다. 아들이란 젊어서는 즐거움이 되고, 나이 먹어서는 의지가 되며, 죽어서는 연미사를 올려 주게 되는 것입지요. 제발 댁의 따님을 대모로 삼게 해 주십시오."

"그래, 세례식은 언제 하는가?"

"내일 아침이죠."

"좋아, 돌아가 있게. 내일 세례식을 올리기 전에 딸을 보내 줄 테니."

이튿날 대부가 될 사람도, 대모가 될 사람도 모두 와서 아기는 세례를 받았다. 대부는 세례식을 마치자마자 눈 깜짝할 사이에 어디론가 가 버려서 어디 사는 누구인지도 모르게 되었다. 그 뒤로는 아무도 그 사람을 보지 못했다.

2

아기가 성장할수록 농부 부부의 즐거움은 더해만 갔다. 힘은 세고 부지런했으며 영리한데다 온순하기까지 했다.

이윽고 아들은 열 살이 되었다. 학교에 보내자, 다른 아이들이 오 년 걸려 배우는 것을 이 아이는 일 년 만에 다 깨우쳤다. 아들은 더 이상 배울 것이 없게 되었다. 아들이 열한 살 되던 해, 부활절이 돌아왔다.

아들은 대모에게 가서 "그리스도는 부활하셨도다."라고 부활절의 축하 인사를 하고 집으로 돌아와서 물었다.

"제 대부님은 어디 계십니까? 찾아가서 부활절의 축하 인사를 드려야 할 텐데요."

그러자 아버지가 말했다.

"귀여운 나의 아들아. 너의 대부님이 어디 계신지 우리도 모른단다. 우리도 늘 그 일을 걱정하고 있지만 그분은 너의 세례식 뒤에는 모습을 보이시지 않는구나. 소문을 들은 적도 없고 어디 계신지도 모르니 살아 계신지 어쩐지 아무도 모른단다."

아들은 부모에게 절하며 말했다.

"아버지, 어머니, 제게 대부님을 찾아갈 기회를 주세요. 꼭 찾아서 부활절 인사를 드리고 싶어요."

부부는 아들에게 허락을 해주었다. 그리하여 아들은 자기의 대부를 찾아 길을 떠났다.

3

사내아이는 집을 나와 정처 없이 걸었다. 반나절쯤 걸었을 때 어떤 나그네를 만났다. 나그네는 발길을 멈추고,

"젊은이, 어딜 가나?"

하고 물었다. 아이가 말하길,

"저는 대모님에게 가서 부활절의 인사 말씀을 드리고 집으로 돌아왔습니다. 그리고 나서 저희 부모님께 저의 대부님은 어디 계시느냐고 여쭈었는데, 부모님께선 어디 계신지 모르며 세례식을 끝내고 가신 뒤로는 전혀 소식이 없으니 살아 계신지조차 모른다는 대답이셨습니다. 그래서 저는 대부님을 찾아서 이렇게 길을 떠나는 것입니다."

그러자 나그네가 말했다.

"허허, 그래. 네가 나를 찾아 나섰구나. 내가 바로 네 대부란다."

아이는 기뻐하며 대부에게 부활절의 축하 인사를 했다.

"대부님, 지금 어디로 가시는 길인가요? 혹시 저희 마을 쪽으로 가실 거면 저희 집에 들러 주세요. 그렇지 않고 댁으로 돌아가신다면 저도 댁으로 따라가겠어요."

이 말에 대부는 대답했다.

"나는 너희 집에 들를 틈이 없단다. 이쪽저쪽 마을에 볼일이 많아서 말이다. 집으로는 내일 돌아갈 예정이니 그때 우리 집으로 오려무나."

"대부님의 집은 어떻게 찾아야 하나요?"

"그래, 내가 알려줄 테니 잘 듣고 찾아오너라. 우선 태양이 떠오르는 쪽을 향해 똑바로 걸어라. 그러면 숲이 나온다. 그 숲 한가운데에 널찍한 초원이 있을 것이다. 그 초원에 앉아 쉬면서 그 근처의 풍경을 둘러보아라. 그런 뒤 숲을 나서면 그곳에 정원이 있고 그 정원에는 금빛 지붕의 집이 있을 것이다. 그곳이 내 집이다. 문 앞까지 오면 내가 마중을 나가마."

대부는 이렇게 말하더니 아이 앞에서 사라져 버렸다.

4

다음날 아이는 가르쳐 준대로 대부의 집을 찾아 길을 나섰다. 한참 걸어가니 숲이 나왔다. 숲 속의 넓은 초원에 닿아서 문득 바라보니 초원 한복판에 큰 소나무가 한 그루 서 있는데, 그 소나무에는 긴 줄이 매여 있고, 줄에는 무게가 40킬로그램은 되어 보이는 통나무가 매달려 있었다. 그리고 그 밑에는 벌꿀이 든 통이 놓여 있었다. 도대체 이런 곳에다 왜 벌꿀을 놓아두고 통나무를 매달아 놓았을까 생각하면서 머뭇거리고 있는데, 숲 속에서 바스락거리는 소리가 났다.

그쪽을 바라보니 몇 마리의 곰이 이리로 오고 있는 게 보였다. 어미곰인 암놈이 앞장서고 그 뒤에 두 살짜리 곰이, 또 뒤에는 세 마리의 새끼곰이 따라오고 있었다. 암놈은 코를 벌름거리더니 벌꿀 통으로 다가갔고 새끼곰들도 달려가서 벌꿀 통에 매달렸다.

그때 새끼곰이 줄에 매달린 통나무를 슬쩍 건드렸고 통나무는 금방 다시 제자리로 돌아오면서 새끼곰을 건드렸다. 그러자 암놈이 앞발로 통나무를 밀어젖혔다. 통나무는 먼저보다 세게 밀려갔다가 돌아오면서 새끼곰을 세게 내리쳤다. 등을 얻어맞은 놈도 있었고 머리를 맞은 놈도 있었다. 새끼곰들은 비명을 내지르며 흩어졌다.

암놈은 으르렁거리며 두 발로 통나무를 머리 위로 들어올려 힘껏 내던졌다. 통나무가 공중으로 높이 튀어 올라가자, 안심한 두 살짜리 곰은 통으로 달려가 꿀 속에 코끝을 처박고 할짝 할짝 핥아먹기 시작했다. 다른 새끼곰들도 다가왔다. 그러나 통 곁으로 다가오기가 무섭게 통나무가 다시 본래의 자리로 돌아오면서 두 살짜리 곰의 머리를 세게 때려 그 자리에서 즉사하고 말았다. 암놈은 먼저보다 더 무서운 소리로 으르렁거리며 통나무를 움켜잡아 힘껏 하늘을 향해 휙 내던졌다.

통나무는 더 높이 올라가 묶어둔 줄이 느슨해질 정도였다. 암놈이 벌꿀 통 곁으로 다가가니 새끼곰들도 다가들었다. 그때 높이 튀어 올라간 통나무가 공중에서 잠시 멈췄다가 다시 아래로 내려오기 시작했다. 내려오면 내려올수록 가속도가 붙어 힘이 아주 커졌다. 처음과는 비교도 할 수 없을 정도로 무서운 기세로 떨어지면서 암놈의 머리를 사정없이 때렸다. 암놈은 벌렁 나자빠져 버둥거리다가 숨이 끊어졌다. 새끼곰들은 걸음아 날 살려라 하고 달아나 버렸다.

5

아이는 그 광경을 보고 놀라서 마구 달려 도망갔다.

이윽고 커다란 정원이 나왔다. 정원 가운데에는 금빛 지붕으로 덮인 큰 궁궐이 자리잡고 있었다. 궁궐 문 앞에는 대부가 마중 나와 웃고 있었다. 그는 아이를 맞아들여 정원을 구경시켜 주었다. 그 정원의 아름다움과 평화로움은 이제껏 꿈에서도 보지 못했던 황홀경이었다.

대부는 아이를 궁궐 안으로 데리고 들어갔다. 궁궐 안은 정원보다 더 훌륭했다. 대부는 이 방 저 방을 빠짐없이 보여주었다. 보면 볼수록 신기해서 아이는 더욱더 즐거워졌다. 이윽고 두 사람은 어느 방문 앞에 이르렀다.

"이 문이 보이느냐?"

대부가 물었다.

"여긴 자물쇠가 없다. 그냥 닫았을 뿐이다. 그러니까 쉽게 열 수는 있지만 열지 않는 편이 좋다. 어디든 네 마음대로 뛰어다니며 놀아라. 무슨 놀이를 하며 즐겨도 상관없으나, 이 방만은 들어가면 안 된다. 알겠느냐? 만약에 안으로 들어가는 날엔 아까 이곳으로 오는 도중에 숲 속에서 본 일을 생각하게 될 것이다."

대부는 그렇게 말하고는 어디론지 가 버렸다. 아이는 홀로 남아 거기서 놀았다. 거기서는 정말로 즐겁고 기쁜 일뿐이라 겨우 두 시간 머물렀던 것처럼 생각되었으나 사실은 30년이란 시간이 흘러 버렸다. 30년이 지났을 때 성장하여 사내가 된 아이는 꼭 닫혀 있는 문 앞으로 다가가서 생각했다.

"대부님은 왜 이 방에 들어가서는 안 된다고 하셨을까? 어디 한번 뭐가 있는지 들어가 봐야지."

문을 잡아당기니 닫혔던 문이 열렸다. 안으로 들어가 보니 방은 궁궐 안의 어느 방보다 크고 훌륭하며 방 한가운데에는 금으로 꾸민 의자가 놓여 있었다. 사내는 방 안을 이리저리 실컷 돌아다니다가 층계를 밟고 올라가 의자에 앉았다. 의자에 앉아서 내려다보니 옆에 지팡이가 놓여 있었다. 지팡이를 손에 잡자마자 갑자기 벽이 사방으로 쫙 열리며 온 세계가 한눈에 보이고, 세상 사람들이 하고 있는 일들을 다 볼 수 있었다. 정면을 보니 바다가 있고 배가 왕래하는 모습이 보였다. 왼쪽을 보니 그리스도교도인 다른 나라의 사람들이 살고 있고, 오른쪽을 바라보니 그리스도교도가 아닌 다른 나라의 사람들이 살고 있었다. 마지막으로 뒤를 보니 러시아인들이 살고 있었다.

"어디 한번, 우리 집에서 뭐하고 있나 봐야겠다. 밭에 보리는 잘 영글었나?"

자기 집의 밭을 보니 보릿단이 잔뜩 쌓여 있다. 얼마나 되나 하고 숫자를 세기 시작했는데 얼핏 보니 밭쪽을 향해 짐수레가 오고 있었다. 그 짐수레에는 농부가 앉아 있었다. 아버지가 밤중에 보릿단을 가지러 온 것이라고 생각했다. 그런데 자세히 보니, 그 농부는 아버지가 아니라 바실리이 끄로랴쇼프라는 도둑이 아닌가. 도둑은 보릿단 곁에까지 오자 보릿단을 수레에 싣기 시작했다. 사내는 속이 상해서 외쳤다.

"아버지, 보리를 훔쳐 가요!"

아버지는 한참 잘 자다가 깨서,

"허 참, 보릿단을 훔쳐 가는 꿈을 꾸었군. 어디 한번 가 보아야지." 하고 힘차게 말을 달렸다.

밭에 와 보니 바실리이가 보릿단을 훔쳐 가고 있었다. 아버지는 얼른 커다란 소리로 이웃 농부들을 불렀다. 결국 바실리이는 붙잡혀 감옥으로 송치되었다.

다음에 사내는 대모가 살고 있는 거리 쪽을 바라보았다. 대모는 어떤 상인의 아내가 되어 있었다. 대모는 마침 잠을 자고 있는 중이었다. 그런데 남편이 슬그머니 일어나서 다른 여자에게 가고 있는 게 아닌가. 사내는 대모에게,

"일어나세요! 주인 아저씨가 나쁜 짓을 하려고 해요."

하고 커다란 소리로 가르쳐 주었다. 대모는 벌떡 일어나 옷을 갈아입고 남편의 뒤를 따라가 한껏 망신을 준 뒤에 그 여자를 마구 때리고 남편을 몰아냈다.

사내는 이번엔 자기 어머니를 찾아보았다. 어머니는 집에서 자고 있었는데 집 안에 도둑이 들어와 옷장의 자물쇠를 부수

고 있는 중이었다. 그 소리에 어머니는 잠이 깨어 큰 소리로 "도둑이야!" 하고 외쳤다. 깜짝 놀란 도둑은 도끼를 꺼내 당장 어머니를 죽이려고 했다. 보고 있던 사내는 참을 수가 없어 지팡이를 도둑에게로 던졌다. 이마 관자놀이에 지팡이를 정통으로 맞은 도둑은 그 자리에 쓰러져 죽어 버렸다.

6

사내가 도둑을 죽이자마자 훤히 트였던 사방의 벽이 싹 닫히면서 방은 원래대로 되었다. 그때 문이 열리면서 대부가 들어왔다. 대부는 사내에게로 와서 그의 손을 잡아 의자에서 끌어내린 뒤에 이렇게 말하는 것이었다.

"너는 내가 일러둔 말을 듣지 않았구나. 네가 저지른 첫 번째 잘못은 금단의 문을 연 일이다. 두 번째 잘못은 내 자리에 앉아 내 지팡이를 잡은 일이다. 세 번째 잘못은 세상에 악을 더한 일이다. 만약 네가 한 시간만 더 앉아 있었더라면 인간의 절반을 못 쓰게 만들었을 것이다."

대부는 다시 사내의 손을 잡고 자리에 올라가 지팡이를 들었다. 그러자 다시 벽이 열리면서 무엇이나 다 보이게 되었다. 대부는 말했다.

"자, 네가 너희 아버지에게 한 짓을 보아라. 바실리이는 일 년 동안이나 감옥에 갇혀서 온갖 나쁜 짓을 배워 손볼 수 없는 악당이 돼 버렸다. 보아라. 그가 방금 너희 아버지의 말을 두 필 훔쳐 갔는데, 조금 있으면 집까지 불태워 버릴 테니……. 네가 너희 아버지에게 한 일은 이런 것이다."

집이 타는 것이 사내 눈에 비치자 대부는 그것을 닫고 또 다른 쪽을 보도록 했다.

"자, 봐라. 남편이 벌써 일 년 전부터 딴 여자와 놀아났다는 것을 알게 된 대모는 술로 밤낮을 지새우고 있다. 네가 대모에게 고해 바쳤던 그 여자는 아주 타락한 여자가 돼 버렸다. 네가 대모에게 한 짓은 이런 것이다."

대부는 이번에는 사내의 집을 보여주었다. 어머니의 모습이 보였다. 어머니는 자기가 지은 갖가지 죄를 뉘우치면서 울고 있었다.

"차라리 그때 내가 도둑에게 죽임을 당했더라면 좋았을걸. 그러면 이렇게 많은 죄를 짓지 않아도 되었을 텐데."

"네가 어머니에게 한 짓은 이런 것이다."

대부는 이제 아래쪽을 가리켰다. 사내의 눈에 어머니의 옷장을 훔치려던 도둑의 모습이 비쳤다. 두 사람의 교도관이 감옥 앞에서 그 도둑을 잡아 누르고 있었다. 대부는 말했다.

"이 사나이는 아홉 명의 목숨을 빼앗았다. 자기 자신이 그 죄를 갚지 않으면 안 되는 인간이었다. 그런데 네가 이 사나이를 죽여 버렸기 때문에 그의 죄를 모두 네가 떠맡아야 한다. 너는 스스로 이렇게 만들었다. 곰이 처음 통나무를 건드렸을 때는 새끼곰을 놀라게 했을 뿐이지만 두 번째로 밀어젖혔을 때는 두 살짜리 곰을 죽이고 세 번째로 집어던졌을 때는 스스로를 파멸시켜 버렸다. 네가 한 짓도 마찬가지다. 나는 네게 지금부터 삼십 년의 시간을 줄 테니 세상에 나가서 도둑의 죄를 대신 갚도록 하여라. 만약 그 일을 하지 못하면 네가 대신 저 도둑이 된다."

"어떻게 하면 도둑의 죄를 갚을 수 있을까요?"

사내가 물었다. 그러자 대부는 이렇게 대답했다.

"세상에 나가서 네가 지은 만큼의 죄를 다 지우면 너는 도둑의 죄를 갚게 된다."

"어떻게 하면 세상에 나가 죄를 지울 수 있나요?"

사내가 다시 물었다.

"태양이 떠오르는 쪽으로 똑바로 걸어가거라. 그러면 밭이 나오고, 그 밭에 많은 사람들이 있을 것이다. 그 사람들이 하는 짓을 잘 보고 아는 것을 가르쳐 주고 계속 걸어가면서 눈에 띄는 일들을 머리에 새겨 두어라. 나흘째 되는 날에는 숲에 당도할 것이다. 그 숲 속에는 암자가 있고 그 암자에는 은둔자가 살고 있는데 그분에게 이제까지 있었던 일을 모조리 이야기하여라. 그분이 네게 죄를 지우는 방법을 가르쳐 줄 것이다. 그분이 네게 이르는 일을 모두 해내면 너는 도둑이 지은 죄를 갚게 되는 것이다."

대부는 그렇게 말하고는 사내를 문 밖으로 내보냈다.

사내는 걷기 시작했다.

7

"어떻게 이 세상의 죄를 지워 나가야 한단 말인가? 세상에서는 보통 악인을 유배 보내고 감옥에 가두거나 사형에 처하여 그것으로 악을 지우고 있는데, 죄를 지워 가면서 남의 죄를 다시 자기가 떠맡지 않으려면 어떻게 하면 좋을까?"

사내는 곰곰이 생각했지만 깨달을 수가 없었다.

정처없이 걸어가다 보니 밭에 이르렀다. 밭에는 보리 이삭이 누렇게 익어 추수하기에 알맞았다. 그런데 보리밭 속을 망아지가 돌아다니고 있었다. 많은 사람들이 그것을 보고 각기 말을 타고 밭 속을 이리저리 달리면서 망아지를 몰아내려 하고 있었다. 망아지가 보리밭에서 튀어나오려고 하면 마침 그곳으로 다른 사람이 말을 몰고 오기 때문에 망아지는 놀라서 다시 밭속으로 달려 들어가곤 했다. 그러면 사람들은 다시 그 뒤를 쫓아 보리밭 속에서 말을 몰았다. 길에는 한 여자가 서서 사람들이 자기 망아지를 몰아세워 기운 빠지게 한다면서 울부짖고 있었다.

사내는 농부들에게 말했다.

"왜 당신들은 망아지를 힘들게 쫓아다니죠? 모두 밭에서 나와 저 아주머니에게 망아지를 불러내도록 하세요."

사람들은 사내의 말대로 해보기로 했다. 아주머니는 길에 서서,

"누렁아, 이리와!"

하고 불렀다. 망아지는 귀를 쫑긋거리며 가만히 듣고 있다가 이윽고 아주머니에게로 뛰어가 느닷없이 그 품안으로 뛰어들었다. 그 바람에 하마터면 아주머니는 쓰러질 뻔했다. 그때서야 농부들과 아주머니는 기뻐서 큰 소리로 함께 웃었다. 망아지도 좋아서 이리저리 뛰었다.

사내는 다시 걸음을 옮기면서 생각했다.

'사람이 악한 일을 무턱대고 꾸짖으면 꾸짖을수록 더욱더 악

은 퍼져만 간다. 이제야 악은 악 때문에 불어 나간다는 것을 알았다. 악은 악으로 다스릴 수 없는 것이다.

그렇다면 세상의 악은 어떻게 없앨 수 있는 걸까? 망아지가 아주머니의 말을 들었으니 망정이지 만약 듣지 않았다면 어떻게 몰아냈을지 막연하지 않은가?'

사내는 열심히 생각했으나 이렇다 할 묘책이 떠오르지 않았다.

8

마냥 정신없이 걸어가자, 어떤 마을에 닿았다. 마을의 제일 마지막 집에 가서 하룻밤 잠자리를 청했다. 주인아주머니는 흔쾌히 들어오라고 했다. 집 안에는 아무도 없고 다만 아주머니 혼자서 걸레질을 하고 있었다.

사내는 안으로 들어가서 벽난로 위에 걸터앉아 아주머니가 일하는 모습을 가만히 보았다. 아주머니는 걸레로 방을 다 훔치고 나서 이번에는 테이블을 닦기 시작했다. 걸레로 테이블을 닦자 더러운 걸레 자국이 테이블 위에 줄무늬처럼 남았다. 반대쪽으로 문지르니 먼젓번 걸레 자국은 없어지는데 새로 자국이 났다. 다음에는 세로로 문질러 보았으나 역시 마찬가지였다. 더러운 걸레로 훔치기 때문이었다. 먼저 난 자국이 없어졌나 하면 금방 다른 자국이 생겨났다. 사내는 한참 동안 물끄러미 바라보고 있다가 보다 못해 말을 걸었다.

"아주머니 지금 뭘 하고 계시는 겁니까?"

"아니, 자네 눈에는 일하는 것이 보이지 않나. 축제 준비로 청소를 하고 있어. 그런데 테이블이 왜 이 모양이지. 아무리 훔쳐도 깨끗해지지 않고 자꾸 더러워지기만 하니…….."

"아주머니, 걸레를 깨끗이 빨아서 훔치면 깨끗해질 텐데요."

그대로 하자 테이블은 금방 깨끗해졌다.

"젊은이, 가르쳐 줘서 고맙네."

이튿날 아침, 사내는 아주머니와 작별하고 다시 길을 떠났다. 한참을 걸어가니 숲에 당도했다. 그곳에선 농부들이 수레바퀴를 만들기 위해 나무를 둥그렇게 휘고 있었다. 사내가 가까이 다가가 보니 농부들은 열심히 빙빙 돌고 있지만 나무는 조금도 구부러지지 않고 있었다. 자세히 살펴보니 농부들이 만든 받침대가 꽉 고정되어 있지 않기 때문이었다. 받침대가 풀려 서로 제각기 돌아가고 있었다. 사내는 이 광경을 한참 보고 있다가 이렇게 말했다.

"아저씨들은 무슨 일을 하고 계신 중인가요?"

"음, 이렇게 수레바퀴를 만드는 중인데 아무리 휘려 해도 영 나무가 휘어지지 않아. 기운이 전부 쑥 빠져 버렸어. "

"아저씨들, 그러지 말고 받침대를 꽉 고정시키고 해보세요. 지금 아저씨들이 받침대와 함께 돌고 있잖아요. "

농부들은 그 말을 듣고 받침대를 단단히 고정시켰다. 그러자 일이 제대로 되었다.

사내는 거기서 하룻밤을 지내고 다시 길을 떠났다. 하루 낮 하루 밤을 걸어 새벽녘에 목동들이 모여 있는 곳을 발견하고 그 옆에 잠시 누웠다. 누워서 바라보니 그들은 소들을 풀밭에 풀어 놓고 장작불을 피우는 중이었다. 마른 가지를 주어다가 불을 붙이고 활활 타오르기도 전에 생나무를 불 위에 올려 놓았기 때문에 불은 금방 꺼져 버렸다. 그들은 다시 마른 가지를 주워서 불을 붙였으나 생나무를 마구 지펴, 또다시 불은 꺼지고 말았다. 오래도록 애를 써도 좀처럼 불을 피우지 못했다. 그것을 보고 있던 사내가 말했다.

"너무 성급히 생나무를 넣으니까 안 되잖아. 기다렸다가 화력이 세어진 다음에 생나무를 올려놓아보렴."

목동들은 가르쳐 준 대로 했다. 화력이 세어진 다음에 생나무를 올려놓으니 불은 환한 빛과 따스한 온기를 내뿜으며 훌륭한 장작불이 되었다. 사내는 한참 동안 그들과 같이 있다가 다시 길을 떠났다. 도대체 무슨 이유로 이 세 가지 일을 보게 한 것일까? 골똘히 생각해 보았으나 그 까닭을 알 수가 없었다.

9

부지런히 걸어가는 동안 하루가 지났다. 어떤 숲에 다다르자 숲 속에 암자가 있었다. 암자로 다가가 문을 두드리니 암자 안에서 누군가가 물었다.

"누구냐? 거기 있는 자가."

"큰 죄인이지요. 남의 죄 갚음을 하려고 돌아다니고 있습니다."

안에서 은자(隱者)가 나와 다시 물었다.

"대체 너는 어떤 사람의 죄를 짊어졌느냐?"

사내는 자신의 대부 이야기, 암곰의 이야기, 닫혀 있던 방에서의 이야기, 대부가 자기에게 명령한 일, 그리고 밭에서 망아지를 쫓느라고 농부들이 보리를 마구 짓밟은 일, 망아지가 스스로 아주머니에게 간 일 등을 모조리 이야기하였다.

"저는 악을 악으로 다스릴 수 없다는 것을 깨달았습니다. 그러나 어떻게 해야 그것을 없앨 수 있는지는 모르겠습니다. 제게 가르침을 주십시오."

그러자 은자가 이렇게 말했다.

"그 밖에 네가 오는 도중에서 본 일을 자세히 이야기해 보아라."

사내는 아주머니가 집안 청소를 하고 있던 일, 수레바퀴를 만들고 있던 농부들의 일, 장작불을 지피던 목동들의 이야기를 했다. 은둔자는 그의 이야기를 끝까지 듣고 나서 암자 안으로 들어가더니 이가 빠진 손도끼를 가지고 나와 어딘가로 사내를 데리고 갔다. 암자에서 십 리 가량 떨어진 곳에 이르자 한 그루의 나무를 가리키며 말했다.

"이 나무를 찍어라."

사내가 나무를 찍자 나무는 금세 쓰러졌다.

"이제 그 나무를 세 토막으로 잘라라."

사내는 나무를 셋으로 잘랐다. 그러자 은자는 다시 암자로 돌아가더니 불을 가지고 왔다.

"그걸 반쯤 태우고 반쯤 흙 속에 파묻어라."

사내는 그가 시키는 대로 나무를 태우고 흙 속에 나무를 심었다.

"저기를 봐라. 산 저 아래에 개울이 있다. 저기서 물을 한 입 머금고 와서 이 나무들에 뿜어 주어라. 첫 번째 나무에는 네가 아주머니에게 가르쳐 준 것처럼 물을 주는 것이다. 다음 나무에는 네가 농부들에게 가르쳐 준 것처럼 물을 주어야 한다. 마지막 나무에는 네가 목동들에게 가르쳐 준 것처럼 물을 주어라. 이 세 나무가 모조리 뿌리를 내려 세 개의 사과나무로 자라나면 그때서야 비로소 어떻게 하면 인간의 악을 없앨 수 있는지를 알게 될 것이다. 그러면 너는 모든 죄를 갚게 되는 것이다."

그렇게 말하고 은자는 암자로 돌아갔다. 사내는 골똘히 생각해 보았으나 은자가 한 말이 무슨 뜻인지 도무지 알 수가 없었다. 하지만 그가 시키는 대로 하지 않을 수 없었다.

10

사내는 개울에 가서 입에 물을 머금고 와서 한 나무에 끼얹어 주고, 다시 가고 또 가고 하여 차례로 물을 주었다. 그러고 나니 사내는 그만 지칠 대로 지치고 배가 고파졌다. 사내는 은자에게 먹을 것을 청하려고 암자로 갔다. 그런데 문을 열어 보니 그는 이미 죽은 사람이 되어 평상 위에 누워 있었다.

근처를 둘러보니 마른 빵이 있었다. 사내는 그것으로 대충 요기를 했다. 그리고는 삽을 찾아내 무덤 자리를 파기 시작했다. 그때부터 밤에는 입에 물을 머금어다 타다 남은 나무에 끼얹어 주고, 낮에는 무덤자리를 팠다. 겨우 다 판 뒤 시신을 묻으려는데 마을 사람들이 왔다. 은자에게 먹을 것을 가져다주던 사람들이었다.

모두들 은자가 죽었다는 말을 듣자 사내를 축복하여 대신 스승의 자리를 이어 줄 것을 부탁했다. 모두 함께 매장한 후 사내에게 음식을 남겨 놓고 다시 오겠다는 약속을 하고 돌아갔다.

사내는 은자의 뒤를 이어 거기서 살기 시작했다. 그는 사람들이 가져다주는 것을 먹고 살면서 은자가 시킨 일을 계속하고 있었다. 산 아래 개울에서 물을 머금어다가 타다 남은 나무에 끼얹어 주는 일을 반복했다.

그렇게 일 년을 살다 보니 이제는 많은 사람들이 그를 찾아왔다. 숲 속에 성인이 살고 있어 산 아래에서 물을 입으로 머금어다가 타다 남은 나무에 끼얹어 주면서 도를 닦고 있다는 소문이 퍼졌기 때문이었다. 가난한 사람들이든, 부자든, 권력을 쥔 자든 모두들 그를 보려고 찾아왔다. 찾아온 사람들은 여러 가지 선물을 놓고 가기도 했다. 그는 식량이나 옷가지 한두 벌 말고는 아무것도 갖지 않았다. 선물 받은 물건들을 모조리 가난한 사람들에게 나누어 주었다.

그는 하루의 반은 물을 입에 머금어 타다 남은 나무에 끼얹어 주고 나머지 반나절은 쉬기도 하고 찾아오는 사람들과 만나기도 하면서 살고 있었다. 그는 마음속으로 이것이 자기가 지켜나가야 할 생활이며, 이를 통해 세상의 악을 없애고 죄 갚음을 할 수 있다고 생각하게 되었다. 그렇게 다시 일 년을 살았으나 하루도 타다 남은 나무에 물을 주지 않은 날이 없었다. 그러나 어느 나무에도 움은 트지 않았다.

어느 날, 암자 안에 있으려니까 누군지 모를 남자가 노래를 부르며 암자 앞을 지나가는 소리가 들려 왔다. 대관절 누구일까 하고 밖을 내다보았다.

그는 건장하게 생긴 젊은이였는데, 값진 의상을 몸에 걸쳤으며 타고 있는 말의 안장도 여간 훌륭한 것이 아니었다. 사내는 그자를 불러 대관절 어디 사는 누구인지, 그리고 어디로 가는지를 물어 보았다. 그러자 그가 말을 세우고 대꾸했다.

"나는 강도인데, 곳곳을 돌아다니며 사람을 죽이지. 사람을 많이 죽이면 죽일수록 기분이 좋아서 이렇게 노래를 부르는 것이다."

사내는 몸을 움츠리며 이렇게 생각했다.

'이 같은 인간 속에 깃든 악은 대체 어떤 방식으로 없애야 할까? 나를 찾아오는 사람들은 모두 자기의 죄를 뉘우치는데 이 자는 나쁜 짓을 하고서도 그것을 자랑으로 삼고 있으니…….'

사내는 아무 말도 하지 않고 그 강도에게서 물러나 이렇게 생각했다.

"이 강도가 근처에서 돌아다니면 앞으로 사람들이 무서워서 내게 잘 오지 못하게 될 거야. 그러면 사람들도 불편하겠지만 나는 어떻게 살아가야 하나?"

생각다 못해 사내가 다시 강도에게 말을 걸었다.

"내 암자를 찾아오는 사람들은 자신의 죄를 자랑하지는 않소. 모두가 죄를 뉘우치고 속죄하려고 하오. 그대도 하느님이 두렵다고 생각하면 죄를 뉘우치시오. 죄를 뉘우치지 못하겠으면 이곳을 떠나 두 번 다시 오지 마시오. 세상 사람들에게 겁을 주어 내 곁에서 쫓아내지 말란 말이오. 내 말을 듣지 않으면 천벌을 받을 것이오."

강도는 껄껄 소리 내어 웃었다.

"나는 하느님 같은 건 두려워하지 않으니까 네 말 따윈 들을 필요도 없다. 네가 내 주인이라도 된단 말이냐?

너는 하느님께 기도를 드려서 먹고 살지만 나는 강도질로 먹고 산다. 사람은 다 저마다 살아가는 방식이 다른 법인데, 너를 찾아오는 사람들한테나 설교를 하면 되지 웬 잔소리냐? 나는 네 설교를 들을 이유가 없다. 내게 하느님을 설교해 준 보답으로 내일은 사람을 둘 더 죽여주마. 지금 당장 널 죽여 버려도 되지만 그런 일로 손을 더럽힐 마음은 없다. 앞으로는 내 눈앞에 얼씬거리지 않도록 해라."

이렇게 으름장을 놓고 가 버렸으나 그 뒤로 다시는 나타나지 않았고 팔 년 동안 평온하게 살았다.

11

어느 날 새벽녘에 그는 언제나처럼 타다 남은 나무에 물을 준 뒤에 암자로 돌아와 이제 사람들이 찾아올 때가 되었다고 생각하면서 물끄러미 오솔길에 눈길을 보내고 있었다. 그런데 그날은 아무도 오지 않았다. 해질 무렵까지 아무 일도 하지 않은 채 우두커니 앉아 있었다. 그리고 이제까지의 일들을 회상해 보았다. 그러다가 문득 하느님께 기도를 드려서 먹고 산다고 비아냥거렸던 강도의 말을 생각해냈다.

그리고는 지금까지 해 온 일을 돌이켜보았다.

"뭔가가 잘못된 것 같다. 은자는 내게 고행을 지시했는데, 나는 그 고행으로 양식을 얻고 세상 사람들의 칭송을 바라게 되었다. 사람들이 찾아오지 않으면 마음이 언짢아지고 사람들이 찾아오면 나를 성인 취급하는 줄 알고 나도 모르게 우쭐해진다. 이래선 안 되겠다. 세상의 평판에 현혹되어서는 전에 지은 죄를 갚지 못한다. 사람들 눈에 띄지 않도록 다른 곳으로 가서 혼자 살아야겠다."

사내는 마른 빵이 든 조그만 자루와 괭이를 집어 들고 암자를 나와 골짜기 쪽으로 내려갔다. 그때 저쪽에서 강도가 말을 타고 달려왔다.

사내는 놀라 달아나려 했으나 기어코 강도에게 들키고 말았다.

"어디로 가는가?" 하고 강도가 물었다.

세상 사람을 피하여 아무도 찾아오지 않는 곳으로 간다고 대답했다. 강도는 어처구니없다는 식으로 말했다.

"아무도 찾아오지 않으면 앞으로 어떻게 먹고 살아갈 텐가?"

미처 그런 생각은 해보지도 않았던 사내는 강도가 묻자 얼떨결에 대답했다.

"무엇이든 하느님께서 내려 주시는 것으로 살아가면 되오."

그러자 강도는 아무 대답도 않고 그냥 돌아서더니 멀리 가버렸다. 사내는 강도가 그냥 돌아가는 것을 궁금하게 여기고 생각했다.

"어쩌면 저 강도가 회개할 때가 됐는지도 몰라. 먼저보다는 거동도 한결 부드러워지고 아무런 협박도 하지 않는 걸 보면."

그 때 사내는 강도의 뒷모습에 대고 커다란 소리로 외쳤다.

"그대는 죄를 회개하지 않으면 안 되오. 하느님의 눈을 피할수는 없는 것이오!"

그러자 강도는 말머리를 홱 돌려 달려오더니 허리에서 칼을 빼어 그를 내리치려고 했다. 사내는 깜짝 놀라 숲 속으로 도망쳐 들어갔다. 강도는 뒤쫓아 오지는 않고 그냥 이렇게만 말했다.

"지금까지 두 번 너를 용서해 주었지만 세 번째로 내 눈에 띄면 다시는 용서하지 않을 것이다. 못된 늙은이! 죽여 버릴 테니."

그리고는 자취를 감춰 버렸다.

그날 밤 타다 남은 나무에 물을 주러 갔다가 문득 그 나무들을 들여다보게 되었다. 그런데 놀랍게도 그 중 한 나무에서 싹이 나오고 있었다. 사과나무 잎이 나오기 시작했던 것이다.

12

그는 세상 사람의 눈을 피해 홀로 살았다. 이윽고 마른 빵도

다 떨어져 갔다. 이제는 풀뿌리라도 캐서 끼니를 이어야겠다고 생각하고 막 나서는데 나뭇가지에 마른 빵이 든 자루가 걸려 있지 않겠는가? 사내는 하느님에게 은혜에 대한 감사기도를 올리고 그것으로 끼니를 이었다. 마른 빵이 다 떨어지기가 무섭게 같은 나뭇가지에 마른 빵 자루가 걸려 있었다.

사내는 그 빵으로 살아갈 수 있었다. 그러나 꼭 한 가지 꺼림칙한 일이 있었다. 다름 아닌 강도가 자주 나타났던 것이다. 강도가 나타나는 기척이 있으면 재빨리 숨었다.

"저자의 손에 걸려 죽으면 영원히 죄 갚음을 하지 못한다."

이렇게 또 십 년이 지났다. 사과나무는 한 그루만 자랄 뿐 나머지 두 나무는 여전히 타다 남은 그대로였다. 그는 매일 아침 일찍 일어나 타다 남은 나무에 물을 축여 주었다. 그러던 어느 날, 그는 수행에 너무도 지쳐 땅바닥에 주저앉아 잠시 쉬다가 생각했다.

'강도에게 죽는 것을 두려워하다니 하느님의 뜻이라면 죽음으로써 기꺼이 나의 죄 갚음을 하자.'

그렇게 생각하는 순간 강도가 말을 타고 욕을 하면서 오는 기척이 느껴졌다. 사내는 하느님 말고 그 누구에게도 나쁜 꼴을 당할 까닭은 없다고 생각하고 강도가 오는 쪽으로 걸음을 옮겼다. 강도는 혼자가 아니고 안장 뒤에 한 사람을 태워 어딘가로 데리고 가는 중이었다. 그 사람은 양손이 묶이고 재갈마저 물려 있었다. 강도는 혼자 욕을 퍼 붓고 있는 중이었다. 사내는 강도에게로 가서 말 앞을 가로막아 섰다.

"이 사람을 어디로 데리고 가느냐?"

"숲 속으로 끌고 간다. 이놈은 장사꾼의 아들인데 할아버지의 돈이 어디 있는지를 가르쳐 주지 않아 실토할 때까지 두들겨 줄 거다."

13

강도는 이렇게 말하면서 지나쳐가려 했으나 사내는 말고삐를 잡고 놓지 않았다.

"이 사람을 놓아 주어라."

강도는 화가 나서 치려고 채찍을 들어올렸다.

"놓아라! 너도 이런 꼴을 당하고 싶으냐? 약속대로 죽여주마!"

그러나 사내는 두려워하지 않았다.

"못 놓겠다. 나는 너 같은 건 무섭지 않다. 나는 오직 하느님만을 두려워할 뿐이다. 그런데 하느님께서는 놓아선 안 된다고 분부하신다. 이 사람을 놓아주어라."

강도는 미간을 찌푸리고 칼을 내리쳐 결박을 탁 끊었다. 상인의 아들을 풀어 준 것이다.

"모두들 썩 꺼져라! 두 번 다시 내 눈에 띄었다간 용서하지 않겠다."

상인의 아들은 말 위에서 뛰어내려 쏜살같이 달아나 버렸다. 강도도 그대로 가버리려고 했으나 사내는 강도를 불러 세워 그런 어두운 생활은 이제 그만두도록 다시 타일렀다. 강도는 우두커니 서서 그의 말을 끝까지 다 듣고서 아무 말 없이 가버렸다. 이튿날 아침, 타다 남은 나무에 물을 주러 가보니 두 번째 나무에도 싹이 터서 역시 사과나무가 되어 가고 있었다.

이렇게 하여 다시 십 년이 지났다.

움막에 앉아 있던 사내는 이제 더 이상 모자라는 것도, 두려운 것도 없었으며 기쁜 마음뿐이었다.

"하느님께서는 인간에게 큰 행복을 내려주셨다. 그런데도 사람들은 공연히 자기 스스로를 괴롭히고 있다. 실상은 기쁨 속에 살아갈 수 있건만……."

갖가지 인간악을 돌이켜보며 사람들 스스로가 자신들을 괴롭히고 있다고 생각하니 악행을 저지르는 세상 사람들이 불쌍하게만 여겨졌다.

'내가 이런 생활을 하는 건 잘못이다. 세상에 나가서 내가 알고 있는 것을 세상 사람들에게 얘기해 주자.'

이렇게 생각하자 이내 강도의 말발굽 소리가 들려 왔다. 사내는 그 소리를 그냥 지나쳐 버렸다.

"저런 강도에게 들려준다 해도 알아듣지도 못할것이다."

하지만 곧 다시 마음을 고쳐먹고 밖으로 나갔다. 강도는 시름에 잠긴 표정으로 땅바닥을 내려다보면서 말을 몰고 있었다. 그 모습을 보니 가엾은 마음이 들어서 그에게로 달려가 그의 무릎을 잡았다.

"정다운 형제여, 제발 자신의 영혼을 아끼는 마음을 가져 주게! 그대는 스스로도 괴로워하고 남도 괴롭히고 있지만 점점 더 심한 괴로움을 당할 게 틀림없어. 그러나 하느님께서 그대를 얼마나 사랑하시는지, 그대를 위해 어떤 즐거움을 마련하셨는지 아는가! 제발 스스로 자신을 멸망시키는 일은 그만두게. 강도짓을 그만두게!"

강도는 얼굴을 찌푸리고 먼 곳을 보며 말했다.

"비켜라."

그러자 그는 더욱 세게 강도의 무릎에 매달리면서 눈물로 회개하도록 타이르는 것이었다. 강도는 눈을 들어 그를 바라보았다. 물끄러미 바라보고 있다가 이윽고 말에서 내려 그의 앞에 털썩 주저앉았다.

"마침내 당신이 나를 이겼소. 나는 이미 나 자신을 주체할 수 없게 되었소. 아무렇게나 당신 좋을 대로 하시오.

처음에 당신이 내게 설교했을 때 나는 공연히 화가 치밀 뿐이었소. 그런데 당신이 세상 사람을 피해 몸을 숨기려 했을 때, 당신이 세상 사람에게 아무 도움도 주지 못한다는 걸 깨달았다는 것을 알았소. 그때 당신을 다시 생각하게 되었소. 그 뒤 나는 당신을 위해서 마른 빵을 나뭇가지에 걸어 놓게 되었던 것이오."

강도의 말에 마침내 그는 생각해냈다. 그 농가의 아낙네가 걸레를 깨끗이 빨았을 때에야 비로소 테이블을 깨끗이 닦을 수 있었던 일을. 그와 같이 근심을 깨끗이 지우고 자기의 마음을 맑게 할 때 타인의 마음도 맑게 정화시킬 수 있었던 것이다. 강도는 계속하여 말했다.

"그리고 당신이 죽음을 두려워하지 않았을 때 내 마음이 움직였소."

그러자 그는 깨달았다. 농부들이 받침대를 탄탄하게 고정시켰을 때에야 비로소 수레바퀴에 쓸 나무를 휠 수 있었던 일을. 그와 같이 죽음을 두려워하지 않고 자신을 하느님 안에 탄탄히 고정시켰을 때 굽힐 줄 모르던 악한 고집도 꺾였던 것이다.

강도는 다시 말했다.

"당신이 나를 가엾게 여겨 내 앞에서 눈물을 흘리니 내 마음이 이렇게 얼음 녹는 듯 녹아 버리고 마는구려."

사내는 진심으로 기뻤다. 그리고 타다 남은 나무가 있는 곳으로 함께 가 보았다. 두 사람이 가까이 다가가 보니 마지막으로 하나 남았던 나무에서도 사과나무의 싹이 움트고 있었다. 사내는 드디어 모든 걸 깨달았다. 목동들의 장작불도 불기운이 강해졌을 때에야 비로소 생나무를 태울 수 있었던 일을. 그처럼 자기 마음이 뜨겁게 타올랐을 때 타인의 마음에도 불을 지필 수 있었던 것이다.

이제야말로 완전히 죄 갚음을 했다고 사내는 무척 기뻐하였다. 그는 마지막으로 자신의 이야기를 남김없이 강도에게 들려주었다. 그리고 숨을 거두었다. 강도는 그의 시신을 매장하고 그가 가르쳐 준대로 생활하며 그에게 배운 것을 세상 사람들에게 가르치게 되었다.

톨스토이 대표 단편선 *Representative short stories of Tolstoy*

욕심쟁이 아내

-Lev Nikolaevich Tolstoi

욕심쟁이 아내

-Lev Nikolaevich Tolstoi

〜

외딴섬 바닷가에 다 쓰러져 가는 오두막 한 채가 있었다.

그곳에는 한 늙은 부부가 살고 있었다.

그들은 영감이 그물을 쳐서 하루하루를 겨우 살아가는 형편이었다.

하루는 영감이 그물을 던져 놓고 잡아당기는데 너무 무거웠다. 여태 고기잡이를 하면서 이런 일은 처음 있는 일이었다. 간신히 잡아당겨 놓고 보니 그물 속이 텅 비어 있었다. 겨우 있다는 게 손바닥만한 물고기 한 마리였다.

그런데 그 물고기는 보통 물고기가 아니고 번쩍번쩍 금으로 된 물고기였다. 물고기가 말했다.

"영감님, 날 저 푸른 바다 위에 놓아 주면 은혜를 잊지 않고 원하는 대로 해 드리겠습니다."

영감은 이리저리 생각을 해 보더니 말했다.

"내가 너 같은 물고기에게 얻어낼 게 뭐 있겠느냐? 그냥 바다에 도로 놓아주겠다."

그리하여 영감은 빈 광주리만 들고 집으로 돌아왔다. 아내가 반갑게 맞으며 물었다.

"영감, 많이 잡았수?"

"금물고기 한 마리가 딱 걸렸는데 그냥 놓아주었지. 그 놈이 손이 발이 되도록 빌기에 놓아 줬지. 놓아 주면 은혜를 잊지 않고 무엇이든지 원하는 대로 해주겠다는데 글쎄 하도 불쌍하고 가련해서 그냥 가라고 했지."

"아니 영감. 손 안에 들어온 복을 그냥 차버려요?"

화가 난 아내는 그때부터 밤낮으로 영감에게 욕만 해댔다.

"빵 조각이든 물고기든 무엇이고 달라고 했어야 할 것 아니요? 이젠 말라비틀어진 나무껍질도 바닥이 났으니 뭘 먹고 사시겠소?"

마누라에게 들들 볶인 영감은 할 수 없이 바닷가에 나가 큰 소리로 물고기를 불렀다.

"금물고기야! 금물고기야! 물속에서 내 목소리를 듣고 있다면 얼굴 좀 보여주렴."

금물고기가 살래살래 바닷가로 나왔다.

"왜 그러세요?"

"마누라가 먹을 것이 없다고 빵을 얻어 오라고 아우성이
야."

"집에 가면 빵이 산더미처럼 쌓여 있을 겁니다."

영감은 허겁지겁 집으로 달려가서 마누라에게 물었다.

"그래, 빵이 생겼어?"

"빵은 산더미처럼 생겼지만 다른 문제가 또 있잖아요? 빨
래통이 다 망가져서 빨래를 할 수가 없어요. 그 물고기한테 새
걸 좀 마련해 달라고 하세요."

영감이 또 바닷가로 나아가 소리를 질렀다.

이번에도 금물고기가 살래살래 뭍으로 나왔다.

"왜 그러세요?"

"마누라가 새 빨래통을 얻어 오라네."

"알았습니다. 장만해 드리지요."

집에 와 보니 아내가 눈을 부라리며 말했다.

"물고기한테 가서 새 집을 지어 달라고 해요. 이 집에서는
못살겠어요. 금방이라도 천정이 무너질 것 같잖아요."

영감은 다시 바닷가로 가서 금물고기에게 말했다.

"새 집을 한 채 지어주게나. 케케묵은 집구석은 금방 와르르
무너질 것 같다고 마누라가 종알대는 소리가 부뚜막 솥뚜껑
같아서 살 수가 없구먼."

"염려 말고 집에 가서 기도나 하세요. 기도가 뜻대로 될 겁니다."

영감이 집에 와 보니 쓰러져 가는 집 대신 우람한 참나무집 한 채가 서 있었다. 그래도 아내는 성이 차지 않는지 날뛰며 아우성을 쳤다.

"아이고, 이 영감쟁이야! 도대체 당신이란 작자는 굴러들어온 복을 찰 생각이야? 집 한 채 지어 달랬으니 이제 할 일 다 했구나 하는 모양인데 천만의 말씀. 다시 가서 말하세요. 이제 어부의 아낙네 따위는 신물이 나니까, 나도 한 번 장군의 마누라가 되어 굽실거리는 절도 받아 보고 떵떵거리며 살아 보아야겠다고."

영감이 다시 바닷가로 나가 고기를 불렀다.

"마누라 때문에 죽을 지경이야. 눈알이 시뻘개져서 길길이 날뛰고 있네. 어부의 아낙은 싫고 장군마나님이 되고 싶다고 야단이야."

"알았습니다. 집에 가서 기도나 하세요. 뜻대로 될 겁니다."

영감이 집에 와보니 통나무집은 사라지고 삼층짜리 돌집이 우뚝 서 있을 뿐 아니라 집안에는 머슴들이 오락가락, 부엌에는 아낙들이 딸그락거리며 집안일을 하고 있었다. 비단옷을 입은 아내가 의자에 앉아 있다가 벌떡 일어났다.

"아이고, 이놈의 무식쟁이 영감 좀 보게. 감히 어느 앞이라고 허리를 펴고 들어와? 여봐라! 이 노인을 마구간으로 데리고 가서 흠씬 두들겨 패라."

말이 떨어지기가 무섭게 머슴들이 달려와서 영감 멱살을 잡고 마구간으로 끌고 가서 채찍으로 마구 때렸다. 영감은 얼마나 얻어맞았는지 다리가 후들거려 일어날 수가 없었다. 영감은 한탄했다.

"이제는 마당지기 신세가 되었구나! 빗자루를 가지고 마당이나 쓸어야 하다니……. 그뿐만이 아니고 끼니는 부엌에서 해결하라니?"

영감은 너무나 슬프고 힘들었다. 하루 종일 비질을 해도 먼지 한 톨만 나오면 그 즉시 마구간에 갇혔다. 영감은 몹시 화가 났다.

"저게 바로 마귀구먼! 횡재했다고 돼지새끼처럼 욕심만 부리고 이제는 남편 취급도 안 해주겠다 이거지?"

그럭저럭 세월이 흘렀다. 이제 아내는 장군마누라도 지겨워서 영감을 불러 호령했다.

"이 몹쓸 노인네야! 어서 썩 물고기한테 가서 이제는 장군마누라가 아니라 여왕이 되고 싶다고 말해!"

영감은 또다시 바닷가로 나갔다.

"마누라의 광기가 나날이 심해지더니 이제는 장군마누라도 싫고 여왕이 되고 싶어 한단다. "

"염려마세요. 어서 집에나 가보세요. "

영감이 돌아와 보니 돌집은 없어지고 번쩍거리는 대궐이 서 있었다. 총을 든 호위병이 대궐 앞을 오락가락 하더니 영감을 보고 눈을 부라렸다. 대궐 뒤에는 넓은 정원이요, 대궐 앞에는 푸르른 목초지가 펼쳐졌다. 목초지 위에는 군대가 진을 치고 있고, 아내는 여왕이 되어 궁궐 안에 앉아 문무대신을 거느리고 있었다. 북은 둥둥, 나팔소리는 빵빵 하며 소리를 내고 있었고 병사들은 " 여왕 폐하 만세! "를 외치고 있었다.

또 세월이 흘러 아내는 이제 여왕님도 지겨워졌다. 영감을 찾아내어 궁궐에 대령시키라는 어명이 떨어졌다.

"갑자기 영감이라니 도대체 어떤 영감인가? "

장군들과 대신들은 본 적도 없는 영감을 찾느라고 야단법석을 떨었다. 마침내 영감을 찾아 궁궐에 대령시켰다.

"이 몹쓸 영감은 듣거라! 이젠 여왕 노릇도 지겹다. 용왕이 되어 온갖 물고기들이 다 내게 머리를 조아리도록 할 터이니 금물고기한테 그렇게 이르도록 하여라! "

영감은 " 그건 안 될 소리! "라고 말을 하려다가 그냥 뒤돌아서 나왔다. 그렇게 말하면 자기 목이 남아나지 않기 때문이었다.

영감은 바닷가로 터덜터덜 나가 물고기를 불렀다.

그러나 어쩐 일인지 금물고기는 어디에도 보이지 않았다. 다시 불러 봐도 마찬가지였다. 세 번째로 불렀을 때 바닷물이 크게 출렁이면서 밝았던 하늘이 갑자기 어두워지고 시커먼 먹구름이 끼면서 금물고기가 나타났다.

"왜 그러세요?"

"마누라의 광기가 나날이 심해져서 이젠 여왕도 싫고, 용왕이 되어 온 세상의 물고기를 손아귀에 넣고 싶어 한다네."

금물고기는 아무 말 없이 영감을 쳐다보더니 바다 속으로 들어가 버렸다.

영감이 집에 돌아와 보니 정말 믿을 수 없는 일이 벌어져 있었다. 대궐은 사라지고 형체도 보이지 않았다. 다 쓰러져 가는 코딱지만한 오두막집 한 채가 서 있었다. 아내는 누덕누덕 넝마 옷을 걸쳐 입고 있었다.

이렇게 해서 영감과 아내는 전처럼 살게 되었다.

전처럼 고기잡이를 하게 된 영감이 아무리 그물질을 해도 금물고기는 다시 잡히지 않았다.

연금 받는 사형수

-Lev Nikolaevich Tolstoi

연금 받는 사형수

-Lev Nikolaevich Tolstoi

〰

프랑스와 이탈리아가 접하는 국경 근처 지중해 연안에 모나코란 작은 왕국이 있었다. 왕국의 인구는 모두 합쳐 7천 명에 불과했기 때문에 유럽의 흔한 시골 도시도 그보다는 인구가 많을 정도로 작은 왕국이었다. 왕국의 땅도 작아서 인구수로 나누어 보면 한 사람에게 1에이커의 땅이 돌아갈 정도로 작았다.

그러나 이 조그마한 왕국에도 왕이 있고 궁궐이 있다. 신하와 주교도 있으며 물론 군대도 있다. 군인의 숫자는 비록 60명에 불과하지만 그래도 엄연한 군대다.

또한 다른 나라와 마찬가지로 이 나라의 백성들은 세금을 낸다. 담뱃세와 주류세, 그리고 주민세가 있다. 그런데 이 나라 사람들은 다른 나라 사람들과 마찬가지로 담배를 피우고 술도 마시지만 그 숫자가 너무 적었다. 그래서 왕이 새로운 세원을 찾지 못했다면 나라의 살림이 어려워져서 신하들과 관리들을 먹이지 못하고 왕 자신도 생활하기가 무척 힘들었을 것이다.

그 새로운 수입원이란 룰렛 게임을 즐기는 도박장이었다. 많은 사람들이 도박을 즐겼고, 돈을 따던 잃던 간에 도박장의 주인은 일정 지분을 항상 거두어들였다. 그리고 도박장의 주인은 이익의 상당 부분을 왕에게 바쳤다. 도박장의 주인이 그렇게 많은 돈을 바칠 수 있는 이유는 그것이 유럽에 남아 있는 유일한 도박장이기 때문이다.

독일의 영주들도 과거에는 그와 같은 도박장을 운영하였다. 하지만 얼마 지나지 않아 도박장 운영을 포기해야만 했다. 그 이유는 도박장이 많은 사람들에게 너무나 많은 폐해를 가져왔기 때문이었다. 예를 들면 한 사람이 도박장에 와서 행운을 시험해 보려고 가지고 있던 많은 돈을 걸었다가 결국 잃고 만다. 그 다음엔 자기 돈이 아닌 남의 돈을 도박에 걸었다가 잃게 된다. 그렇게 되면 절망감으로 물에 뛰어들거나 권총으로 자신을 쏘아 자살한다. 이런 폐해로 인해서 주민들이 통치자에게 도박장을 폐쇄해야 한다고 항의하기에 이른 것이다.

그런데 모나코 왕에게는 그런 항의를 할 사람조차 없었다. 그리하여 모나코 왕국은 독점적으로 도박 사업을 할 수 있었다.

그리하여 도박을 하고 싶은 사람은 모두 모나코 왕국으로 모여 들었다. 손님들이 돈을 따던 잃던 왕은 거기에서 수입을 얻었다. "정직한 노동으로는 돌로 만든 궁전을 얻지 못한다."는 속담이 있듯이 도박은 더러운 사업이지만 돈을 벌기 위해서는 어쩔 수 없었다. 왕도 살아야 하고 술과 담배에서 걷어들이는 수입도 따지고 보면 좋은 일은 아니었다. 그래서 왕은 도박을 허가해 주었고 걷어들인 돈으로 다른 큰 나라의 궁전처럼 호화롭게 꾸밀 수 있었다.

모나코 왕은 상과 벌을 내렸고 사면도 내렸다. 또한 모나코 왕국에도 법과 의회와 재판소가 있었다. 다른 왕국과 똑같지만 규모가 작을 뿐이었다.

그런데 이 조그마한 왕국에서 몇 년 전에 살인 사건이 일어났다. 이 왕국의 사람들은 모두 평안히 살았기 때문에 처음 겪는 사건이었다. 모나코의 재판관들이 최대한의 격식을 차리고 한자리에 모여 그 사건을 심리했다. 재판관과 검사, 변호사 그리고 배심원이 있었다. 그들은 수없이 갑론을박을 하다가 판결을 내렸다. 마침내 그들은 모나코 법이 정한 바에 따라서 범인을 교수형에 처하기로 결정하였다.

그때까지는 문제될 것이 없었다. 그렇게 결정을 내린 다음 그들은 판결문을 왕에게 제출했다. 왕은 판결문을 읽어 본 후 사형을 재가해 주었다.

"범인을 사형에 처하여야 한다면 그렇게 하라."

그런데 한 가지 문제가 생겼다. 그들에게는 사형을 집행할 기구가 없었고, 사형을 집행할 집행관도 없었다. 그래서 장관들이 모여서 상의를 했다. 그 결과 프랑스 정부에 사형을 집행할 집행관과 기구를 빌려 줄 수 있는지 문의하기로 했다. 또 그렇게 해준다면 그 비용은 얼마인지 알아보도록 했다. 그런 내용을 담은 편지를 프랑스에 보냈다. 일주일이 지난 후 답장이 왔다. 집행관과 기구를 보내줄 수 있으며, 그 비용은 모두 1만6천 프랑이라고 했다. 왕은 그 답신을 읽어 본 후 얼마 동안 생각에 잠기더니 말했다.

"그 불한당에게 그만한 돈을 투자할 가치가 없는데 좀 더 싸게 할 방법은 없겠는가? 1만6천 프랑이라면 국민들 한 사람에게 2프랑 이상씩을 나누어줄 수가 있어. 국민들이 받아들이지 않을 것이고 폭동이 일어날지도 모르오!"

그래서 이 문제를 처리하기 위해 의원회가 소집되었다. 회의 결과 비슷한 내용의 편지를 이탈리아 왕에게 보내기로 했다. 프랑스 정부는 군주제에 반대하는 공화주의자들이어서 왕에게 적합한 지원을 해 주지 않았지만 이탈리아는 같은 군주제이므로 더 싼 값으로 빌려 줄 거라고 생각했기 때문이다. 그래서 편지가 보내졌고 즉시 답장이 왔다.

이탈리아는 사형 집행관과 기구를 보낼 수 있게 된 것을 기쁘게 생각한다고 하면서 1만2천 프랑을 요구했다. 프랑스보다 싸기는 했지만 여전히 너무 비싼 것 같았다. 그 불한당은 그 정도의 가치가 없는 존재였다. 게다가 일인당 2프랑 정도의 세금을 거둬야 했다. 또다시 의원회가 소집되었다. 그들은 어떻게 해서든 비용을 적게 들이고 해결할 방법을 찾기 위해 토론을 벌였다. 혹시 군인이라면 그런 일을 쉽게 처리할 수 있지 않을까 하는 생각에 장군을 불렀다.

"그 죄인의 목을 칠 만한 군인이 없겠소? 전쟁 시에는 아무런 거리낌 없이 사람을 죽이지 않소? 사실 군인들은 이런 일을 하려고 훈련을 받는 것이 아닌가?"

그래서 장군은 얼마 안 되는 군인들을 불러 모아놓고 이 문제를 말했다. 하지만 아무도 그 일을 하겠다고 나서는 군인이 없었다.

"안됩니다. 우리는 어떻게 하는지도 모릅니다. 그런 일에 대해서는 배우지 않았습니다."

그럼 어찌해야 될까 장관들이 모여서 의논에 의논을 거듭했다. 마침내 그들은 사형을 종신형으로 바꾸는 것이 제일 좋은 방법이라는 데 의견을 모았다. 그렇게 하면 왕은 자비심을 보여줄 수 있어서 좋고 사형 비용도 아낄 수 있을 것 같았다.

왕도 그 의견에 동의했다. 그렇게 해서 문제가 해결되는 것 같았다. 그런데 또 문제는 종신형을 시킬만한 적당한 장소가 없다는 것이었다. 사람을 일시적으로 가두는 조그마한 감옥 같은 것은 있었지만 영구적으로 사용할 만한 튼튼한 철문이 달린 감옥은 없었다.

그들은 고심 끝에 궁전 안에 그런대로 감옥으로 사용할 만한 장소를 찾아 젊은 죄수를 그곳에 가두고 그를 지키도록 교도관을 배치했다. 교도관은 죄수를 지킬 뿐만 아니라 직접 궁전 부엌에서 먹을 것을 가져다가 죄수에게 주는 일도 해야만 했다.

죄수는 그렇게 일 년을 갇혀 지냈다. 일 년이 흐른 뒤 왕은 그 해의 수입과 지출을 따져 보았다. 그런데 새로운 지출 항목이 있음을 발견한 왕은 그것이 죄수를 지키는 데 드는 비용임을 알았다. 작은 금액이 아니었다. 교도관의 급료와 죄수의 식비였다. 모두 합해 일 년에 6백 프랑이 넘었다. 게다가 죄수는 아직 젊고 건강해서 앞으로 50년은 더 살 것 같았다. 거기까지 생각이 미치자 보통 문제가 아님을 깨달은 왕은 장관들을 불러 모았다.

"저 불한당을 처리할 좀더 값싼 방법을 찾아야 되겠소. 이대로는 비용이 너무 많이 드오."

"여러분, 제 생각으로는 교도관을 없애는 것이 좋을 듯합니다."

그러자 다른 장관이 말했다.

"그렇게 하면 죄수가 달아날 겁니다."

처음 말했던 장관이 다시 말했다.

"그냥 그놈이 달아나도록 내버려 두는 겁니다."

왕도 그들의 의견에 동의했다. 그리하여 교도관이 해고되었다. 그들은 무슨 일이 일어나는지 지켜보았다. 그런데 식사시간이 되자 죄수는 밖을 내다보고는 교도관이 보이지 않자 먹을 것을 가지러 직접 궁궐의 부엌으로 갔다. 그리고 주어진 음식을 받아서 감옥으로 다시 들어가 문을 닫았다. 다음날에도 죄수는 똑같은 행동을 했다. 달아날 기미가 전혀 보이지 않았다. 이제 어떻게 해야 될까? 그들은 이 문제를 가지고 다시 상의했다.

"솔직하게 그 녀석에게 더 이상 가두어 두고 싶지 않다고 말하는 게 어떻겠습니까?"

그래서 법무장관은 죄수를 불러오라고 명했다.

장관이 물었다.

"교도관도 없는데 왜 너는 달아날 생각을 하지 않느냐? 가고 싶은 데로 어디든지 갈 수 있다. 국왕께서도 더 이상 신경 쓰지 않겠다고 하셨다."

죄수가 대답했다.

"국왕께 저에게 신경 쓰지 말라고 전해주십시오. 저는 갈 곳이 없습니다. 또 저는 아무것도 할 수가 없습니다. 여러분의 판결로 제 인생은 끝나고 말았습니다. 사람들이 저에게 등을 돌리고 말았습니다. 그래서 저는 일자리도 얻을 수 없습니다. 여러분은 저를 너무 가혹하게 대했습니다. 처음에 여러분이 저에게 사형 선고를 내렸을 때 여러분은 저를 처형했어야 했습니다. 그런데 여러분은 그렇게 하지 않았습니다. 그리고 종신형에 처하고 교도관을 두고 먹을 것을 주도록 했습니다. 그렇지만 시간이 흐르자 교도관마저 해고하여 제가 직접 먹을 것을 가져와야 했습니다. 그래도 저는 아무런 불평을 하지 않았습니다. 하지만 이제 여러분은 제가 떠나기를 원합니다. 저는 그렇게 할 수 없습니다. 여러분 마음대로 하십시오. 하지만 저는 절대로 떠나지 않겠습니다."

이제 어떻게 해야 하는가? 또 한 번 의원회가 소집되었다. 이제 그들은 어떤 방법을 고안해 낼 것인가? 그냥 이대로 두면 죄수는 떠나지 않는다. 그리하여 그들은 생각하고 또 생각을 거듭한 끝에 죄수를 없앨 수 있는 가장 확실한 방법은 그에게 연금을 주고 떠나게 하는 것이었다. 그들은 그런 생각을 왕에게 보고했다.

"다른 방법은 없습니다. 저희는 어떤 방법을 쓰더라도 그놈

을 이 나라에서 없애야 합니다."

그래서 결정된 연금액이 6백 프랑이었다. 이런 결정이 죄수에게 알려졌다. 죄수가 말했다.

"좋습니다. 여러분이 정기적으로 돈을 지불해 주는 조건이라면 이곳을 떠나겠습니다."

그리하여 문제가 해결되었다. 그래서 그는 일 년 치 연금의 삼분의 일을 선불로 받은 뒤 왕의 땅을 떠났다. 기차로 겨우 15분의 거리였다. 그는 다른 나라로 이주하여 국경선 근처에 정착했다. 그곳에 땅을 사서 채소를 가꾸어 팔면서 편안하게 살았다.

그는 정해진 때가 되면 잊지 않고 연금을 받으러 갔다. 연금을 받은 후에는 도박장으로 가서 2,3프랑의 돈을 걸었다. 딸 때도 있었고 잃을 때도 있었다. 그리고는 집으로 돌아갔다. 그는 평화롭고 즐겁게 살았다.

사람의 목을 베거나 감옥에 쳐넣어 가두어 두는 데 들어가는 비용을 아까워하지 않는 나라에서 범죄를 저지르지 않은 것이 그에게는 큰 행운이었다.

바보 이반

-Lev Nikolaevich Tolstoi

바보 이반

-Lev Nikolaevich Tolstoi

1

   옛날 어느 나라에 부유한 농부 한 사람이 살고 있었다. 이 농부에게는 세 아들과 딸 한 명이 있었다. 첫째 아들은 군인인 세몬이고, 둘째 아들은 배불뚝이 따라스, 셋째 아들은 바보 이반, 막내딸은 말라냐였다. 군인인 세몬은 임금님의 명령으로 전쟁터에 나갔고 배불뚝이 따라스는 상인에게 장사하는 법을 배우러 도시에 갔으며 바보 이반은 누이동생과 함께 집에서 열심히 일하고 있었다.

   군인인 세몬은 전쟁에서 공을 세워 높은 벼슬과 많은 땅을 얻고 어떤 귀족의 딸에게 장가를 들었다. 세몬은 급료도 많고 땅도 많았으나 언제나 버는 돈보다 쓰는 돈이 많았다. 왜냐하면 남편은 열심히 돈을 벌었으나 귀족 행세를 하는 아내가 돈이 들어오기가 바쁘게 다 써버렸기 때문이었다. 그래서 세몬은 토지사용료라도 받기 위해 소작인들에게 갔다.

그러나 소작인들은 이렇게 말했다.

"돈을 드릴 수 없습니다. 저희들에게는 말이나 소는커녕 농기구도 없는 형편입니다. 먼저 그런 것이 있어야 농사를 지을 수 있습니다. 그래야 돈을 드릴 수 있습니다."

할 수 없이 세몬은 아버지를 찾아갔다.

"아버지, 아버지께서는 많은 재산을 가지고 계시면서 저에게는 아무것도 주시지 않았습니다. 저에게 땅을 삼분의 일만 나누어주십시오."

그러자 노인이 말했다.

"너는 여태까지 집에 보태 준 것이 있느냐? 어찌 땅을 삼분의 일이나 달란 말이냐? 그렇게 하면 이반과 저 가엾은 네 누이동생이 못마땅하게 생각할 것이다."

그러자 세몬이 말했다.

"그러나 그 애는 바보입니다. 또 누이동생도 귀머거리에다 벙어리입니다. 그런 애들에게 재산이 얼마나 필요하겠어요?"

"그러면 이반의 의견은 어떠한지 한번 들어보자."

그런데 이반은 쉽게 응했다.

"그런 부탁이라면 들어 주시죠, 아버지."

세몬은 아버지에게 삼분의 일의 땅을 얻어 다시 임금님의 명령을 받으러 성으로 떠났다.

한편 배불뚝이 따라스도 그동안 돈을 많이 모아 상인의 딸에게 장가를 들었다. 그러나 그 역시 재산 문제로 불만이 있었다. 그래서 아버지에게 찾아와 이렇게 말했다.

"저에게도 제 몫을 주십시오."

그러나 노인은 따라스에게도 재산을 나누어 주고 싶지 않았다.

"너는 이 집을 위해서 아무것도 해 준 일이 없다. 그리고 지금 집에 있는 것은 모두 이반이 벌어들인 것이다. 나는 그 애하고 네 누이동생을 서운하게 할 수는 없다."

그러자 따라스가 말했다.

"저런 바보 녀석에게 재산이 무슨 소용입니까? 저 녀석은 장가도 갈 수 없을 겁니다. 누가 그 놈에게 시집을 오겠습니까? 또 벙어리인 누이도 그렇죠. 누이에게도 재산은 필요 없습니다. 이반, 나에게 집에 있는 곡식 절반만 다오. 그리고 나는 농기구 같은 것은 필요 없고 가축 중에서 회색 말이나 한 마리 갖겠다. 저 말은 농사짓는 데 필요한 것도 아닐 테니까."

이반은 조용히 웃었다.

"그래요, 좋을 대로 하십시오. 나야 또 잡아오면 그만입니다."

이반은 쾌히 승낙했다.

이렇게 해서 따라스도 제 몫을 가져갔다. 따라스는 곡식과 말을 끌고 시장으로 돌아갔다. 이반은 이전과 다름없이 늙고 야윈 암말 한 마리로 농사를 지어 부모님을 부양하게 되었다.

2

도깨비 두목은 이들 형제가 재산을 분배하는 데도 싸움 한 번하지 않고 의좋게 헤어졌기 때문에 아주 기분이 나빴다. 그래서 자신이 거느리는 세 마리의 작은 도깨비들을 큰소리로 불러 모았다.

"자, 보아라. 세상에는 기분 나쁜 세 형제가 살고 있다. 세몬이란 군인과 따라스란 배불뚝이 상인, 그리고 이반이란 바보 말이다. 나는 저 녀석들에게 싸움을 시켜야겠다. 이들은 모두 의좋게 살고 있다. 서로가 아끼며 협조하고 지내고 있다. 특히 저 바보 이반이란 놈이 어찌나 마음이 좋은지 내 일을 엉망진창으로 만들지 뭐냐? 이제부터 너희 셋은 저 세 녀석들에게 달라붙어 무슨 방법을 쓰더라도 서로 물고 찢는 싸움이 벌어지도록 의를 끊어 놓아라. 어떠냐! 자신 있느냐?"

"네, 쉬운 일입니다."

"그러면 어떻게 할 작정이냐?"

"먼저 저 녀석들을 먹을 것이 아무것도 없는 가난뱅이가 되게 한 다음 모두 한 군데 모여 살게 하면 녀석들은 분명히 싸움을 하게 될 것입니다."

"참 좋은 생각이다. 너희들은 제각기 할 일을 알고 있구나. 가라, 그리고 저 녀석들의 사이를 끊어 놓기 전에는 절대로 돌아올 생각을 하지 마라. 일을 성공하지 못하면 네 놈들의 가죽을 벗겨 버릴 것이다."

세 마리 작은 도깨비들은 어느 숲 속으로 들어가 어떻게 할 것인가를 의논하기 시작했다. 서로가 조금이라도 쉬운 일을 맡겠다고 오랫동안 옥신각신 하다가 겨우 제비를 뽑아서 누구를 맡을 것인지 정하기로 결정했다. 그리고 자기 일을 일찍 끝내는 놈이 다른 놈을 도와주어야 한다는 데도 합의했다. 작은 도깨비들은 제비를 뽑고 나서 언제 다시 이 숲에서 만날 것인지를 정했다. 작은 도깨비들은 저마다 자기가 맡은 일을 한 뒤에 만나기로 하고 헤어졌다.

마침내 만나기로 한 날이 되자 작은 도깨비들은 약속대로 숲에 모였다. 그리고 자기가 맡은 일을 어떻게 처리했는지 설명하기 시작했다. 세몬에게 갔다 온 작은 도깨비가 입을 열었다.

"내가 맡은 일은 아주 잘 되어 가고 있어. 세몬이란 녀석은 내일 거지가 돼서 아버지 집으로 도망갈 거야."

동료 도깨비들이 물었다.

"그래 너는 어떻게 했지?"

"먼저 세몬에게 무모한 용기를 불어넣어 주었지. 그랬더니 그 녀석은 임금에게 전 세계를 정복해 보이겠다고 큰소리치며 약속을 했지. 그러자 임금은 세몬을 대장으로 임명하고 인도의 임금을 정복하라고 명을 내렸지. 그래서 모든 군대가 인도를 정복하러 가겠다고 모였어. 바로 그날 밤 나는 세몬이 이끄는 군대의 화약을 몽땅 물에 적셔 못쓰게 만들고 인도의 임금에게로 달려가서 짚으로 허수아비 병사를 수없이 만들어 놓았지. 세몬의 병사들은 사방에서 밀려오는 인도의 허수아비 병사들을 보고는 잔뜩 겁을 먹고 얼어버렸지. 세몬이 '쏘아라!' 하고 명령을 내렸지만 대포나 총이 나가지 않았거든. 세몬의 병사들은 완전히 겁에 질려 전부 달아나 버렸어. 마치 늑대를 만난 양 떼들처럼 말이야. 그때 기회를 놓칠세라 인도의 임금이 그들을 모조리 쳐부셨지. 그래서 세몬이 전쟁에서 패하고 돌아오자 임금은 세몬의 땅을 전부 몰수하고 내일 그에게 사형을 집행하려는 참이야. 나는 이제 내일 하루만 일하면 돼. 다시 말하면 그 녀석을 감옥에서 꺼내서 집으로 도망치게 하는 일만 남았어. 내일이면 모든 일이 끝이 나니까 너희들 중에서 누가 내 도움이 필요한지 얘기해 봐."

따라스에게 갔다 온 작은 도깨비도 자기가 한 일에 대해서 말했다.

"나는 도움이 필요 없어. 내 일도 순조롭게 되어 가고 있으니까. 따라스란 녀석도 이제 일주일 이상은 버티지 못할 거야.

나는 먼저 그 놈의 욕심을 잔뜩 불려서 욕심쟁이가 되게 했지. 그랬더니 녀석은 남의 물건을 무조건 탐을 내어 닥치는 대로 모두 사들이게 됐지. 돈을 있는 대로 털어 무엇이든 사버렸지. 끝없이 계속 사들이더군. 이제는 빚까지 얻어서 사들이는 형편이야. 그런데 너무 사들였기 때문에 집에 쌓인 물건들을 어떻게 처분해야 할지를 몰라 쩔쩔매고 있어. 일주일 후에는 그동안 외상으로 사들인 물건 값과 빌린 돈을 갚아야 하는데, 나는 그 전에 녀석이 사들인 물건들을 몽땅 거름으로 만들어 버릴 작정이야. 그러면 녀석은 분명 빚을 갚지 못하고 거지가 되서 자기 아버지에게로 달려갈 거야."

그리고 이반에게 갔다 온 작은 도깨비에게 물었다.

"네가 맡은 일은 어떻게 됐지?"

"그런데 말이야. 내 일은 왠지 잘 되지를 않아. 나는 우선 그 녀석이 배탈이 나게 놈의 크바스(호밀로 만든 러시아의 맥주)를 담은 병 속에 침을 뱉어 놓고 그 녀석의 밭으로 가서 땅을 돌처럼 단단하게 만들어 버렸지. 이쯤 되면 녀석도 밭일을 못해서 거지가 되겠지 하고 좋아했는데 아니 이 바보 같은 녀석은 그 정도는 아랑곳하지 않고 묵묵히 밭을 갈아 젖히는 거야. 배탈이 나 끙끙 앓으면서도 계속 갈아대는 거야. 그래서 나는 그 녀석의 쟁기 날을 부숴 놓았지. 그랬더니 녀석은 집에 가서 딴 쟁기를 가져와 다시 갈기 시작하는 거야. 그래서 나는 땅속으로 들어가 녀석의 쟁기 날을 붙들어 보려고 안간힘을 다했지만 녀석이 쟁기를 힘껏 누르는 데다 쟁기 날이 날카로워 내 손에 상처만 입었지. 그렇게 녀석은 밭을 거의 다 갈아치우고 이제는 얼마 남지 않았지 뭐야. 그러니 나를 좀 도와줘. 만일 그 녀석을 해치우지 못하면 우리가 한 모든 일이 허사가 될 거야. 그 바보 녀석이 농사를 계속하는 한 그 형제들은 어려움을 당하지 않게 될 거야. 그 바보가 두 형들을 돌봐 줄 테니까 말이야."

이야기를 듣고 군인인 세몬을 맡은 작은 도깨비가 내일 도우러 가겠다고 약속했다. 작은 도깨비들은 그렇게 결정하고 일단 헤어졌다.

3

이반은 밭을 거의 갈고 남아 있는 밭을 마저 다 갈아 버리려고 말을 타고 왔다. 배가 아파서 참을 수가 없었으나 마저 갈아 버리지 않으면 안 되었다. 그래서 쟁기를 잡고 말고삐를 잡아당겨 밭을 갈기 시작했다. 한 번 갔다가 되돌아오려고 하는데 마치 나무뿌리에 걸린 것처럼 어쩐 일인지 쟁기가 나가지 않았다. 그것은 작은 도깨비가 땅 속에서 쟁기를 붙잡아 반대로 당기고 있었기 때문이었다.

"이상한 일인데? 여기에 나무뿌리 같은 것은 없었는데⋯⋯. 그러나 역시 나무뿌리겠지?"

이반은 땅 속에 손을 넣어 보았다. 그러자 무엇인가 부드러운 것이 손에 닿았다. 그는 그것을 움켜잡아 끌어냈다. 나무뿌리 같은 검은 물체였는데 자세히 살펴보니 살아있는 작은 도깨비였다.

"아니, 이 빌어먹을 놈!"

이반은 작은 도깨비를 집어들어 땅에다 내려쳐 박살을 내버리려고 했다. 그러자 도깨비는 발버둥을 치면서 말했다.

"제발 목숨만은 살려 주십시오. 그 대신 무엇이든 시키는 대로 해드리겠습니다."

"무엇이든지 해주겠다는 거냐?"

이반은 잠시 머리를 긁적였다.

"지금 배가 몹시 아픈데 고칠 수 있겠느냐?"

"그럼요, 고쳐드리겠습니다."

작은 도깨비는 몸을 구부리고 손으로 땅 속을 이리저리 뒤져 가며 무언가를 찾더니 세 줄기의 뿌리가 달린 조그만 풀뿌리를 뽑아 그것을 이반에게 주었다.

"여기 있습니다. 이 뿌리 한 줄기만 잡수시면 어떠한 병이라 할지라도 다 나아버립니다."

이반은 뿌리를 받아 한 줄기를 찢어 먹었다. 그러자 신통하게 도 아프던 배가 금방 나아버렸다. 작은 도깨비는 다시 애원하 기 시작했다.

"이제는 제발 놓아주십시오. 저는 땅 속으로 들어가 다시는 나오지 않겠습니다."

"그럼, 잘 가거라!"

이반의 말이 떨어지기 무섭게 작은 도깨비는 물속에 던져진 돌처럼 땅 속으로 떨어져 그 모습을 감추어 버렸다. 그곳에 구 멍 하나가 남아 있을 뿐이었다. 이반은 남은 두 줄기의 뿌리를 모자 속에 집어넣고 남은 땅을 다시 갈기 시작했다.

이반은 일을 마친 후 집으로 돌아왔다. 말을 풀어놓고 집안

으로 들어가니 맏형인 세몬이 그의 아내와 함께 저녁 식사를
하고 있었다. 그는 자신의 땅을 전부 빼앗긴 채 간신히 감옥에
서 도망쳐 나와 여기로 달려온 것이었다. 세몬은 이반이 들어
오는 것을 보자 이렇게 말했다.

"당분간 너에게 신세를 좀 져야겠다. 새로운 일자리가 생길
때까지 나와 집사람을 먹여다오."

"네 그렇게 하시죠. 여기서 사세요."

이반은 반갑게 맞이하며 대답했다.

그러나 이반이 막 자리에 앉자 이반에게서 나는 흙과 땀 냄새
가 세몬의 아내 기분을 상하게 했다. 그녀는 남편에게 말했다.

"고약한 냄새가 나는 농부와는 함께 밥을 먹을 수가 없어
요."

그러자 세몬이 말했다.

"집사람이 너에게서 나는 냄새가 싫다고 하니 너는 문간에
서 먹었으면 좋겠는데."

"네, 그렇게 하죠. 말에게도 먹이를 주어야 하고 곧바로 밤
일을 하러 나가야 되니까요."

이반은 빵과 웃옷을 들고 밤일을 하기 위해 밖으로 나갔다.

4

그날 밤, 세몬을 맡았던 작은 도깨비는 일을 마치고 이반을 맡은 도깨비를 돕기 위해 찾아왔다. 여기저기 한참 동안을 찾아다녔지만 동료의 모습은 어디에도 없었고 그저 땅 위에 구멍이 하나 뚫려 있는 것을 발견했을 뿐이었다.

"이건 동료에게 무슨 불행한 일이 있었던 게 분명해. 그렇다면 내가 그 대신 일하는 수밖에 없겠어. 밭은 이미 다 갈았으니까 이번에는 풀밭으로 가서 그 바보에게 애를 먹여야지."

작은 도깨비는 이반의 목장으로 달려가 풀밭에 큰물이 들게 했다. 풀밭은 온통 진흙 천지가 되었다. 이반은 밤새 가축을 지키는 일을 끝내고 집으로 돌아와 말에게 줄 풀을 베기 위해 큰 낫을 들고 풀밭으로 향했다.

이반은 풀밭에 도착하자 진흙투성이의 바닥을 상관하지 않고 풀을 베기 시작했다. 그런데 여느 때와는 달리 한두 번만 낫질을 해도 낫이 무뎌져 일을 할 수가 없었다. 이반은 여러모로 해보았으나 헛수고였다.

"이거 안 되겠는데. 집에 가서 숫돌을 가져와야지. 그 길에 빵도 가져와야지. 설령 일주일이 걸리더라도 다 베어야지."

작은 도깨비는 이 말을 듣고 생각하기 시작했다.

"제기랄, 이 녀석은 참으로 끈질기군! 이래선 안 되겠는 걸. 다른 수단을 써야겠다."

이반은 다시 돌아와 숫돌로 낫을 갈고 풀을 베기 시작했다. 작은 도깨비는 풀 속으로 숨어들어 낫 등에 달라붙어 낫을 땅에 처박기 시작했다. 이반은 힘이 들었지만 간신히 풀을 베었다. 이제 물이 깊이 찬 곳의 풀만 남아 있었다. 작은 도깨비는 물속으로 숨어 들어가 이렇게 생각했다.

"이제야말로 내 손이 잘리더라도 절대로 베지 못하게 하겠다."

이반은 물이 들어찬 곳으로 왔다. 보기에는 풀이 그렇게 억세지도 않은데 어쩐지 낫이 말을 잘 듣지 않았다. 이반은 화가 나서 온 힘을 다해 낫질을 해댔다. 이렇게 되니 작은 도깨비는 도저히 어쩔 수가 없었다. 낫을 잡고 있기조차 어려웠다. 작은 도깨비는 숲 속으로 도망가려고 했다. 그때 이반이 낫을 힘껏 휘두르는 바람에 작은 도깨비의 꼬리가 잘려 버렸다. 이반은 풀을 다 베고 나서 누이동생에게 그것을 긁어모으라고 말하고 이번에는 호밀을 베러 갔다.

날이 휘어진 낫을 가지고 왔는데 꼬리를 잘린 도깨비가 어느 틈에 와서 호밀을 마구 짓밟아 놓아서 가져온 낫으로는 도저히 벨 수가 없었다. 그래서 이반은 집으로 돌아가 다시 보통 낫을 가지고 와 베기 시작했다. 그리고 모두 베어버렸다.

"밤이 늦었군. 다음에 귀리를 베어야겠다."

꼬리를 잘린 도깨비는 이 말을 듣고 이렇게 생각했다.

"다음 번에야말로 진짜 골탕을 먹여야지. 어디 내일 아침에 두고 보자!"

그 다음날 아침 작은 도깨비는 귀리 밭에 달려가 보았다. 어찌된 일인가! 귀리는 벌써 다 베어져 있었다. 귀리가 익어 낟알이 더 떨어지기 전에 이반이 잠을 안 자고 깨끗이 베어 버린 것이었다. 작은 도깨비는 약이 바짝 올랐다.

"저 바보 녀석은 내 꼬리를 잘라 버리고도 계속 나를 괴롭히고 있다. 전쟁에서도 이렇게 힘든 적은 없었는데. 저 녀석은 밤에도 잠을 자지 않으니 어쩔 수가 없어. 이번에는 잘라놓은 호밀 더미에 숨어 들어가 호밀을 모두 썩혀 버려야지."

작은 도깨비는 호밀 더미가 있는 곳으로 가 그 속에 숨어 들어가서 호밀을 썩히기 시작했다. 그런데 호밀 더미를 썩히기 위해 따뜻하게 하는 사이 자기도 그 따뜻함에 졸음이 와서 그만 깜박 잠이 들어버렸다.

한편 이반은 암말에 수레를 끌게 하고 누이동생과 같이 호밀을 나르러 왔다. 호밀 더미로 다가와 호밀을 수레에 싣기 시작했다. 두어 단 가량 던져 올리고 호밀 더미를 보니 그 안에서 작은 도깨비가 자고 있었다. 이반은 그것을 치켜들어 보았다. 꼬리가 잘린 작은 도깨비가 손끝에 매달려 바둥거리면서 빠져 나가려고 애를 쓰고 있었다.

"아니, 이것 봐라! 뭐 이렇게 못된 것이 있어. 다시는 안 나온다더니 또 나왔구나?"

"아닙니다. 저는 다른 도깨비입니다. 저번에는 나의 동료였어요. 저는 당신의 형인 세몬에게 붙어 있었던 놈입니다."

"네 놈이 어떤 놈이건 상관없다. 똑같은 꼴을 만들어 주어야겠다."

이반이 땅바닥에 내리쳐 박살을 내려고 하는데 작은 도깨비는 이렇게 애원했다.

"한번만 용서해 주십시오. 다시는 나타나지 않겠습니다. 놓아주신다면 당신이 바라는 것은 무엇이든 해드리겠습니다."

"그런데 무엇을 할 수 있다는 거냐?"

"저는 원하신다면 어떤 것으로도 병사를 만들어 낼 수 있습니다."

"그까짓 병사가 내게 무슨 소용이 있겠느냐?"

"아닙니다. 그들은 무슨 일이든 해드립니다."

"노래도 부를 수 있단 말이냐?"

"부르고말고요."

"그럼 어디 한번 만들어 보아라. "

그러자 작은 도깨비는 이렇게 말했다.

"이 호밀을 한 다발을 들어 땅 위에 똑바로 세워놓고 흔들면서 그저 이렇게 말하기만 하면 됩니다. 내 종이 내리는 명령이다. 다발이 아니고 지푸라기 수만큼 병사가 되어라. "

이반은 호밀 한 다발을 땅바닥에 세워놓고 흔들면서 작은 도깨비가 말한 대로 명령을 내렸다. 그러자 호밀 다발이 점점 흩어지더니 수많은 병사가 되었으며 나팔을 불고 북을 치는 것이었다. 이반은 너무나 신기하고 재미있어 크게 웃었다.

"이야, 너는 여간한 재주꾼이 아니구나! 여자애들이 이걸 보면 정말 기뻐하겠는 걸? "

"그럼 이제 저를 놓아주시는 거죠? "

"아니야. 낟알을 털지 않은 호밀로 병사를 만들면 호밀을 못 얻게 되니 이 병사들을 다시 호밀로 되돌려 놓는 방법도 알려주어야지."

그러자 작은 도깨비는 말했다.

"이렇게 말하기만 하면 됩니다. 병사의 수만큼 지푸라기가 되어라. 내 종의 명령이다. "

이반이 그대로 말하니까 다시 호밀 다발이 되었다. 작은 도깨비는 다시 애걸하기 시작했다.

"이제는 저를 놓아주세요."

"좋아, 놓아주지. 잘 가거라."

이반의 말이 채 끝나기도 전에 작은 도깨비는 물속에 던져진 돌처럼 땅속으로 눈 깜짝할 사이에 쑥 들어가 버렸다. 그곳에는 구멍이 하나 남았을 뿐이었다.

이반이 일을 마치고 집으로 돌아왔더니 집에는 둘째형인 따라스가 아내와 함께 저녁을 먹고 있었다. 배불뚝이 따라스는 빚을 갚지 못하게 되자 남몰래 도망쳐 나와 아버지에게 온 것이었다.

그는 이반을 보자 사정했다.

"이반, 내가 다시 장사를 시작할 때까지 집사람하고 나를 좀 먹여다오."

"그렇게 하세요."

이반은 웃옷을 벗고 식탁에 앉았다. 그러자 따라스의 아내가 입을 열었다.

"나는 저 바보와는 함께 밥을 먹을 수가 없어요. 고약한 냄새가 나잖아요."

그러자 따라스가 말했다.

"이반아, 너는 냄새가 많이 나는구나. 저기 문간에 가서 먹어라."

"네, 그렇게 하죠. 그렇지 않아도 밤일을 나갈 시간이 되었으니까요. 말에게도 먹이를 주어야 하고."

이반이 대답했다. 그리고 자기 몫의 빵을 가지고 밖으로 나갔다.

5

그날 밤, 따라스를 맡았던 작은 도깨비는 모든 일이 끝나 약속한 대로 동료들을 도우려고, 다시 말해 이반을 골탕 먹이려고 이반이 있는 곳으로 달려왔다. 밭에 나가 여기저기 동료들을 찾아보았으나 잘린 동료의 꼬리와 땅에 움푹 파인 두 개의 구멍만이 보일 뿐이었다.

"아무래도 동료들에게 어떤 심상치 않은 일이 일어난 모양인데. 그렇다면 내가 그들을 대신해서 바보 녀석을 혼내 줘야지."

작은 도깨비는 이반을 찾으러 갔다. 그때 이반은 벌써 밤일을 마치고 숲 속에서 도끼로 나무를 치고 있었다. 두 형들은 형제 셋이 살기에는 작은 오두막이 너무 좁다고 생각했다. 그래서 따로 살 오두막집을 지을 나무를 베어 달라고 이반에게 부탁한 것이었다. 작은 도깨비는 나무에 기어올라가 이반이 나무를 베어 눕히는 것을 방해하기 시작했다. 이반은 될 수 있는 대로 다른 나무에 걸리지 않는 방향으로 나무를 쓰러뜨리려고 했지만 자꾸 이상한 방향으로 나무가 쓰러지면서 일이 힘들어졌다. 이반은 지렛대를 만들어 여기저기로 그 방향을 틀어 겨우 한 그루의 나무를 쓰러뜨렸다. 이반은 또 다른 나무를 베기 시작했다. 역시 마찬가지였다. 이반은 몹시 힘들게 나무를 쓰러뜨렸다. 세 번째 나무를 베었다. 그것도 마찬가지였다. 이반은 한 50그루쯤은 베려고 했으나 10그루도 베기 전에 해가 지고 있었다. 게다가 이반은 아주 지쳐가고 있었다. 몸에서는 김이 무럭무럭 나서 마치 안개처럼 숲 속에 피어올랐는데도 그는 쉬지 않고 일을 했다. 또 한 그루를 베기 시작했다. 어느 정도 베고 나니 온 몸에서 힘이 빠지고 등이 쑤시기 시작했다. 그래서 조금 쉬기 위해 앉았다. 작은 도깨비는 이반이 지쳐서 잠잠해진 것을 알고 기뻐했다.

"그러면 그렇지. 이제는 녹초가 되었군. 나도 이젠 좀 쉬어볼까?"

작은 도깨비는 나뭇가지에 누워 속으로 기뻐하고 있었다. 그런데 쉬고 있던 이반이 다시 일어나 도끼를 들고 반대쪽에서 나무를 내리쳤다. 나무는 별안간 우지직 소리를 내며 쪼개지면서 쓰러졌다. 작은 도깨비는 너무 갑작스런 일을 당해 미처 피할 사이도 없이 나무에 손이 끼이고 말았다. 이반은 또 한 번 놀랐다.

"아니, 이 고약한 놈! 다시 나타났구나!"

"아닙니다. 저는 다른 도깨비입니다. 당신의 형님 따라스에게 붙어 있던 놈이에요."

"네가 어디 있었건 마찬가지다."

이반은 도끼를 번쩍 치켜들어 도깨비를 내리쳐 죽이려고 했다.

작은 도깨비는 쩔쩔매며 빌기 시작했다.

"제발 내리치지 마십시오. 원하시는 것은 무엇이든 해드리겠습니다."

"대체 네가 무엇을 할 수 있다는 거냐?"

"원하시는 만큼의 돈을 만들어 드릴 수 있습니다."

"그렇다면 어디 한번 만들어 보아라."

작은 도깨비는 이반에게 이렇게 말했다.

"이 떡갈나무의 잎을 들고 두 손으로 문지르십시오. 그러면 금화가 땅바닥에 떨어질 것입니다."

이반은 나뭇잎을 들고 문지르기 시작했다. 그랬더니 과연 누런 금화가 잔뜩 쏟아지는 것이었다.

"반짝이는 것이 어린애들이 갖고 놀기에 안성맞춤이야."

"그러면 저를 놓아주시는 거죠?"

이반은 지렛대를 들고 작은 도깨비를 나무 사이에서 빼내 주었다.

"잘 가거라."

이번에도 이반의 말이 떨어지기가 무섭게 작은 도깨비는 돌이 물에 던져지기라도 한 것처럼 눈 깜짝할 사이에 땅 속으로 숨어 버리고 다만 구멍 하나만 뚫려 있었다.

6

형제들은 집을 지어 제각기 살기 시작했다. 이반은 들일을 다마치고 맥주를 만들어 형님들을 초청했다. 그러나 형들은 이반의 초청을 무시해 버렸다.

"우리는 농부들의 잔치에 가 본 일이 없다."

그들은 그렇게 말하고 참석하지 않았다.

이반은 마을의 농부며 여자들을 불러 잔치를 베풀고 자기도 술을 마셨다. 그리고 술이 거나하게 취하자 춤판이 벌어진 곳으로 갔다. 이반은 춤판으로 다가가 마을 여자들에게 자기를 칭찬해 달라고 부탁했다.

"그러면 여러분이 한 번도 보지 못한 걸 보여드리죠."

여자들은 모두 웃음을 짓고는 그를 칭찬해 주었다. 그리고 나서 이렇게 말했다.

"이제는 저희들에게 보여 주셔야지요."

"알았어요. 곧 가져다 보여 줄게요."

그는 상자를 들고서 숲 쪽으로 달려갔다. 여자들은 그 광경을 보고 비웃었다.

"어머나, 저 바보 좀 보게!"

그리고 그의 일은 곧 잊어버렸다. 얼마 후 이반이 돌아왔는데 그는 무엇인가를 가득 채운 상자를 들고 있었다.

"자, 나눠 줄까요?"

"그것이 무엇인데요?"

이반은 금화를 한 주먹 쥐어 여자들에게 던졌다. 금화가 여자들 앞에 쏟아졌다. 갑자기 소란이 일어났다. 여자들은 너도 나도 서로 금화를 주우려고 몰려들었다. 농부들도 앞을 다투어 몰려왔다. 서로 금화를 잡으려고 난장판이 되었다. 어떤 노파는 자칫 깔려 죽을 뻔했다. 이반은 이 광경을 보고 계속 웃어댔다.

"서로 밀치지 말고 싸우지 말아요. 장난감은 여기 더 줄 테니까."

그리고 그는 다시 뿌리기 시작했다. 수많은 사람들이 계속 떼를 지어 몰려왔다. 이반은 상자에 있는 것을 모두 뿌려 버렸다. 그래도 모인 무리들은 더 달라고 아우성이었다. 그래서 이반이 말했다.

"이제는 다 떨어졌어요. 다음에 또 줄게요. 자 이제 춤을 추어 볼까요? 신나는 노래를 불러 봐요."

여자들은 춤을 추며 노래를 부르기 시작했다.

"노래가 별로인데……."

여자들이 물어 보았다.

"그럼 어떤 노래가 괜찮죠?"

"내가 여러분에게 보여드릴게요."

그리고 이반은 헛간으로 가서 호밀 더미를 들어 알곡을 털어 버리고 그것을 수직으로 세워놓고 흔들면서 말했다.

"내 종이 내리는 명령이다. 다발이 아니고 지푸라기 수만큼 병사가 되어라."

그러자 호밀 더미가 흩어지면서 병사가 되더니 북과 나팔을 불며 쿵작거렸다. 이반은 병사들에게 노래를 부르라고 명령하고 그들과 함께 길을 행진했다. 마을 사람들은 눈이 휘둥그레졌다. 병사들의 노래에 맞춰 춤을 춘 뒤에 이반은 누구도 자기를 따라와서는 안 된다고 말하고서 그들을 다시 헛간으로 데리고 가 원래대로 지푸라기가 되게 하고 그것을 건초더미 위에 던졌다. 그리고는 집에 돌아와 잠자리에 들었다.

7

다음날 아침 맏형인 세몬이 어제 일어났던 일을 듣고 이반을 찾아왔다.

"나에게 모두 털어놔라. 너는 도대체 그 병사들을 어디서 데려와서 어디로 데려갔지?"

"그것을 알아 무엇 하시렵니까?"

"무얼 하느냐고? 병사들만 있으면 무엇이든지 할 수 있다. 한 나라를 통째로 얻을 수도 있어."

이반은 깜짝 놀랐다.

"그럼 왜 빨리 말씀하시지 않으셨습니까? 원하는 대로 만들어 드리죠. 마침 누이동생과 둘이서 지푸라기를 많이 마련해 두었으니까요."

이반은 맏형을 헛간으로 데리고 가서 이렇게 말했다.

"병사들은 원하는 대로 만들어 드리겠습니다. 그러나 그 병사들을 전부 데리고 떠나야 합니다. 그렇지 않으면 하루 만에 온 마을의 양식을 다 먹어 치울 테니까요."

세몬은 병사들을 다 데리고 가겠다고 약속했다. 그래서 이반은 병사들을 만들어내기 시작했다. 호밀 한 단의 낟알을 털어내어 병사들을 만들었다. 그러자 1개 중대의 병사들이 생겨났다. 또 호밀 한 단으로 1개 중대의 병사들이 생겨났다. 이리하여 온 들판이 가득 채워질 만큼 수많은 병사들을 만들어냈다.

"어떻습니까? 이제 됐나요?"

세몬은 너무 기뻐 어쩔 줄을 몰라하며 말했다.

"됐어, 이제 그만 해도 돼. 고맙다, 이반."

"아닙니다. 만일 더 필요하면 언제든지 찾아오십시오. 얼마든지 만들어 드리겠습니다. 요즘은 지푸라기가 많이 있으니까요."

세몬은 군대를 통솔하여 행렬을 갖추게 하고 마을을 떠났다. 세몬이 떠나자 이번에는 배불뚝이 따라스가 찾아왔다. 그도 어제의 일을 알고 있었던 것이다. 그는 이반에게 이렇게 부탁했다.

"바른대로 말해 다오. 너는 그 금화를 어디서 가져왔지? 만일 나에게 그 정도의 금화가 있었다면 온 세상의 돈을 다 긁어모았을 것이다."

이반은 깜짝 놀랐다.

"아 그럼 진작 말씀을 하시지 않고요. 원하는 대로 만들어 드리죠."

따라스는 크게 기뻐했다.

"나는 세 상자만 있으면 된다."

"그렇게 해드리죠. 숲 속으로 가시죠. 말을 준비해 가야겠어요. 운반하기 힘들 테니까요."

두 형제는 숲으로 갔다. 이반은 떡갈나무에서 잎을 따서 문지르기 시작했다. 금화가 뚝뚝 떨어져 수북이 쌓였다.

"이만큼이면 됐나요?"

따라스는 기뻐서 어쩔 줄을 몰랐다.

"이만큼이면 충분하다. 고맙다, 이반."

"아닙니다. 더 필요하시면 언제든지 오십시오. 얼마든지 만들어 드리겠습니다. 나뭇잎은 얼마든지 있으니까요."

배불뚝이 따라스는 말에다 금화를 가득 싣고 장사를 하러 떠났다.

이렇게 하여 두 형들은 떠났다. 세몬은 전쟁을, 따라스는 장사를 시작했다. 군인인 세몬은 두 나라를 정복하고 배불뚝이 따라스는 큰 재산을 모았다.

어느 날 세몬과 따라스는 한자리에 모였다. 그동안의 일을 숨김없이 털어놓았다. 세몬은 어디서 군대를 얻었는지, 또 따라스는 어디서 밑천을 잡았는지 서로 이야기했다. 세몬이 말했다.

"나는 나라를 얻어 잘 지내고 있기는 한데 다만 돈이 좀 부족해. 병사들을 먹여 살릴 돈이 부족해."

그러자 따라스가 말했다.

"나는 돈은 많이 모았는데 한 가지 곤란한 것은 그걸 지켜 줄 사람이 없다는 거예요."

그러자 세몬이 말했다.

"그럼 이반에게 가서, 나는 너의 돈을 지킬 병사들을 더 만들어 달라고 하고, 너는 나의 병사들을 먹여 살릴 돈을 만들어 달라고 부탁해 보자."

이리하여 두 형제는 이반에게 찾아왔다. 이반의 집에 도착하자 세몬은 이렇게 말했다.

"아우 이반아, 아무래도 병사가 좀 모자란다. 그러니 병사를 조금이라도 더 만들어 주었으면 좋겠다."

이반은 고개를 내저었다.

"안됩니다. 형님에게 더 이상 병사를 만들어 드리지 않겠습니다."

"왜 안 된다는 거야? 언제든지 필요할 때에는 만들어 주겠다고 약속했잖아?"

"약속한 건 사실입니다. 그러나 더 이상 만들어 드리지 않겠습니다."

"왜 안 만들겠다는 거야? 이 바보 녀석아!"

"왜냐하면 형님의 병사가 사람을 죽였기 때문입니다. 얼마 전의 일인데요. 밭을 갈고 있었는데 한 부인이 관을 따라가면서 통곡하고 있잖아요. 그래서 나는 누가 죽었냐고 물어 보았죠. 그랬더니 그 부인이 이렇게 말했습니다.

'세몬의 병사들이 전쟁에서 내 남편을 죽여 버렸어요.'

병사들이란 노래만 하는 것으로 알았는데 사람을 죽였단 말을 듣고서 더 이상 병사를 만들지 않기로 결심했어요."

이렇게 말하면서 이반은 더 이상 병사를 만들어 내려고 하지 않았다. 한편 따라스도 금화를 더 만들어 달라고 이반에게 사정했다. 이반은 고개를 내저으며 안 된다고 말했다.

"왜 그러지? 얼마든지 만들어 주겠다고 약속했잖아?"

"약속은 했었죠. 그러나 이제는 더 만들지 않겠어요."

이반은 단호하게 거절했다.

"어째서 만들지 않겠다는 거야? 이 바보 녀석아!"

"왜냐하면 형님의 금화가 미하일로프에게서 암소를 빼앗아 갔기 때문이죠."

"왜 빼앗았다는 거냐?"

"미하일로프에겐 암소 한 마리가 있어서 아이들이 그 암소에서 짠 우유를 마시고 있었어요. 그런데 얼마 전에 그 아이들이 내게 찾아와 우유를 달라고 자꾸만 졸라대는 거예요. 그래서 그 아이들에게 물어보았죠.

'너희 암소는 어떻게 했니?'

'끌려갔어요.'

'누가 끌고 갔니?'

'배불뚝이 따라스의 관리인이 찾아와 엄마에게 금화 세 닢을 주더니 암소를 끌고 가 버렸어요. 그래서 우리는 이제 마실 우유가 없어졌어요.'

나는 형님이 금화를 장난감으로 가지고 노는 줄 알았는데 어린아이들에게서 암소를 빼앗아 가버렸어요. 나는 이제 절대로 금화를 만들어 드리지 않겠습니다."

바보 이반은 좀처럼 자기 고집을 꺾지 않고 더 이상 아무것도 만들어 주지 않았다. 그래서 두 형들은 헛수고만 하고 돌아갔다. 그들은 돌아가는 길에 어떻게 서로의 곤경을 해결할 것인지 의논했다.

세몬이 이렇게 말했다.

"이렇게 하면 어떨까? 네가 나에게 병사들을 먹여 살릴 돈을 주면 너에게 내 병사들의 절반을 주마. 재산을 지키도록 말이다."

따라스도 동의했다. 두 형제는 서로 가지고 있는 것을 나누어 갖고 둘이 다 임금이 되고 부자가 되었다.

8

그러나 이반은 줄곧 부모를 모시고 벙어리 누이동생과 함께 일을 하며 살았다.

그러던 어느 날 이런 일이 있었다. 이반이 기르던 늙은 개가 병이 들어 자리에 눕게 되었다. 이반은 그것을 가엾게 생각하고 벙어리 누이에게 빵을 받아 모자 속에 넣었다가 개에게 던져 주었다. 그런데 빵과 함께 모자 안에 넣어두었던 조그만 나무뿌리 하나가 같이 땅에 떨어졌다. 늙은 개는 빵과 함께 그 뿌리도 먹어 버렸다. 그러자 갑자기 일어나서 뛰기도 하고 장난을 치며 힘차게 짖어대기도 하고 꼬리를 흔들었다. 병이 깨끗이 나은 것이다. 이반의 부모들은 그것을 보고 깜짝 놀랐다.

"도대체 어떻게 병이 나았지?"

"나는 어떤 병이든 고칠 수 있는 뿌리를 두 개 가지고 있었는데 개가 그 뿌리를 하나 먹었어요."

바로 그 무렵 임금의 딸이 병을 얻어 누워 있었다. 임금은 방 방곡곡의 도시와 농촌에 방을 붙여 누구든지 공주의 병을 고치는 자에게는 큰 상을 내릴 것이며 만일 그 사람이 미혼이라면 공주를 아내로 주겠다고 했다. 이반이 사는 마을에도 물론 이 방이 붙었다.

부모는 이반을 불러 이렇게 말했다.

"너도 임금님의 딸이 아프다는 소식은 들었을 테지? 모든 병을 고친다는 나무뿌리를 가지고 있다면 한번 공주님의 병을 고쳐보렴. 그러면 너는 한평생 행복해질 것이다."

"그럼 부모님 말씀대로 하죠."

그리고 즉시 떠날 준비를 했다. 부모들은 이반에게 나들이옷을 입혀 주었다. 그런데 이반이 현관문을 열자 그곳에 손이 굽은 여자 거지가 서 있었다.

"마을 사람들 말로는 당신은 무슨 병이든 다 고칠 수 있다고 들었는데 내 손도 좀 고쳐주세요. 이대로는 신발도 신을 수 없어요."

"그래, 고쳐줄게요."

이반은 나무뿌리를 꺼내어 여자 거지에게 주었다. 여자 거지는 그것을 받아먹었다. 그러자 갑자기 병이 나아 즉시 손을 쓸 수 있게 되었다. 부모들은 이반을 임금에게 데리고 가려고 나왔다가 이반이 한 개밖에 없는 나무뿌리를 여자 거지에게 주었음을 알고 노발대발하여 욕하기 시작했다.

"이 얼빠진 놈아! 거지 따위는 불쌍하고 공주님은 불쌍하지도 않느냐?"

그러자 이반은 공주도 가엾게 생각되었다. 그는 말에다가 수레를 채우고 급히 짚을 싣고 그 위에 앉아 떠나려고 했다.

"도대체 어디로 떠나려는 거냐? 이 바보 녀석아!"

"공주님을 고쳐 드리려고 떠나는 겁니다."

"그러나 너에겐 나무뿌리가 없지 않느냐?"

"걱정하지 마세요."

이반이 말을 몰아 궁궐 대문에 내려서자마자 공주의 병이 저절로 나아 버렸다. 임금님은 크게 기뻐하여 이반을 불러들이라고 이르고 그에게 훌륭한 옷을 입혔다.

"이제부터 그대는 짐의 사위로다."

"네, 황공합니다."

그리하여 이반은 공주와 결혼했다. 얼마 후 임금은 곧 세상을 떠났다. 그래서 이반은 새로운 임금이 되었다. 이렇게 하여 세 형제는 모두 한 나라의 임금이 되었다.

9

세 형제는 제각기 나라를 훌륭히 다스리고 있었다. 맏형인 세몬은 그야말로 호화롭게 살고 있었다. 그는 짚으로 만든 병사들을 밑바탕으로 진짜 병사를 모집했다. 열 집마다 한 명의 병사를 뽑되 키가 크고 살갗이 희며 얼굴이 준수해야 된다고 명령을 내렸다. 그는 병사들을 많이 모집하여 모두 잘 훈련시켜 놓았다. 그리고는 누구나 그에게 반항하거나 불복하는 자가 있으면 병사들을 보내 진압하고 다스렸다. 그래서 모든 사람들은 그를 두려워하게 되었다.

그의 생활은 참으로 호화로웠다. 그가 생각하는 것, 눈에 보이는 것은 당장 그의 소유가 되었다. 그의 병사들이 그가 원하는 것은 무엇이나 빼앗아서 가져오기도 하고 끌고 오기 때문이었다.

한편 따라스의 생활도 호화롭기 그지없었다. 그는 이반에게서 얻은 돈을 낭비하지 않고 그것을 밑천으로 큰 재산을 모았다. 그렇게 모은 자기 돈은 금고에 넣어두고 백성에게서 돈을 뽑아냈다. 그는 주민세, 주류세, 결혼세, 장례세, 통행세, 마차세를 비롯하여 심지어는 신발세, 의류세, 화장세까지 뜯어내었다. 모든 것을 빼앗긴 백성들은 돈이 없었기 때문에 소나 돼지나 닭 등을 세금 대신 그에게 가져왔고 그것도 없는 사람은 노역으로써 때우기도 했다.

바보 이반의 생활도 그렇게 나쁘지는 않았다. 임금의 장례가 끝나자 그는 입고 있던 임금의 옷을 벗어 던지고 그것을 옷장에 간직하게 하였다. 그리고는 다시 편한 옷에 허름한 신발을 신었다.

"나는 도무지 따분해서 못 견디겠다. 배만 자꾸 커지고 마음 편히 먹을 수도 잠을 잘 수도 없어."

그래서 그는 부모와 누이동생을 궁궐로 불러들여 또 옛날처럼 일을 하기 시작했다. 사람들은 그에게 이렇게 말했다.

"그러나 당신은 임금님이 아니십니까?"

"상관없어. 임금도 먹어야 하니까."

신하들이 들어와 이렇게 진언했다.

"급료를 지불할 돈이 없사옵니다."

"걱정할 것 없소. 돈이 없으면 안 주면 그만 아니오."

이반 임금이 대답했다.

"그러면 아무도 일을 하지 않게 될 것입니다."

신하들이 대답했다.

"그렇다면 마음대로 하라고 하시오. 일을 하지 않아도 좋소. 결국 먹기 위해 일들을 하게 될 테니까. 모두들 세금으로 거름이나 가져오게 하시오. 거름 정도는 많이 만들어 놨을 테니까."

이번에는 백성들이 재판을 해달라고 들어왔다. 한 사람이 말했다.

"이 자가 내 금화를 훔쳤사옵니다."

그러자 이반이 말했다.

"하하, 괜찮다. 이 자는 금화가 필요했던 것이다."

모든 사람은 이반이 바보라는 것을 알게 되었다. 그래서 왕비는 그에게 말했다.

"모두들 당신에게 바보라고 말하고 있사옵니다."

"아, 걱정하지 말아요."

이반의 아내는 생각에 생각을 거듭했다. 그러나 그녀 역시 바보였다.

"제가 어찌 남편을 거역할 수 있겠습니까? 바늘이 가는 대로 실은 따라가야 하는 법이니까요."

이렇게 말하고 그녀도 왕비의 옷을 벗어 옷장 속에 넣어두고 이반의 누이동생에게 농사를 배우러 갔다. 그리고 일을 다 배운 다음 남편을 돕기 시작했다.

이반의 나라에서 똑똑한 사람들은 모두 떠나 버리고 남은 사람은 바보들뿐이었다. 돈이란 것은 아무에게도 없었다. 모두가 일을 하여 스스로 먹고 살며 아울러 이웃 사람들을 도우면서 살아갔다.

10

큰 도깨비는 작은 도깨비들에게서 세 형제를 파멸시켰다는 소식이 오기만을 기다리고 있었다. 그러나 아무런 소식이 없었다. 그래서 어떻게 된 영문인지 알아보려고 직접 가서 여기저기 찾아다녔지만 겨우 찾아낸 것은 세 개의 구멍뿐이었다.

"음, 아무래도 실패한 모양이군. 그렇다면 내가 직접 해치울 수밖에 없지."

그는 세 형제를 찾으러 갔으나 그들은 이미 옛날에 살던 곳에는 없었다. 그는 세 형제를 각각 다른 나라에서 찾아냈다. 셋은 모두 건재하고 나라까지 다스리고 있었다.

그는 먼저 맏형인 세몬의 나라로 갔다. 그리고 자기 모습 그대로가 아닌 장군으로 변신하여 세몬에게 찾아갔다.

"듣기로 세몬 왕께서는 위대한 군인이신 듯합니다. 그러나 저도 군사와 전쟁에 대해서는 아는 바가 있어 전하께 헌신하고자 합니다."

세몬은 그에게 여러 가지를 물어본 뒤 꽤 현명한 인물이라는 것을 알고 장군으로 기용하기로 했다.

장군은 세몬에게 다음과 같이 제안했다.

"첫째로 더 많은 병사들을 모집해야 할 필요가 있습니다. 왜냐하면 이 나라에는 안일하게 지내려는 백성이 너무 많습니다. 젊은 남자들은 누구를 막론하고 모두 징집하셔야 합니다.

둘째로 최신식 소총과 대포를 만들지 않으면 안 됩니다. 제가 마치 콩을 뿌리듯이 단번에 백발의 총알이 나가는 소총을 만들겠습니다. 그리고 무엇이나 태워버리는 무서운 성능의 대포도 만들겠습니다. 이 대포는 사람이든, 마을이든, 성이든 모든 것을 태워 버릴 수 있습니다."

세몬은 새로 기용된 장군의 제안을 받아들였다. 그래서 젊은 남자들을 모두 징집하라고 명령하고 또 공장을 세워 신식 소총과 대포를 만들어 곧 이웃 나라의 왕에게 선전포고를 했다. 싸움이 시작되자 세몬은 병사들에게 적군을 향해 총포를 퍼부으라고 명령하여 단번에 쳐부수고 궁궐의 절반을 불태워 버렸다. 이웃 나라 왕은 간담이 서늘하여 곧 항복하고 자기 나라를 바쳤다. 세몬은 크게 기뻐하며 말했다.

"이번에는 반드시 인도를 정복하겠다."

인도 왕은 세몬의 승리 소식을 듣자 그의 전략을 완전히 파

악하고 거기다 자신의 전략을 더했다. 인도 왕은 젊은 남자들뿐만 아니라 여자들까지도 모두 징집했다. 그래서 그의 병사는 세몬보다 훨씬 많았다. 또한 이미 소총과 대포를 만드는 방법을 세몬에게서 빼내 알고 있었고 공중을 나는 비행기와 하늘에서 떨어뜨리는 폭탄도 새로 개발해냈다.

세몬은 인도 왕에게 싸움을 걸었다. 인도 왕은 세몬의 군대가 대포의 사정권 안에까지 들어오지 못하게 하고 여자 병사들을 비행기에 태워 머리 위에서 폭탄을 퍼붓기 시작했다. 여자 병사들은 마치 진딧물에다 약을 뿌리는 것처럼 폭탄을 퍼부었다. 세몬의 군대는 혼비백산하여 좌충우돌하며 뿔뿔이 달아났고 어느새 세몬만 남게 되었다. 인도의 왕은 세몬의 나라를 빼앗았으며 세몬은 정신없이 도망치게 되었다.

큰 도깨비는 맏형인 세몬을 해치우자 이번에는 따라스에게 찾아갔다. 그는 상인으로 변신하여 따라스의 나라에 자리를 잡고 많은 사람들에게 돈을 물 쓰듯 뿌리기 시작했다. 이 상인은 어떤 물건이든지 비싼 값으로 사 주었기 때문에 백성들은 모두 이 상인에게로 몰려들었다. 이리하여 백성들의 형편이 좋아졌고 세금도 제때에 걷히고 백성들은 어떤 세금이든 기한 내에 다 바치게 되었다.

따라스 임금은 크게 기뻐했다.

"참 고마운 상인이군. 세금도 제때에 걷히고 나라의 돈이 점점 불어나고 있다."

나라의 돈이 많아지자 따라스는 새로운 궁전을 짓기로 결정했다. 새로운 궁전을 짓기 위해 백성들에게 목재와 돌을 날라 오면 품삯을 주겠다고 했다. 따라스는 그만한 품삯이면 전과 마찬가지로 백성들이 일하러 몰려올 것이라고 생각했다. 그런데 목재며 돌은 모두 그 상인에게 실려 가고 또 일꾼들도 모조리 그 상인에게로 몰려가고 있는 것이 아닌가? 따라스 임금은 품삯을 올렸다. 그러나 상인은 더 많은 돈을 뿌렸다. 궁전은 착공만 해놓고 좀처럼 준공되지 못하고 있었다. 가을이 되어 따라스 임금은 백성들에게 정원을 만들러 오라고 명령을 했다. 그러나 아무도 오지 않았으며 모두 그 상인의 연못을 파러 몰려갔다. 그리고 겨울이 왔다. 따라스 임금은 새로운 모피 외투를 만들기 위해 검은담비의 가죽을 사야겠다고 생각하여 신하를 보내어 사오라고 했다. 그 신하가 돌아와 말했다.

"검은담비 가죽은 없사옵니다. 그 상인이 모조리 사들였기 때문입니다. 그 자는 검은담비 가죽을 사서 전부 방석을 만들었다 하옵니다."

따라스 임금은 좋은 말을 사야겠다고 생각했다. 그래서 말을 사러 보냈더니 돌아와서 말하기를 좋은 말은 그 자가 다 사버리고 그 말로 연못에 채울 물을 운반하는데 사용하고 있다는 것이었다. 백성들은 전부 그 상인의 일만 했으며, 상인에게서 번 돈으로 임금에게는 세금만 냈다.

이렇게 되자 따라스는 세금으로 걷은 돈이 너무 많아져서 그것을 보관하기가 어려워졌고 생활은 점점 불편해지기만 했다. 이제 다른 계획을 그만두고 당장 먹고 살아갈 일을 걱정해야만 했다. 모든 것이 궁색해졌다. 궁궐 안의 요리사, 신하, 사제 모두 그 상인에게 빠져나가기 시작했다. 시장으로 사람을 보냈으나 아무것도 살 수가 없었다. 물건들을 그 상인이 몽땅 사들여 버렸기 때문이다. 임금은 그저 세금으로 돈만 받을 뿐이었다.

따라스 임금은 잔뜩 화가 나서 그 상인을 나라 밖으로 추방해 버렸다. 그러나 상인은 국경 근처에 버티고 앉아 여전히 똑같은 일을 하고 있었다. 여전히 모든 것이 임금에게서 상인에게로 몰려갔다. 임금의 사정은 매우 악화되었다. 며칠씩 먹지도 못하고 그 상인이 임금에게서 왕비를 사려고 한다는 소문까지 돌았다. 따라스는 무엇을 어떻게 해야 할지 모르는 지경이 되었다.

어느 날 맏형인 세몬이 동생인 따라스에게 찾아와서 말했다.

"나를 좀 도와다오. 인도 왕에게 패하여 머물 곳이 필요하단다."

그러나 배불뚝이 따라스도 뱃가죽이 등에 달라붙을 상황이었다.

"저도 벌써 이틀이나 아무것도 먹지 못했어요."

11

큰 도깨비는 두 형제를 궁지에 몰아넣고 이반에게 찾아갔다. 장군으로 변신하여 이반에게 찾아가 군대를 조직할 것을 권했다.

"한 나라의 임금께서 군대가 없이 지내신다는 것은 있을 수 없는 일입니다. 분부만 내리신다면 백성 중에서 병사들을 모집하여 훌륭한 군대를 만들어 드리겠습니다."

이반은 그의 말을 듣고 말했다.

"그것도 좋겠군. 그럼 한번 만들어 보시오. 그리고 병사들이 노래를 잘 부르도록 훈련하시오. 나는 그걸 좋아하니까."

큰 도깨비는 이반의 나라를 돌아다니면서 병사들을 모집하기 시작했다. 군대에 지원하는 자는 누구에게나 보드카 한 병과 빨간 모자를 주겠다고 설명하였다. 바보 백성들은 코웃음을 치며 말했다.

"술 따위는 얼마든지 있어. 술을 직접 만드니까 말이야. 그리고 모자도 원하는 모양대로 여자들이 모두 만들어 주는 걸. 여러 가지 색깔에 장식이 달린 것까지도 말이야."

이렇게 해서 어느 누구 하나 군대에 지원하는 자가 없었다. 큰 도깨비는 이반에게 달려왔다.

"바보 같은 백성들이 병사가 되려고 하지 않사옵니다. 권력을 써서라도 그들을 끌어와야 하옵니다."

"그래, 그것도 좋겠군. 그럼 권력을 써서 군대를 만들어 보시오."

그래서 큰 도깨비는 백성들에게 알렸다.

"백성들은 모두 병사가 되어야 하며 만일 이 명령을 거역하는 자는 이반 임금께서 사형을 내릴 것이다."

바보 백성들은 장군에게 몰려와 이렇게 말했다.

"당신은 우리들이 병사가 되지 않으면 임금께서 사형을 내리실 것이라고 말하는데 병사가 되면 어떻게 된다는 것은 말하지 않고 있소. 병사가 되도 목숨을 잃는다고 하던데?"

"그럴 수도 있을 것이오."

그 말을 듣자 백성들은 고집을 부려 응하지 않았다.

"그렇다면 우리는 병사가 되지 않겠습니다. 차라리 집에서 죽겠습니다. 어차피 죽기는 마찬가지이니까."

"네 놈들은 정말 바보들이로구나. 병사가 된다고 반드시 죽는 것은 아니다. 그러나 병사가 되지 않으면 반드시 임금에게 죽임을 당하고 말 것이다."

백성들은 곰곰이 생각을 하다가 이반 임금에게 물어보러 갔다.

"장군님이 나오셔서 우리들에게 모두 병사가 되라고 하십니다. 군대에 나가면 죽을지 안 죽을지 모르지만 나가지 않으면 임금께서 우리들을 사형에 처한다고 하셨다는데 그것이 정말입니까?"

이반은 껄껄 웃었다.

"어떻게 나 혼자서 그대들을 전부 사형시킬 수 있겠소. 만약 내가 바보가 아니었다면 그대들에게 잘 설명하여 주겠지만 나 자신도 어떻게 된 일인지 모르겠소."

"그러시다면 우리들은 군대에 나가지 않겠습니다."

"그렇게들 하시오. 안 나가도 좋아."

백성들은 장군에게 가서 병사가 되는 것을 거절했다.

큰 도깨비는 일이 잘 되지 않음을 알고 이웃 나라의 따라칸 왕에게 가서 전쟁을 걸도록 꼬이기 시작했다.

"이번 기회에 싸움을 걸어서 이반 왕을 정복해 버립시오. 그 나라에는 돈은 없을지라도 곡식이나 가축, 그 밖에 모든 것이

풍부합니다. "

따라칸 왕은 싸움을 벌이기로 했다. 먼저 큰 군사를 모으고 총과 대포를 준비하고 국경을 넘어 이반의 나라로 침입하기 시작했다. 백성들은 이반에게 달려와 이렇게 아뢰었다.

"따라칸 왕이 싸움을 걸어왔습니다. "

"뭐, 별일 있을려구. 싸움을 할 테면 하라지. "

군대를 끌고 온 따라칸 왕은 국경을 넘자, 먼저 선발대를 파견하여 이반 군대의 동정을 은밀히 살피게 했다. 선발대는 여기저기를 돌아다녔지만 군대 같은 것은 어디에도 보이지 않았다. 그러나 어디에서 갑자기 나타날지 모른다고 생각하여 오랫동안 기다렸으나 군대는 전혀 보이지 않았다. 누구와 싸울래야 싸울 상대가 없었다. 따라칸 왕은 병사들을 보내어 마을들을 점령하게 했다. 병사들이 어느 마을에 들이닥쳤다. 그러자 마을 사람 몇 명이 뛰어나와 병사들을 바라보고 깜짝 놀란 눈치였다. 병사들은 곡식이나 가축을 약탈했다. 바보 백성들은 무엇이나 거리낌 없이 선선히 내어주었고 오히려 이곳에 와서 살라고 권유하였다. 병사들은 다른 마을로 가보았으나 거기도 마찬가지였다. 병사들은 그 다음날도 여러 곳을 돌아다녔지만 어디든지 마찬가지였다. 있는 것은 다 내어 주었고 어느 한 사람도 애써 자기 물건을 지키려 하지 않았다.

"당신의 나라에서 살기가 곤란하시거든 모두 여기에 와서 사세요."

병사들은 사방으로 돌아다녔으나 어디에도 군대 같은 것은 보이지 않았고 백성들은 모두 스스로 일하면서 먹고 살았으며 이웃을 도왔다. 병사들은 차츰 따분해지기 시작했다. 그리하여 따라칸 왕에게 가서 말했다.

"우리들은 전쟁을 할 수가 없습니다. 우리들을 다른 나라의 전쟁터로 보내 주십시오. 전쟁을 하고 있는 것인지 뭔지 모르겠습니다. 마치 약하고 힘없는 사람들을 괴롭히는 것 같아 이제 더 이상 싸울 수 없습니다."

따라칸 왕은 화가 나서 병사들에게 명령했다.

"온 마을을 다니며 집과 곡식을 불사르고 가축들을 죽여 버려라. 만일 내 명령에 불복하는 자가 있으면 누구를 막론하고 모두 처벌하라."

병사들은 놀라 왕의 명령대로 실행하기 시작했다. 그들은 집이나 곡식을 불태우고 가축들을 닥치는 대로 죽이기 시작했다. 그래도 바보 백성들은 지키려 하지 않고 울고만 있었다. 남녀노소 할 것 없이 모두 울었다.

"당신들은 무엇 때문에 우리를 괴롭히는 겁니까? 왜 우리 재산을 망치는 거죠? 필요하면 차라리 가져가는 편이 나을 텐데."

병사들의 마음은 왠지 침울해졌다. 마침내 병사들은 더 이상 돌아다니는 것을 포기하고 하나씩 뿔뿔이 흩어지고 말았다.

12

이리하여 큰 도깨비는 따라칸을 떠나버렸다. 군대의 힘으로는 이반을 골탕 먹이지 못했던 것이다. 큰 도깨비는 다시 멋진 신사로 변신하여 이반에게 갔다. 배불뚝이 따라스처럼 이번에는 돈으로 골탕을 먹일 생각이었다.

"나는 훌륭한 지식을 가르쳐서 백성들에게 도움이 되고자 합니다. 먼저 이 나라에 집을 짓고 장사를 시작하겠습니다."

"그거 좋은 생각이오. 이곳에 와서 사시오."

하룻밤을 지내고 다음날 아침, 신사는 금화가 들어 있는 커다란 자루와 종이를 가지고 광장에 나가서 이렇게 말했다.

"여러분은 마치 돼지처럼 생활하고 있습니다. 그래서 나는 여러분들에게 어떻게 살아가야 하는지를 가르쳐 드리고자 합니다. 먼저 이 도면처럼 집을 만드십시오. 여러분은 일을 하고 지시는 내가 하겠습니다. 그리고 그 보답으로 이 금화를 드리겠습니다."

　그렇게 말하고 그는 금화를 보였다. 바보 백성들은 놀랐다.
그 이유는 지금까지 그들은 돈이란 것을 본 적이 없었고 그 대
신 필요한 것은 서로 물물교환을 하고 일손이 필요할 때는 서
로 도왔기 때문이었다. 그들은 금화의 아름다움에 반했다.

　"그것 참 좋은데, 노리갯감으론 그만이야."

　백성들은 물건을 금화와 바꾸기도 하고 온갖 일을 해주고 금
화를 받기도 했다. 큰 도깨비는 속으로 쾌재를 부르면서 이렇
게 생각했다.

　"이 정도면 일이 잘되는 징조야. 이번에야말로 그 바보 녀석
을 따라스처럼 엉망으로 만들어 버려야지. 녀석이 다시는 일어
나지 못하게 말이야."

　그런데 바보 백성들은 금화를 받자마자 여자들에게 목걸이를
만들어 주기도 하고 여자아이들을 꾸미는 데 쓰기도 했다. 얼
마 후 아이들까지 금화를 가지고 놀게 될 정도로 금화가 흔해
지자 사람들은 더 이상 금화를 얻으려고 하지 않았다. 그런데
신사는 아직 지으려던 화려한 집을 반도 짓지 못했으며 금화와
바꾼 곡식과 가축도 일년 분이 채 못 되었다. 그래서 신사는
자신에게 곡식이나 가축을 가지고 오거나 일을 해주면 그 값으
로 전보다 많은 금화를 주겠다고 했다.

그러나 어느 누구 한 사람도 일하러 오는 자가 없고 무엇 하나 가지고 오는 자가 없었다. 가끔 아이들이 와서 달걀과 금화를 바꾸거나 또는 금화를 받고 물건을 날라다 주는 정도였다. 그래서 이 멋진 신사는 차츰 먹을 것이 부족하게 되었다. 배가 고팠기 때문에 마을의 어느 집으로 들어가 닭을 사려고 금화를 내보였다. 그러나 여주인은 그것을 받으려 하지 않았다.

"우리 집에도 그런 것은 많이 있어요."

이번에는 어떤 어부 집에 들러 물고기를 사려고 금화를 내밀었다.

"그런 건 필요 없어요. 아이들이 없어서 가지고 놀 사람이 없죠. 그리고 이미 세 개나 가지고 있어요."

이번에는 빵을 사려고 농부 집에 들러 금화를 내밀었다. 그러나 이 농부도 금화를 받지 않았다.

"우리 집에는 필요 없어요. 그러나 하느님의 은혜로 그대에게 그냥 드리겠소. 잠깐만 기다려 주시오. 집사람에게 빵을 잘라오도록 할 테니까."

큰 도깨비는 기분이 나빠 침을 뱉고는 재빠르게 농부 집에서 도망쳐 나왔다. 이러한 선심을 받아들일 수는 없었다. 이러한 말이 그에게는 칼보다 더 무서웠던 것이다.

이렇게 해서 큰 도깨비는 빵도 얻지 못하였다. 사람들은 모두 금화를 충분히 가지고 있었다. 금화를 보고 어떤 것도 주려 하지 않았고 모두 이렇게 말하는 것이었다.

"무엇인가 다른 것을 가지고 오던지 일을 하러 오거나 차라리 동냥을 하러 오구려."

그러나 큰 도깨비는 금화 외에는 아무것도 가진 것이 없었다. 더군다나 일하기는 더욱 싫었으며 그렇다고 동냥을 할 수도 없었다. 큰 도깨비는 잔뜩 화가 났다.

"이봐! 금화만 있으면 무엇이든 살 수도 있고 어떤 일꾼이라도 부릴 수 있단 말이야."

그러나 바보 백성들은 그 말을 들은 척도 하지 않았다.

"아니 그런 건 필요 없어요. 여기서는 돈으로 뭘 산다거나 세금을 내는 일이 없으니까요. 그러니 그까짓 돈이 무슨 필요가 있겠어요."

큰 도깨비는 저녁도 먹지 못하고 잠자리에 들었다. 이 일이 이반의 귀에 들어갔다. 백성들이 찾아와 이렇게 물었기 때문이다.

"임금님 마을에 한 신사가 찾아와서 살고 있습니다. 그는 맛있는 것만을 먹고 좋은 술을 마시며 깨끗한 옷을 입기는 좋아하지만 일은 전혀 하지 않고 더구나 동냥도 받지 않고 그저 금화라는 것만 내밀고 있습니다. 금화가 없었을 때에는 모두들 이 신사에게 무엇이든지 갖다 주었는데 이제는 어떤 것도 주는 사람이 없습니다. 이 신사를 어떻게 하면 좋습니까? 굶어 죽지나 않았으면 좋겠는데요."

이반은 다 듣고 나서 이렇게 말했다.

"그러면 먹여 주어라. 양치는 목동들처럼 집집마다 돌아다니면서 얻어먹게 하여라."

큰 도깨비는 할 수 없이 이집 저집 돌아다니며 얻어먹어야했다. 그러는 동안 차례가 이반의 궁궐까지 돌아왔다. 큰 도깨비가 점심을 먹으러 갔더니 이반의 궁궐에서는 벙어리인 여동생이 점심을 준비하고 있었다. 그녀는 지금까지 자주 게으름뱅이에게 속아왔다. 게으름뱅이는 일도 하지 않고서 제일 먼저 밥을 먹으러 와서는 준비해 놓은 맛있는 음식을 전부 먹어치우곤 했다. 그래서 이반의 여동생은 사람의 손을 보고 게으름뱅이를 곧잘 가려내었다. 그래서 손에 굳은살이 박인 사람은 식탁에 앉을 수 있지만 굳은살이 박이지 않은 사람은 먹고 남은 찌꺼기를 주었다. 큰 도깨비가 식탁에 앉자 여동생은 슬쩍 그의 손을 들여다보았다. 굳은살이 없었다. 손은 곱고 매끈하며 긴 손톱이 자라 있었다. 여동생은 무엇이라고 소리치더니 도깨비를 식탁에서 끌어내렸다. 그러자 이반의 아내가 도깨비에게 말했다.

"화내지 마세요. 우리 시누이는 손에 굳은살이 박이지 않은 사람은 식탁에 앉히지 않으니까요. 잠깐만 기다려 주세요. 모두 드신 후 남은 것을 잡수세요."

큰 도깨비는 이런 궁궐에서 돼지에게 주는 것을 먹이려고 하는구나 생각하니 은근히 화가 났다. 그래서 이반에게 말했다.

"이 나라에는 모든 사람이 손으로 일을 해야만 하는 바보 같은 법이 있군요. 그러나 그것은 여러분들이 어리석기 때문입니다. 영리한 사람은 무엇으로 일하는지 아십니까?"

"바보인 우리가 어찌 그런 것을 알겠는가? 우리들은 대체로 손과 발로 일하고 있지."

"그렇다면 제가 어떻게 머리로 일을 하는 것인지, 그 방법을 가르쳐 드릴까 합니다. 그러면 여러분들도 아시게 될 것입니다. 손보다 머리로 일하는 편이 훨씬 이득이 많다는 것을."

이반은 놀랐다.

"과연 그러고 보니 우리가 바보라 불리는 것도 그 때문인가 보오."

그러자 큰 도깨비는 설명하기 시작했다.

"그러나 머리로 일하는 것도 쉬운 일은 아니옵니다. 저의 손에 굳은살이 없다고 저에게 먹을 것을 안 주시는데 그것은 이러한 사실을 모르시기 때문입니다. 머리로 일하는 것이 백 배나 더 어렵고 때로는 머리가 쪼개지게 아픈 경우도 있사옵니다. ”

이반은 생각해 보았다.

“그런데 그대는 자기 자신을 왜 그렇게 괴롭히는가? 머리가 쪼개지는 경우도 있다니 과연 쉬운 일은 아닐세. 그렇다면 차라리 손과 발을 써서 더 쉽게 일을 하면 될 것이 아닌가? ”

그러자 도깨비는 말했다.

“제가 제 자신을 괴롭히는 것은 어리석은 여러분들을 불쌍히 여기기 때문이옵니다. 만일 제가 자신을 괴롭히지 않는다면 여러분들은 영원히 어리석은 바보로 남게 될 것이옵니다. 그래서 이제부터 여러분들에게 가르쳐 드리려는 겁니다. ”

이반은 놀랐다.

“그럼 가르쳐 주게. 손이 지치면 머리로 대신할 수 있도록 말이오. ”

도깨비는 그것을 가르쳐 주겠다고 약속했다. 이반은 온 나라에 방을 붙였다.

“훌륭한 신사가 여러분들에게 머리로 일하는 법을 가르쳐 주게 되었다. 머리는 손보다 더 많은 일을 할 수 있다. 모두들 배우러 나오라. ”

이반은 높은 망루를 만들고 올라갈 수 있는 사다리를 놓고 그 위에 연단을 마련했다. 이반은 신사가 잘 보이도록 높은 망루의 연단으로 안내했다.

신사는 망루 위에 서서 떠들어대기 시작했다. 어리석은 백성들은 이를 구경하려고 구름처럼 모여들었다. 사람들은 신사가 실제로 손을 쓰지 않고 머리로 일하는 것을 보여 주는 줄 알았다. 그러나 신사는 계속 말로만 어떻게 하면 일을 하지 않고 살아갈 수 있는가에 대한 말을 지껄일 뿐이었다. 바보 백성들은 뭐가 뭔지 도무지 알 수가 없었다. 그래서 한참동안 바라보다가 이윽고 각자의 일자리로 흩어져 버렸다.

큰 도깨비는 온종일 망루 위에 서 있었다. 그 다음날도 여전히 그곳에 서 있었다. 그리고 계속 떠들어대었다. 그는 배가 고파 무엇이라도 먹고 싶었다. 그러나 바보 백성들은 손보다 머리로 백 배 일을 잘 한다고 했으니 머리를 써서 자기가 먹을 빵쯤이야 마음대로 만들 수 있을 것으로 생각하고 아무도 그에게 빵을 주려 하지 않았다. 도깨비 두목은 그 다음날도 연단에서 줄곧 떠들어대었다. 그러나 사람들은 가까이 와서 잠시 듣다가 곧 흩어질 뿐이었다.

이반은 종종 사람들에게 물어보았다.

"어떻든가? 그 신사는 머리로 일을 하던가?"

"아닙니다. 그는 여전히 떠들어대기만 하고 있을 뿐입니다."

큰 도깨비는 오늘도 역시 온종일 망대 위에 서 있었고 이제
는 지쳐서 비틀거리기 시작했다. 그러다가 한차례 휘청거리더
니 그만 기둥에 머리를 들이받았다. 한 바보가 그것을 보고
이반의 아내에게 알렸다. 이반의 아내는 이반에게 바로 달려
가 말했다.

"자 구경하러 가시죠. 드디어 신사가 머리로 일하기 시작한
모양입니다."

"그게 정말이오?"

이반은 말을 몰아 망루로 달려갔다. 망루에 이르자 도깨비
는 굶주리다 못해 모든 힘이 빠져서 머리를 기둥에 박고 있었
다. 이반이 더 가까이 다가가자 도깨비가 쓰러지더니 요란한
소리를 내면서 사다리의 계단을 따라 한 계단 한 계단 거꾸로
떨어져 내렸다. 이반은 감탄하듯 말했다.

"아하! 신사가 머리가 쪼개지는 경우도 있다고 하더니, 과
연 정말인걸. 이젠 손에 굳은살이 생기는 게 문제가 아니야.
저렇게 일을 하다가는 머리에 수많은 혹이 생길 게 아닌가?"

큰 도깨비는 사다리 밑으로 완전히 굴러떨어져 땅바닥에 머
리를 박고 말았다. 신사가 얼마나 많은 일을 했는지 살펴보려
고 이반이 가까이 다가서는 순간 땅바닥이 쫙 갈라지더니 큰
도깨비는 땅 속으로 쑥 들어가 버리고 그 자리엔 큰 구멍 하

나가 뚫려 있었다. 이반은 머리를 긁적이며 말했다.

"이런 망할 게 다 있나. 또 그 놈이었던가? 아니 크기를 보아 그 놈들의 아비가 틀림없다. 별 이상한 놈도 다 있구나!"

그리하여 이반과 이반의 나라는 지금까지도 남아 있으며 계속 백성들이 그의 나라로 몰려오고 있다. 두 형들도 이반에게 찾아와 함께 살고 있다. 또 그 누구라도 찾아오면 흔쾌히 받아들였다.

"우리들을 좀 돌봐 주십시오."

"그렇게 하시오. 이곳에 와서 사시오. 여기에는 모든 것이 얼마든지 있으니."

그러나 이 나라에는 단 한 가지 중요한 법이 있었다. 손에 굳은살이 박인 자는 식탁에 앉을 수 있지만 그렇지 않은 사람은 먹다 남은 찌꺼기를 먹어야 한다는 것이었다.

톨스토이 대표 단편선 *Representative short stories of Tolstoy*

일꾼 에멜리안과 대충 만든 북

-Lev Nikolaevich Tolstoi

일꾼 에멜리안과 대충 만든 북

-Ler Nikolaevich Tolstoi

　에멜리안은 어느 집에서 일꾼으로 일을 하고 있었다. 어느 날 들에 일을 하러 가는 길에 벌판을 지나가다가 문득 그 앞에 작은 개구리 한 마리가 폴짝폴짝 뛰는 것을 보았다. 하마터면 그걸 밟을 뻔했지만 가까스로 개구리를 피할 수 있었다. 그때 갑자기 뒤에서 누군가 부르는 소리가 들렸다.

　"에멜리안!"

　에멜리안이 돌아다보니 예쁜 아가씨가 거기에 서 있었다.

　"에멜리안! 당신은 왜 장가를 안 가세요?"

　"나 같은 사람이 어떻게 장가를 가요? 나는 아무것도 가진 것도 없고 가진 것이라곤 몸뚱이 하나뿐인데 누가 시집을 와요?"

　그러자 그녀가 그에게 말했다.

　"그렇다면 내가 시집갈게요."

에멜리안은 그 아가씨가 마음에 들었다.

"그러면 나야 두말할 것 없이 좋은데 생계를 꾸려가기 힘들 겁니다."

"그건 걱정할 필요가 없어요. 가능한 일을 많이 하고 게으름을 피우지 않으면 어디를 가도 입고 먹고 사는 것은 걱정이 없어요."

"그건 그렇지요. 그렇다면 우리 결혼합시다. 그런데 어디에 가서 살지요?"

"마을로 가서 살아요."

그리하여 에멜리안은 아가씨와 함께 마을로 갔다. 아가씨는 그를 변두리에 있는 조그마한 집으로 데리고 갔다. 두 사람은 바로 결혼식을 올리고 새살림을 차렸다.

그로부터 얼마 후 왕이 마차를 타고 그 집 앞을 지나가게 되었다. 그때 왕의 행렬을 보려고 에멜리안의 부인이 밖으로 나왔다. 그녀의 아름다운 모습을 본 왕은 세상에 저렇게도 아름다운 여인이 있을까 놀라움을 감추지 못했다. 왕은 마차를 멈추게 하고 에멜리안의 부인을 불러냈다.

"너는 누구냐?"

"농부 에멜리안의 아내입니다."

"그렇게 예쁜데 왜 농부의 아내가 되었느냐? 왕비가 될 수도 있었을 텐데. "

"황송한 말씀입니다. 하오나 저는 농부의 아내로 만족합니다. "

왕은 그녀와 잠시 대화를 나눈 후 마차를 몰아 왕궁으로 향했다. 왕은 이윽고 왕궁에 도착했으나 아름다운 그녀를 잊을 수가 없었다. 왕은 밤새도록 잠을 자지 못하고 뒤척이면서 어떻게 하면 에멜리안으로부터 부인을 뺏을 수 있을까 그 생각만 했다. 그러나 묘안이 떠오르지 않았다. 그래서 신하들을 불러 놓고 좋은 방법을 생각해 보라고 명했다. 그러자 신하 한 명이 왕에게 아뢰었다.

"우선 에멜리안을 궁전으로 불러들이는 것이 좋을 듯합니다. 그러면 저희들이 그 녀석에게 혹독하게 일을 시켜 병들어 죽게 만들겠습니다. 그러면 그 여인이 혼자가 되오니 그때는 얼마든지 자유롭게 그 여인을 맞이하실 수 있을 겁니다. "

왕은 그 말에 일리가 있다고 생각하여 에멜리안에게 사람을 보내어 아내와 함께 궁전에 들어와 정원사로서 일하라고 명했다. 심부름꾼이 에멜리안에게 가서 그 말을 전했다. 그러자 에멜리안의 부인은 그 말을 듣고 남편에게 말했다.

"저는 궁전에 살지 않아도 괜찮으니까 다녀오세요. 낮에는 그곳에서 일하고 밤에는 집으로 돌아오도록 하세요. "

에멜리안은 집을 나섰다. 그가 궁궐에 도착하자 신하가 그에게 물었다.

"왜 아내는 데려오지 않고 혼자 왔느냐?"

"정원사로 일하는데 아내를 데리고 올 필요는 없습니다. 저희들에게도 집이 있습니다."

궁전에 들어온 그날부터 에멜리안에게는 두 사람 몫의 일이 주어졌다. 에멜리안은 일하면서도 산더미처럼 쌓인 일거리를 보고 일을 끝내지 못할 것이라고 생각했다. 그런데 일을 하다 보면 이상하게도 일이 쉽게 끝나 저녁이 되기 전에는 일을 끝마칠 수 있었다. 깜짝 놀란 신하는 그 다음날에 네 사람 몫의 일을 주었다.

에멜리안이 집으로 돌아왔다. 벽난로에는 훈훈하게 장작불이 타오르고 있었으며 집은 깨끗이 청소되어 있었고 저녁 식사 준비도 다 되어 있었다. 아내는 식탁 앞에 앉아 바느질을 하면서 남편을 기다리고 있었다. 그녀는 남편을 반갑게 맞이하여 저녁 식사를 하면서 남편의 하루 일과에 대해서 물었다.

"도저히 감당할 수 없는 양의 일이야. 그들은 나를 일에 지쳐 죽게 할 작정인가 봐."

"일이 많다고 걱정하지 마세요. 이제 어느 정도 했을까, 이제 얼마나 남았을까 하고 뒤를 돌아보거나 앞을 내다보지 않는 것이 좋아요. 그저 일만 하세요. 그러면 시간 안에 일을 모두 끝낼 수 있을 거예요."

에멜리안은 잠을 자고 그 이튿날 아침이 되자 또 일을 하기 위해 궁전으로 갔다. 그리고 일을 시작하였다. 한번도 뒤를 돌아보지 않고 열심히 하다 보니 저녁때쯤 일이 끝나 어둡기 전에 집으로 돌아올 수 있었다. 그 후에도 계속 더 많은 일거리를 받았지만 그것을 시간 안에 모두 끝내고 집으로 돌아올 수 있었다.

그렇게 일주일이 흘렀다. 신하들은 정원 일을 시켜서는 이 사람을 괴롭힐 수가 없다는 것을 알았다. 그래서 그들은 다른 일을 맡겨 보았다. 하지만 그것 역시 그를 괴롭히지 못했다. 목공 일이든, 석공 일이든, 미장공 일이든, 무슨 일을 시켜도 에멜리안은 시간 안에 일을 끝내고 밤이면 아내에게 돌아갔다.

또 일주일이 지났다. 왕은 신하들을 불러 놓고 말했다.

"도대체 언제까지 너희들에게 공짜로 밥을 먹여야 하느냐? 벌써 2주일이 지났는데도 아무런 효과가 없으니 말이다. 너희들은 에멜리안을 혹사시켜 죽이겠다고 했는데, 매일 콧노래를 부르며 집으로 돌아가고 있지 않느냐? 너희들이 나를 놀리려고 하는 것이냐?"

신하들은 당황하여 계속 변명을 했다.

"저희들은 최선을 다했습니다. 처음에는 일을 많이 시켜서 그를 죽이려고 했습니다만 아무리 해봐도 소용이 없었습니다. 무슨 일을 시켜도 빗자루로 쓸어내듯이 해치워 버리고 도무지 피로라는 것을 모릅니다. 그래서 저희는 이 놈이 머리를 쓰는 일은 못할 것이라고 생각하여 어려운 일을 시켜 보았습니다만 그것도 별 소용이 없었습니다. 어떻게 된 일인지 무슨 일을 시켜도 깨끗하게 해치워 버립니다. 아마도 그놈이나 그놈의 아내가 마술을 부리는 것 같습니다. 저희들도 이젠 그놈에게 질려 버렸습니다. 그래서 이번에는 말도 안 되는 일을 맡겨 볼까 합니다. 그것은 다름이 아니오라 하루 만에 대성당을 지으라고 하는 것입니다. 에멜리안을 부르셔서 이 궁전 앞에다 하루 만에 대성당을 짓도록 분부를 내려 주시옵소서. 그리하여 그가 만일 지어내지 못하면 그때야말로 분부를 어긴 죄로 목을 칠 수 있을 겁니다."

그리하여 왕은 심부름꾼을 보내 에멜리안을 불러 오게 하였다.

"에멜리안, 너에게 한 가지 일을 맡기겠다. 이 궁전 앞 광장에 새로이 대성당을 짓도록 하라. 또한 내일 안으로 완성하도록 하라. 완성을 하면 후한 상금을 내리겠으나 만일 완성하지 못한다면 사형에 처할 줄 알라."

에멜리안은 왕의 명령을 듣고 곧장 집으로 갔다. 그리고 마침내 최후의 날이 왔구나 하는 절망감으로 아내에게 말했다.

"어서 채비를 하시오. 빨리 도망을 가야겠소. 그렇지 않으면 아무 죄도 없이 사형을 당할 것이오."

"뭐라고요? 도망을 가다니요? 왜 그렇게 무서워하나요?" 아내가 물었다.

"어떻게 무서워하지 않을 수 있겠소? 왕이 내일 하루 만에 대성당을 지으라고 하시면서 만약 완성을 못하는 날에는 목을 치겠다고 하셨소. 그러니 이제 달리 다른 방법이 없소. 시간이 있는 동안에 도망을 칠 수밖에."

그러나 아내는 이 말에 동의를 하지 않았다.

"하지만 왕에게는 발 빠른 군대가 있으니 어디를 가도 붙잡히게 될 거에요. 도망쳐봤자 소용없어요. 그러니 힘닿는 데까지 명령을 따를 수밖에 없어요."

"도저히 불가능한 일을 어떻게 한단 말이오?"

"너무 그렇게 낙심하시지 마시고 저녁이나 드시고 일찍 주무세요. 그리고 내일은 좀 일찍 일어나도록 하세요. 그러면 모든 게 제대로 될 테니까요."

에멜리안은 그 이튿날 아침 일찍 일어났다.

"어서 가서 대성당을 완성하고 돌아오세요. 여기 못과 망치가 있어요. 도착하시면 하루 동안에 할 수 있는 일만 남아 있을 거예요. "

에멜리안은 광장으로 갔다. 가보니 과연 광장 한복판에 새로 지어진 대성당이 서 있는데 마무리 일만 남아 있었다. 에멜리안은 필요한 곳에 마지막 손질을 하여 저녁때까지 완전히 끝내 버렸다.

왕이 궁전에서 내다보니 광장 한복판에 대성당이 서 있고 에멜리안은 사방으로 돌아다니며 마지막 손질을 하고 있었다. 왕은 그 대성당을 보고 어안이 벙벙했지만 기뻐할 수는 없었다. 에멜리안을 처벌할 구실이 없어져서 그의 아내를 빼앗을 수 없는 것이 분할 뿐이었다.

그래서 왕은 신하들을 또다시 불러 모았다.

"에멜리안은 이번 일도 해내고야 말았어. 이래서는 그 놈을 처벌할 수가 없구나. 그러니 더 어려운 일을 생각해 봐라. 그렇지 않으면 이번에는 너희들을 엄벌에 처할 것이다. "

그러자 신하들은 성을 방어하기 위해서 성 둘레로 흐르는 큰 강을 파는 일을 제안했다. 왕은 신하들의 말대로 에멜리안을 불러서 그에게 새로운 일을 명령했다.

"너는 하루 만에 대성당을 지었으니 이번 일도 할 수 있을 것이다. 이번 일도 내 명령대로 내일 안으로 완성하도록 하라. 만일 그렇지 못할 때는 네 목을 칠 테니 그리 알도록 하라. "

에멜리안은 어제보다 더 슬픈 얼굴을 하고서 집으로 돌아왔다.

"왜 그렇게 슬픈 얼굴을 하고 계세요? 왕이 또 당신에게 어려운 일을 맡기셨나 보군요?"

아내가 묻자 에멜리안은 사실대로 말했다.

"이번에는 반드시 도망가야 해."

"그 많은 군대를 피해 달아날 수는 없어요. 그러니 왕의 분부대로 하는 수밖에 도리가 없어요."

"그렇지만 어떻게 그런 일을 해낸단 말이요?"

"어쨌든 아무 걱정 마시고 식사나 하시고 잠이나 주무세요. 그리고 내일도 조금 더 일찍 일어나서 일하면 될 거예요."

그래서 에멜리안은 잠자리에 들었다. 아침이 되자 아내가 그를 깨웠다.

"어서 궁전으로 가보세요. 모든 것이 다 되어 있을 거예요. 다만 궁전 정면 둑에 채울 흙덩어리가 조금 남아 있을 테니 삽을 가지고 가서 그것을 평평하게 고르면 됩니다."

에밀리안은 궁전으로 갔다. 궁전 둘레에는 큰 강이 흐르고 있었다. 에멜리안이 궁전 정면의 둑에 가보니 흙이 조금 모자란 데가 있어 흙으로 그곳을 평평하게 다졌다.

왕이 나가 보니 궁전의 둘레에는 이미 큰 강이 흐르고 있고 궁전 앞에서 에멜리안이 삽으로 땅을 다지고 있었다. 왕은 깜짝 놀랐다. 그러나 왕은 이를 조금도 기뻐할 수가 없었다. 또다시 에멜리안을 처벌할 수 없다는 것이 분해서 견딜 수가 없었다. 그래서 곰곰이 생각했다.

'저 놈에게 못할 일이라고는 없는 모양이다. 그러니 이 일을 어떻게 하면 좋을까?'

왕은 신하들을 불러 놓고 그들과 함께 궁리를 하기 시작했다.

"에멜리안이 도저히 할 수 없는 일을 생각해 내도록 하라. 우리가 무슨 일을 시켜도 그놈은 모두 척척 해내니 이래 가지고는 그 녀석의 아내를 도저히 빼앗을 수가 없지 않느냐?"

신하들은 오랫동안 궁리를 거듭한 끝에 묘안을 짜내었다. 그래서 왕 앞으로 나아가 말했다.

"에멜리안을 불러 이렇게 명령하십시오. 어딘지도 모르는 곳에 가서 무엇인지도 모르는 것을 가지고 오라고 말입니다. 이러면 그놈도 당해낼 수가 없을 것입니다. 그놈이 어디를 갔든지 폐하께서는 그곳에서 가져오는 것이 아니라고 하면 될 것이고, 그놈이 무엇을 가져오든 그것은 폐하께서 분부하신 것이 아니라고 하시면 됩니다. 이번에는 틀림없이 그놈을 처벌할 수가 있을 것이오니 그러면 그놈의 아내도 취하실 수가 있을 것이옵니다."

왕은 크게 기뻤다.

"이번에는 너희들이 아주 좋은 생각을 해냈구나."

왕은 다시 에멜리안을 불러서 명령을 내렸다.

"너는 지금 당장 어딘지도 모르는 곳에 가서 무엇인지도 알 수 없는 것을 가져와라. 만일 가져오지 못하면 네 목을 칠 것이다."

에멜리안은 아내에게 와서 왕의 명령을 말했다.

"이것은 당신을 죽이기 위해서 신하들이 만든 함정이에요. 이번에는 정말 잘하지 않으면 안 되겠어요."

아내는 이렇게 말하고는 잠시 생각에 잠기더니 마침내 입을 열었다.

"아주 먼 곳이지만 자신의 아들을 군대에 강제로 보내게 된 할머니를 찾아가서 구원을 청하십시오. 그러면 그 할머니가 어떤 물건을 줄 거예요. 그것을 가지고 곧장 궁전으로 가세요. 이렇게 되면 저도 그 사람들의 손아귀를 벗어날 수 없을 거예요. 그들은 저를 강제로 끌고 갈 거예요. 하지만 금방 풀려날 수 있을 거예요. 당신이 그 할머니가 시키는 대로만 하면 곧 저를 구해낼 수가 있을 테니까."

아내는 남편에게 떠날 준비를 시키고 그에게 물레를 주었다.

"이것을 할머니에게 드리세요. 그럼 당신이 내 남편이라는 것을 아실 거예요."

아내는 그에게 길을 가르쳐 주었다. 에멜리안은 집을 나서서 걸었다. 가다 보니 자신이 살던 마을이 멀어졌음을 알게 되었고, 그리고 또 얼마 동안 걷다 보니 군인들이 훈련하는 모습이 눈에 띄었다. 에멜리안은 얼마 동안 그곳에 서서 군인들이 훈련하는 것을 구경하였다. 이윽고 군인들이 훈련을 끝내고 잠시 동안 휴식을 취하게 되었다. 에멜리안은 그들 곁으로 다가가서 물었다.

"이봐요. 혹시 어딘지 모르는 곳으로 가려면 어디로 가야 하는지 모릅니까?"그리고 무엇인지 모르는 것을 구하려면 어떻게 해야 되는지 아는 사람 없습니까?"

군인들은 그 말을 듣더니 놀란 표정을 지었다.

"도대체 누가 당신에게 그런 걸 명령했습니까?"

"왕입니다."

"실은 우리도 군인이 되면서부터 어딘지 모르는 곳으로 계속 끌려 다니고 있어서 여기가 어딘지도 모르겠습니다."

에멜리안은 군인들과 함께 잠시 쉬었다가 다시 길을 떠났다. 계속 걸어가다 보니 어느 숲에 이르렀다. 숲 속에 조그마한 집 한 채가 있었다. 집 안에는 군인의 어머니처럼 보이는 나이 먹은 한 할머니가 물레질을 하고 있었다. 그리고 할머니는 하염없이 눈물을 흘리고 있었다. 할머니는 에멜리안을 보더니 소리를 버럭 질렀다.

"뭣 때문에 여기 왔느냐?"

에멜리안은 할머니에게 아내가 준 물레를 내놓으며 아내의 말대로 이곳에 오게 되었다고 말했다. 그러자 할머니는 마음을 풀었다. 에멜리안은 할머니에게 지금까지의 일을 모두 이야기 하였다. 즉 그 처녀와의 결혼, 궁전에 들어가게 된 이야기, 궁 전에서 일어난 일, 그리고 이번에 왕으로부터 어딘지도 모르는 곳에 가서 무엇인지도 모르는 것을 가져오라는 명령을 받고 여 기까지 오게 된 이야기를 했다. 할머니는 이야기를 다 듣고 난 후 눈물을 닦으면서 중얼거리듯 말했다.

"드디어 때가 온 모양이구나. 여기 앉아서 뭘 좀 드시구려."

에멜리안이 식사를 끝내자 할머니가 말했다.

"자, 여기 실 뭉치가 있네. 이것을 던져서 굴러가는 쪽으로 따라가게. 아주 멀리 바닷가까지 가야 한다네. 바닷가에 도착 하면 큰 마을이 있을 거네. 마을에 도착하거든 첫 번째 집을 찾아가서 재워달라고 하게. 그곳에 가면 자네가 필요한 것을 구할 수 있다네."

"하지만 어떤 것이 제게 필요한 물건인지 어떻게 알 수 있나 요?"

"사람이 자기 부모 말보다 더 잘 따르는 것이 나타나면, 그것이 바로 자네가 찾는 물건이라네. 그러니 그것을 왕에게 가지고 가면 된다네. 왕은 틀림없이 그것이 틀렸다고 말할 걸세. 그러면 '이것이 아니라면 이것을 부숴버려야 합니다.'라고 말하고 그걸 두드리면서 강 쪽으로 가지고 간 뒤에 산산조각을 내어 강물 속에 던져 버리게. 그러면 자네는 아내를 되찾을 수 있고 나의 이 눈물도 그치게 될 것이라네."

에멜리안은 할머니에게 작별 인사를 하고 그 집을 나서서 실 뭉치를 던졌다. 굴러가는 실 뭉치를 따라가다 보니 마침내 해변에 도착했다. 해변에는 큰 마을이 있었다. 그 마을 입구에 높고 큰 집이 보였다. 에멜리안은 그 집에 들어가서 하룻밤을 묵게 해달라고 청하였다. 그는 그날 밤을 그곳에서 보내게 되었다.

아침에 눈을 뜨자, 이 집의 아버지가 나무를 베어 오라고 하면서 아들을 깨우는 소리가 들렸다. 그러나 아들은 아버지의 말을 듣지 않고 계속 누워 있었다. 그러자 어머니가 아들에게 빨리 일어나서 나무를 해 오라고 독촉하는 소리가 들렸다. 그러나 아들은 또 말을 듣지 않았다. 마침 그 때, 길에서 요란한 소리가 들리더니 아들이 벌떡 일어나서 옷을 걸치고 소리가 나는 곳으로 뛰어나갔다. 에멜리안은 무엇이 부모의 말도 듣지 않던 아들을 움직이게 했는지 확인하기 위해 그 아들의 뒤를

따라 달려갔다.

에멜리안이 달려 나가 보았더니 어떤 사람이 배에다 둥그런 것을 차고 그것을 나무로 된 방망이로 치면서 한 걸음씩 걸어가고 있었다. 다가가서 자세히 보니 그것은 대야같이 둥그런 것인데 양쪽으로 가죽이 붙어 있었다. 에멜리안이 물었다.

"이건 무엇입니까?"

"북이지 뭐요."

"엉성하지만 북은 북이군요."

"그렇소."

에멜리안은 그것을 달라고 애원했다. 그러나 그 사나이는 그것을 주려고 하지 않았다. 에멜리안은 단념하고 그를 따라가기 시작했다. 온종일 따라다니다가 그가 피곤해서 잠이 든 사이에 그것을 훔쳐서 달아났다. 에멜리안은 계속 달려서 자기 마을로 돌아왔다. 그는 집에 가서 아내를 찾았으나 아내의 모습이 보이지 않았다. 그가 떠난 다음날 왕에게 끌려갔기 때문이었다.

에멜리안은 그 즉시 궁전으로 가서 왕을 만나게 해달라고 요청했다. 하지만 왕은 내일 다시 오라고 했다. 에멜리안은 오늘 꼭 만나게 해달라고 간청하였다.

"제가 오늘 입궐한 것은 분부하신 물건을 갖고 왔기 때문이오니 아무쪼록 왕께서 허락해 주십시오."

왕이 나와 물었다.

"너는 어디에 갔었느냐?"

에멜리안은 그대로 대답했다.

"그렇다면 틀렸다. 그리고 무엇을 가지고 왔느냐?"

에멜리안은 보여주려고 하였으나 왕은 보려고도 하지 않았다.

"그것도 틀렸다."

"만약 그러시다면 이것을 두드려 부셔버려야 합니다."

에멜리안은 북을 들고 궁전을 나와 그것을 마구 두드렸다. 그가 북을 두드리자 궁전에 있던 왕의 군대가 모두 에멜리안에게 모여들었다. 군인들은 일렬로 서서 에멜리안에게 경례를 하고 그가 내릴 명령을 기다리고 있었다. 왕은 이 광경을 보고 자기 군대를 향해 에멜리안을 따라가지 말라고 소리치며 명령했다. 그러나 군인들은 왕의 말을 듣지 않고 모두 에멜리안을 따라갔다. 하는 수 없이 왕은 에멜리안에게 네 아내를 돌려줄 테니 북을 가져오라고 애원했다.

"그럴 수는 없습니다."

단호하게 거절한 에멜리안은 계속 말을 이었다.

"저는 이 북을 산산이 부수어서 강 속에 던져 버리겠습니다."

에멜리안은 북을 두드리며 강으로 갔다. 군인들도 그를 따라

갔다. 에멜리안은 강가에서 북을 산산이 부수어 강물 속에 던져 버렸다. 그러자 군인들은 한 사람도 남김없이 흩어져 달아났다.

그리하여 에멜리안은 군인들이 없는 텅 빈 궁전으로 가서 그의 사랑하는 아내를 데리고 집으로 돌아올 수 있었다. 그 후로는 왕이 그들을 괴롭히지 않았고 에멜리안은 아내와 함께 편안하고 행복하게 살 수 있었다.

| 폴리쿠쉬카 |

Lev Nikolaevich Tolstoi

폴리쿠쉬카

-Lev Nikolaevich Tolstoi

1

폴리쿠쉬카는 어떤 귀족 부인의 집에서 일하는 하인이었다. 그는 조그마한 집에서 아내와 자녀들과 함께 살고 있었다. 그 조그마한 집은 지금 섬기고 있는 귀족 부인의 남편이 생전에 지어 주었던 것으로 그 모습을 설명하면 다음과 같다.

방을 둘러싼 벽이 모두 돌로 되어 있었고, 크기는 2평이 조금 넘을 정도로 아주 작았다. 방 가운데에는 러시아식 난로가 있었고 방 안에는 침대와 아기용 요람 그리고 다리가 세 개 달린 테이블이 있었다. 바로 그 테이블에서 가족들이 식사를 했고 동시에 다림질도 해결하였다. 또한 폴리쿠쉬카가 일하기 전에 필요한 도구들을 준비하는 곳이기도 했다. 이처럼 조그마한 집에서 일곱 식구가 다리를 쭉 펴고 누워 있을 여유도 없이 살고 있었다. 사실 방 가운데 난로를 적절하게 이용하지 않았다면 움직일 공간도 없었을 것이다. 난로는 밤이 되면 아이들이 위에 누워 잘 수 있는 침대 구실을 했고, 낮에는 또 아이들의 식사용 테이블로 사용되었다. 그처럼 옹색한 방에서 그처럼 많은 식구들이 살아간다는 것은 쉽게 상상할 수 없는 일이었다.

폴리쿠쉬카의 아내 아쿨리나는 그 좁은 집에서 식사를 준비하고 빵을 만들었다. 실을 뽑아 천을 만드는 일을 했고 이웃과 수다를 떨거나 때로는 말다툼도 했다. 남편이 귀족 부인의 집에서 일하고 대가로 받는 양식은 일곱 식구가 먹고 살기에 충분했다. 그래서 일곱 식구가 식사를 충분히 하고도 암소에게 여물을 만들어 줄 만큼의 음식은 언제나 남았다. 그들은 땔감도 공짜로 귀족 부인에게 얻었고, 다른 가축을 위한 사료까지도 모두 공짜로 얻을 수 있었다. 그래서 암소 한 마리와 송아지 한 마리, 그리고 꽤 많은 닭을 키울 수 있었다. 게다가 귀족 부인은 그들에게 채소를 재배할 정도의 조그마한 밭까지도 주었다.

폴리쿠쉬카는 주로 마구간에서 말들을 돌보는 일을 하며 말발굽을 갈아 주는 일을 했지만, 필요할 때는 다른 가축들도 돌봐주는 일을 했다. 그는 직접 만들어낸 도구들과 여러 가지 치료제를 이용해서 동물들을 다루었다. 그는 귀족 부인에게 그런 일을 해주는 대가로 가족들이 먹고 살 양식과 약간의 돈을 받았다. 그의 식구들이 편안하게 살기에는 충분한 돈이었다.

그러나 폴리쿠쉬카의 마음은 늘 커다란 슬픔에 잠겨 있었다. 그러한 슬픔은 가족들에게도 영향을 미쳤다.

폴리쿠쉬카는 젊었을 때, 이웃 마을에 있는 말 사육장에서 일을 했었다. 그런데 그 말 사육장에 있는 말들의 주인이 당시 악명 높은 말 도둑이었다. 시베리아로 유형까지 보내진 적이 있는 그 말 도둑은 굉장한 건달로 소문이 나 있었다. 여하튼 그런 그가 폴리쿠쉬카에게 말을 다루고 훈련시키는 방법을 가르쳐 주었다. 그 때 소년에 불과했던 폴리쿠쉬카는 쉽게 악의 유혹에 빠졌다. 그는 말 도둑으로부터 온갖 종류의 나쁜 짓을 배웠다. 그는 그런 나쁜 유혹들에서 벗어나려고 많은 노력을 했지만, 너무 일찍 물들여진 습관이라 고치기가 쉽지 않았다. 게다가 부모님들은 일찍 돌아가셨기 때문에 그에게 제대로 가르쳐 줄 사람도 없었다.

여러 가지 많은 나쁜 버릇이 있었지만 특히 폴리쿠쉬카에게는 독한 술을 마시는 아주 좋지 않은 버릇과 기회만 생기면 남의 재산을 훔치는 버릇이 있었다. 말의 고삐, 안장, 그리고 더 비싼 물건들이 눈 깜빡할 사이에 그의 집으로 옮겨졌다. 그러나 그는 그 물건들을 자신이 사용하지는 않았다. 사려는 사람들이 나타나면 곧장 팔아버렸다. 때로는 현금을 받기도 했지만 대부분 독한 술과 바꾸어 버렸다.

말 도둑이 말한 것처럼 좀도둑질은 그렇게 힘든 일은 아니면서도 이익은 많이 남는 짓이었다. 특별한 교육이나 훈련이 필요한 것도 아니고 힘든 일도 아니었다. 그러나 도둑맞은 사람들은 곧바로 경제적으로 손해를 본다는 문제가 있었다. 또한 언제든지 발각될 위험이 있었다. 만일 발각되면 장기간 감옥살이를 해야만 했다. 그처럼 언제 닥칠지 모를 위험이 폴리쿠쉬카와 그의 집안을 짓누르고 있었다. 실제로 그런 위험이 폴리쿠쉬카의 코앞에 닥친 일도 있었다.

그는 매우 어린 나이에 결혼을 했다. 하느님이 그에게 커다란 은총을 내려 주신 것이다. 양치기의 딸이었던 그의 아내는 건강하고 영리하고 근면한 여성이었다. 그녀는 많은 자식을 낳아주었고, 또한 그의 아이들도 모두 영리하였다. 그러나 폴리쿠쉬카는 좀도둑 버릇을 버리지 못했다. 한번은 조그마한 물건을 훔치다가 걸린 일도 있었다. 농부가 그를 가죽고삐로 인정사정없이 때렸고 그 사실을 귀족부인에게 고자질하기도 했는데 그것은 그 농부의 가죽고삐를 폴리쿠쉬카가 훔쳤기 때문이었다. 그때부터 그는 사람들에게 의심받기 시작했고 두 번씩이나 경찰에게 미행당하기도 했다. 동네 사람들도 그에게 욕을 하기 시작했고, 관리자가 와서 그를 군인으로 징집하겠다는 협박을 하기도 했다. 귀족 부인도 그를 나무라기 시작했고 아내까지도 눈물을 흘리게 됐다. 모든 일이 불행으로 치닫고 있었다.

폴리쿠쉬카는 비록 행실이 좋지 않았지만 원래 성품은 그지 없이 착한 사람이었다. 그러나 독주를 좋아하는 습관이 모든 도덕적 본능보다 우선했기 때문에 어쩔 수가 없었다. 그래서 그는 술을 끊으려고 애써보았지만 허사였다. 자기도 모르게 술에 취해 집에 돌아오면 아내마저 이성을 잃었다. 그래서 아내는 그에게 욕을 퍼부어 대기도 했고 어떤 때는 때리기도 한 적이 있었다. 폴리쿠쉬카는 자신의 운명을 한탄하며 어린아이처럼 울면서 말했다.

"나는 정말 불행한 사람이야. 이 못된 버릇을 버리지 못한다면 대신 눈이라도 멀었으면 좋겠어. 그러면 도둑질도 못하고 다시는 보드카를 마시지 못할 테니까……."

새로운 사람이 되겠다고 그렇게 맹세를 했지만 그 맹세는 한 달도 넘기지 못했다. 폴리쿠쉬카는 몰래 집에서 사라져서 술집에서 며칠을 보내기도 했다. 그래서 안타까운 마음이 든 한 이웃은 궁금증이 생기기 시작했다.

"저렇게 술만 마시는데 도대체 술을 사 먹을 돈은 어디서 나오는 걸까?"

그가 저질렀던 도둑질 중에 가장 불행했던 도둑질은 귀족 부인의 집에 있던 괘종시계를 훔친 사건이었다. 그 시계는 귀족 부인의 서재에 있던 것으로 너무 낡아 쓸모가 없었지만 귀족 부인은 그것을 소중하게 간직해 오고 있었다. 그런데 폴리쿠쉬카는 우연히 그 서재에 들어가게 되었고 그 시계를 보는 순간 훔치고 싶은 욕망을 억누를 수 없었다. 그래서 눈 깜박할 사이에 그 낡은 괘종시계를 그의 것으로 만들어버렸다. 그는 마을에서 좀 떨어진 도시로 그 시계를 가지고 나갔다. 도시에서는 그런 물건을 사줄 사람을 쉽게 구할 수 있기 때문이었다.

폴리쿠쉬카에게는 불행한 일이지만 그 시계를 사게 된 상점 주인은 귀족 부인 집에서 일하는 하인의 친척이었다. 그래서 그 하인이 휴일을 맞아 그 상점에 갔을 때 그 상점 주인에게 그 시계를 사게 된 과정을 전부 듣게 되었다. 즉시 조사가 시작되었고 결국 폴리쿠쉬카가 연루되었다는 사실이 밝혀졌다. 그 사실은 곧장 귀족 부인에게 보고되었다. 귀족 부인 앞으로 불려간 폴리쿠쉬카는 눈물을 흘리며 모든 것을 털어놓았다. 그는 귀족 부인 앞에서 눈물을 흘리며 용서를 구했다. 마음씨 착한 귀족 부인은 그에게 하느님의 가르침을 말하면서 그의 영혼과 그의 삶을 구원해달라고 하느님께 기도했다. 폴리쿠쉬카는 크게 감동하여 어린아이처럼 소리를 내어 엉엉 울었다. 귀족 부인은 마지막에 이런 말을 했다.

"이번에는 너를 용서해주마. 하지만 진정으로 새사람이 되겠다고 약속하고 다시는 네 것이 아닌 것에는 손을 대지 않겠다고 약속해야 한다."

폴리쿠쉬카는 눈물을 흘리면서 말했다.

"다시는 도둑질을 하지 않겠습니다. 제가 이 약속을 어기면, 땅이 갈라지면서 저를 삼킬 것입니다. 제 몸이 뜨거운 지옥으로 떨어질 것입니다."

폴리쿠쉬카는 집으로 돌아갔다. 그는 침대 위에 누워서 하루 종일 눈물을 흘리고 귀족 부인에게 했던 약속을 꼭 지키겠다고 다짐하며 잠에 들었다.

그때부터 그는 전혀 도둑질을 하지 않았다. 그러나 그의 삶은 무척이나 고달프고 힘들었다. 왜냐하면 여전히 사람들이 그를 의심하고 도둑놈이라고 손가락질을 했기 때문이다. 그리고 왕이 새로운 군인을 뽑아갈 때가 되자 모든 농부들은 폴리쿠쉬카를 징집대상의 일순위로 꼽았다. 관리도 귀족 부인을 찾아가 그를 마을에서 사라지게 하기 위해서 그를 군인으로 보내자고 설득했다. 그러나 마음씨 착한 귀족 부인은 회개한 폴리쿠쉬카의 모습을 다시 기억하며 관리에게 다른 사람을 보내라고 말하였다.

2

어느 날 저녁, 폴리쿠쉬카는 테이블 옆 침대에 앉아서 가족들이 먹을 상비약들을 미리 만들어 두고 있었다. 그때 문이 활짝 열리며 귀족 부인의 하녀인 악시웃타가 뛰어들어 왔다. 그녀는 숨을 헐떡이며 말했다.

"귀족 부인께서 빨리 오라고 명령하셨어요."

하녀는 숨을 몰아쉬며 계속 말했다.

"관리인 미카일로비치가 귀족 부인께 찾아와서 당신을 군에 징집 보내겠다고 말씀하셨어요. 얼마 후 귀족 부인께서 저에게 당신을 불러 오라고 말씀하셨어요."

악시웃타는 말을 마치고 들어왔을 때처럼 허겁지겁 달려 나갔다. 아쿨리나는 말없이 일어나 남편의 장화를 가져다주었다. 장화는 어떤 군인에게 받은 것으로 많이 낡아 있었다. 아내는 폴리쿠쉬카에게 눈길조차 주지 않고 장화를 건네주었다. 마침내 그녀가 입을 열었다.

"새 셔츠로 갈아입을래요?"

"아냐, 됐어."

폴리쿠쉬카가 장화를 신고 귀족 부인의 집으로 갈 준비를 하는 동안 아쿨리나는 한 번도 폴리쿠쉬카에게 눈길을 주지 않

앉다. 어쩌면 그것이 더 나은 것인지도 모른다. 폴리쿠쉬카의 얼굴은 쳐다보기가 민망할 정도로 파랗게 질려 있었고 입술은 경련을 일으키고 있었다. 그는 천천히 머리를 빗었다. 그리고 말 한마디 없이 집을 나서려고 할 때 아쿨리나는 그를 세우고 셔츠의 매무새를 매만져 주었다. 그렇게 폴리쿠쉬카는 작은 그의 집을 떠났다.

폴리쿠쉬카의 바로 옆집에는 목수 부부가 살고 있었다. 얇은 판자만이 두 집을 가로막고 있었기 때문에 서로 옆집에서 일어나는 일을 상세히 알 수 있었다. 폴리쿠쉬카가 집을 나서자 곧바로 여자의 목소리가 들려 왔다.

"폴리쿠쉬카, 부인께서 당신을 부르셨다면서요?"

옆집에 사는 목수의 아내 목소리였다. 그녀는 그날 아침 아이가 저지른 일 때문에 아쿨리나와 심한 말싸움을 했었다. 그 때문에 폴리쿠쉬카가 귀족 부인의 호출을 받았다는 소식을 들었을 때 속으로 은근히 기뻤다. 분명 불길한 조짐이라 생각했기 때문이다. 그러나 그녀는 그런 생각을 숨기고 말했다.

"귀족 부인께서는 당신에게 도시로 나가 물건을 사오라고 하시려고 부르신 거예요. 그런 일을 하려면 당신처럼 믿음직하고 성실한 사람이 필요할 테니까요. 내 짐작대로 부인의 부탁을 받아 도시로 가게 된다면 나에게도 차를 좀 사다 주세요.

그럴 수 있겠지요? 폴리쿠쉬카!"

목수의 아내가 남편에게 빈정거리는 소리를 들은 아쿨리나는 참을 수 없었다. 목수의 아내는 계속 빈정거렸고 마침내 아쿨리나는 분노가 폭발하고 말았다. 어떤 방법으로든지 그녀에게 앙갚음을 해주고 싶었다.

그러나 이웃 여자의 빈정거리는 소리는 곧 잊어버리고 다른 것을 생각하게 되었다. 아이들을 보는 순간 아이들이 고아가 될지도 모른다는 생각이 들었다. 또한 자신은 전쟁에 나가 죽은 군인의 아내가 될 수도 있다는 생각이 들었다. 그런 생각을 하게 되자 그녀는 슬픔을 억누를 수가 없었다. 그녀는 침대에 앉아 두 손으로 얼굴을 감쌌다. 아이들은 깊은 잠에 빠져 있었다. 그 때 작은 목소리가 그녀의 생각을 멈추게 했다.

"엄마, 엄마가 내 몸을 누르고 있어요."

그러면서 아이는 잠옷을 잡아당겼다. 아쿨리나는 얼굴을 들지 않고 말했다.

"우리 모두가 죽어 버린다면 훨씬 좋을지 몰라. 내가 슬픔과 가난만이 있는 곳에 너희들을 괜히 데려온 건지도 몰라."

마침내 그녀는 복받치는 슬픔에 소리를 내어 울음을 터뜨렸다. 그러나 그 울음소리는 옆집에 있는 목수의 아내에게 더욱 더 기쁨을 느끼게 할 뿐이었다.

3

남편이 떠나고 30분 정도 지났을 때였다. 막내 아기가 깨어나 울기 시작했다. 아쿨리나는 아기에게 젖을 먹이기 위해 일어났다. 그녀는 이미 눈물을 그친 후였다. 아기에게 젖을 먹인 후 그녀는 다시 얼굴을 두 손으로 감싸고 생각에 잠기기 시작했다. 그녀의 얼굴은 오히려 아름답게 보일 정도로 하얗게 질려 있었다. 그녀는 얼굴을 들었다. 그리고 타오르는 촛불을 바라보며 그녀가 결혼한 이유와 왕에게 그렇게 많은 군인들이 필요한 이유에 대해서 의문을 갖기 시작했다.

그때 문밖에서 발걸음 소리가 들렸다. 남편이 돌아오는 소리임을 알았다. 그녀는 황급히 눈물자국을 닦고 남편을 맞이하기 위해 일어섰다. 폴리쿠쉬카의 얼굴에는 승리자의 미소가 보였다. 모자를 벗어 침대에 던지고는 황급히 외투를 벗었다. 그러나 아내에게는 한마디도 하지 않았다. 아쿨리나는 불안한 마음에 물었다.

"부인께서 무엇 때문에 부르셨어요?"

"빌어먹을 것 같으니! 내가 이 마을에서 가장 나쁜 놈이라는 건 나도 알고 있어. 그렇지만 중요한 일거리가 생기면 또 누가 그 일을 맡겠어? 물론 폴리쿠쉬카야!"

"무슨 일인데요?"

그러나 폴리쿠쉬카는 아내의 질문에 쉽게 대답을 하지 않았다. 그는 거만한 자세로 파이프에 불을 붙였다. 그리고 여전히 거만한 자세로 대답했다.

"귀족 부인께서 나더러 도시에 가서 어떤 부인을 만나 돈을 걷어 오라고 하셨어. 그것도 꽤 많은 돈을 걷어 오는 일이야."

"당신이 돈을 걷어요?"

폴리쿠쉬카는 고개만 끄덕였다. 그리고 의미심장한 미소를 보이며 말했다.

"부인께서 내게 이렇게 말씀하셨지. '너는 지금 모든 사람들에게 의심을 받고 있어. 전혀 믿을 만한 사람이 못 된다는 평이야. 하지만 나는 너를 믿어. 그래서 너에게 아주 중요한 일을 맡길 생각이야.'라고 말씀하셨어."

폴리쿠쉬카는 귀족 부인과 나누었던 이야기를 큰 소리로 떠들어댔다. 그래서 옆집의 목수 부인도 그 소리를 들을 수 있었다. 그는 계속해서 말했다.

"부인께서 '너는 다른 사람이 되겠다고 나에게 약속을 했다. 내가 너의 약속을 얼마나 믿고 있는지 보여주려고 한다. 나를 대신해 도시로 가서 상인을 만나 돈을 받아 오너라.'라고 말씀하셨어. 그래서 나는 부인에게 '어떤 분부라도 해내겠습니

다. 부인의 소망을 조금이라도 들어줄 수 있어서 기쁩니다.' 라고 대답했지. 그러자 부인께서는 '폴리쿠쉬카, 네 미래의 운명은 이번 일을 얼마나 충실하게 해내느냐에 달려 있다는 것을 알겠지?' 라고 말씀하셨고, 나는 '네, 알고 있습니다. 분명히 깨닫고 있습니다. 부인께서 저에게 맡기신 일을 무사히 해낼 것을 약속드립니다. 저는 온갖 나쁜 일을 저질러 왔습니다. 하지만 부인만은 절대로 실망시키지 않겠습니다.' 라고 대답했어. 나는 충분히 뉘우치고 있는 모습을 부인에게 보여드렸어. 부인께서는 나에게 매우 친절하게 대해 주시면서 '네가 이번 일만 제대로 해내면 우리 집의 집사로 너를 쓰도록 하겠다.' 고 말씀하셨어."

"얼마나 많은 돈을 걷어야 하는데요?"

"1천5백 루블."

아쿨리나는 놀라며 다시 물었다.

"언제 떠날 거예요?"

"부인께서 내일 떠나라고 말씀하셨어. 게다가 부인께서는 내가 마음에 드는 말을 타고 가라고 하셨지. 되도록 빨리 돌아오도록 말이야."

"틀림없이 하느님이 당신과 함께 하실 거예요."

아쿨리나는 흥분을 감추며 말을 이었다.

"보드카에는 손도 대지 않겠다고 내게 약속해 줘요. 하느님 앞에 맹세하세요. 그래야 당신이 약속을 지킬 거라고 내가 안심을 하죠."

폴리쿠쉬카는 기고만장한 목소리로 말했다.

"내가 그렇게 많은 돈을 가지고서 감히 술을 마실 수 있을 거라고 생각하는 거야?"

그리고 잠자리에 들어가면서 말했다.

"아쿨리나, 내일 아침에 입을 깨끗한 셔츠를 준비해 줘."

폴리쿠쉬카와 아쿨리나는 밝은 내일을 꿈꾸며 행복한 마음으로 잠자리에 들었다.

4

다음날, 하늘에 아직 별이 떠 있는 것을 보니 새벽이었다. 폴리쿠쉬카의 집 앞에는 작은 마차가 세워져 있었다. 관리가 타고 다니던 그 마차였다. 바라반이라 부르는 검갈색 말이 끄는 마차였다. 폴리쿠쉬카의 큰딸 아니웃카는 맨발로 뛰어나와 한 손으로는 말의 고삐를 잡고 있었고, 한 손으로는 폴리쿠쉬카의 양가죽 외투를 들고 있었다. 심한 비바람이 불고 있었으며 그녀는 초록색과 노란색으로 어우러진 외투를 입고 있었다.

깨진 유리창 문으로 아직 햇살이 들어오지 않아 집안은 여전히 어둡고 침침했다. 아쿨리나는 아침 식사도 하는 둥 마는 둥 하고 폴리쿠쉬카의 외출을 돕고 있었다. 아이들은 날씨가 추워서인지 아직 침대에 그대로 누워 있었다. 아쿨리나가 그들이 항상 덮고 자던 두터운 이불을 빨래하고 대신 얇은 이불로 바꾸어 놓았기 때문이다. 폴리쿠쉬카가 입을 셔츠는 깔끔하게 준비되어 있었으나 장화는 수선이 필요할 만큼 해져 있었다. 아쿨리나가 장화를 수선하는 동안 폴리쿠쉬카는 침대 맨 끝에 앉아 외투가 허리에 꼭 조이도록 허리띠를 동여맸다. 그는 가능한 한 깔끔하게 보이려는 마음에 허리띠가 더러운 밧줄 같다고 투덜거렸다. 그리고 딸에게 이웃집에 가서 모자를 빌려 오도록 심부름을 시켰다.

폴리쿠쉬카의 집은 난리법석이었다. 하인들이 찾아와서 도시에 가거든 물건을 사달라고 부탁하였다. 바늘을 부탁하는 사람, 차를 부탁하는 사람, 담배를 부탁하는 사람 등 수없이 많은 사람이 찾아와서 부탁했다. 또 목수의 아내도 전날의 섭섭함을 풀려고 했는지 따뜻한 차를 끓여 왔다. 딸이 돌아왔지만 이웃집에 사는 니키타는 모자를 빌려 주지 않았다. 그래서 낡은 모자를 꿰매서 쓰고 가는 수밖에 없었다. 모자를 수선하는

데도 상당한 시간이 소요되었다. 해진 곳이 너무 많았기 때문이다.

마침내 폴리쿠쉬카는 모든 준비를 끝내고 마차에 올라탔다. 막 출발하려는 순간에 어린 아들인 미쉬카가 달려와 마차를 잠깐 타게 해달라고 졸랐다. 폴리쿠쉬카는 아들의 목소리를 듣고 마차를 세웠다. 아쿨리나는 이웃집 아이들의 도움을 받아 아들을 마차에 태웠다. 이웃집 아이들도 잠깐만이라도 마차에 타고 싶어 했다. 아쿨리나는 이웃집 아이들이 마차에 오르도록 도와주면서 남편에게 보드카를 한 방울도 마시지 않겠다는 약속을 재확인했다.

폴리쿠쉬카는 아이들을 대장장이 집 앞까지만 태워준 후 아이들을 내리게 했다. 그리고는 옷매무새를 다시 가다듬고 모자를 똑바로 쓴 후 마차를 출발시켰다. 마차에서 내린 아이들은 맨발로 달리기 시작했다. 그들이 달려가는 것을 본 낯선 이웃집 개는 꼬리를 감추며 집으로 들어갔다.

날씨가 매우 추웠다. 바람이 살을 에는 듯이 불었다. 그러나 폴리쿠쉬카는 그런 날씨에 상관없이 즐거운 생각에 들떠 있었다. 겨울바람을 뚫고 마차를 몰면서 그는 한 가지 생각만 했다.

"마을 사람들은 나를 시베리아로 보내고 싶어 했어. 게다가 끝없이 욕을 해댔고, 나를 가장 천한 일이나 할 사람이라고 놀

려댔지. 하지만 보라고! 그런 내가 지금 엄청나게 큰돈을 가지러 가는 중이야. 귀족 부인께서 나를 믿기 때문에 보내는 거라고. 게다가 그 관리가 타는 마차까지 몰고 가죽으로 된 말고삐까지 달고 말이야."

귀족 부인이 자기를 믿고 크나큰 책임을 맡겼다는 자부심에 그는 말에 박차를 가해 속도를 내었다. 그리고 달리면서 생각했다.

"얼마 안 있어 내 손에 거금 1천5백 루블이 들어오게 되다니 이게 꿈인가 아니면 생시인가? 그 돈을 부인에게 갖다 드리지 않고 오뎃사로 도망을 갈까? 안 돼! 그럴 수는 없어. 나를 그토록 믿어준 부인에게 곧바로 갖다 드려야 해."

첫 술집 앞을 지날 때 말은 습관처럼 자연스럽게 머리를 술집으로 향했다. 그러나 폴리쿠쉬카는 말을 멈추지 않고 말에게 채찍질을 가해 속력을 더 내게 했다. 그리하여 그 술집 앞을 서둘러서 지나갔다. 다음 술집에서도 계속 말에게 박차를 가해 달렸다. 이번에 만난 술집은 폴리쿠쉬카의 마음을 흔들리게 했지만 결심을 단단히 하고 그대로 지나갔다.

정오가 되었을 때 마침내 목적지에 도착했다. 그는 마차에서 내려 말을 풀어 귀족 부인이 말한 상인의 집으로 몰고 들어갔다. 마구를 벗겨 준 다음 말에게 먹을 것을 주었다. 그렇게 한 후 상점에서 일하는 인부들과 함께 점심을 먹었다. 그들에게 아주 중요한 일을 맡아서 오게 되었다고 자랑을 하면서 그는 아주 즐거웠다.

그는 점심 식사를 마치고 상인을 만나 귀족 부인이 전달하라고 준 편지를 주었다. 그 상인은 폴리쿠쉬카에 대한 안 좋은 평을 이미 알고 있었기 때문에 그렇게 많은 돈을 맡겨도 되는지 의심스러운 표정을 지었다. 그래서 폴리쿠쉬카에게 돈을 직접 받아 오라는 지시를 받았는지 의심스러운 표정으로 물었다. 폴리쿠쉬카는 기분 나쁘다는 모습을 보여 주려다가 그저 미소만 짓고 말았다. 상인은 편지를 두 번씩이나 읽은 다음에야 폴리쿠쉬카에게 돈을 넘겨주었다. 폴리쿠쉬카는 돈을 받아 안전하게 품속에 깊숙이 집어넣었다.

폴리쿠쉬카는 시내를 돌아다니면서 어떤 상점 앞에서도 멈추지 않았다. 옷가게들은 처음부터 그의 마음속에 없었다. 그런 상점을 모두 지나친 후에야 그는 잠시 멈추어 서서 자신이 그런 유혹을 이겨낸 것에 대해서 만족했다. 그는 가던 길을 재촉했다.

'나는 어떤 물건이라도 살만한 돈이 있어. 그러나 그렇게 하지 않겠다.'

하지만 그는 하인들로부터 부탁받은 일 때문에 할 수 없이 시장을 둘러보아야만 했다. 시장에서 그는 부탁받은 것들만 샀다. 그러나 놀라울 정도로 잘 만들어진 양가죽 외투를 보는 순간 그 값을 물어보고 싶은 유혹을 이겨 낼 수 없었다. 옷 상인은 폴리쿠쉬카를 쳐다보며 비웃었다. 그에게는 그런 비싼 외투를 살만한 여유가 있어 보이지 않는다는 뜻이었다. 폴리쿠쉬카는 원한다면 얼마든지 살 수 있는 돈이 있다고 말하면서 옷 상인에게 자기 몸의 치수를 재어 보라고 말했다. 그는 외투를 입어 보았다. 털이 빠진 데는 없는지 이곳저곳을 살펴보았다. 그리고는 깊은 한숨을 내쉬며 외투를 벗어 놓았다.

"너무 비싸요. 이 정도 물건은 15루블이면 살 수 있겠는데……."

그러자 상인은 한 마디로 안 된다고 말하고는 그의 손에서 외투를 빼앗아 화가 난 표정으로 외투를 한쪽 구석에 던져버렸다.

상점을 나온 폴리쿠쉬카는 즐거운 마음으로 마차를 세워둔 상인의 집으로 향했다. 저녁을 먹은 후 말에게도 먹을 것을 주었다. 그리고 잠을 잘 준비를 끝내고 난로 앞에 앉아서 돈이 들어 있는 봉투를 꺼내 보았다. 그는 글자를 읽지 못했다. 그래서 옆에 있는 사람에게 봉투에 쓰여 있는 글이 무슨 뜻이냐고 물어 보았다. 그것은 그저 주소와 1천5백 루블이 들어 있다는 뜻이었다.

봉투는 평범한 종이로 만든 것이었고 짙은 갈색의 밀랍으로 봉해져 있었다. 폴리쿠쉬카는 봉투를 조심스럽게 이리저리 살펴보았다. 새끼손가락을 봉투 속에 집어넣어 빠닥빠닥한 새 지폐를 만져 볼 수도 있었다. 그는 그렇게 많은 돈을 만져 볼 수 있다는 것만으로도 기뻤다. 그리고는 돈 봉투를 해진 모자의 안감 속에 넣고 모자를 베개 삼아 잠을 청하기 시작했다. 밤새도록 몇 번이고 잠에서 깨어났다. 돈이 안전한지 확인하고 싶었기 때문이었다.

5

폴리쿠쉬카는 다음날 날이 밝기 전에 일어났다. 말에 마구를 채우면서도 돈이 안전하게 있는가를 살피려고 몇 번이나 모자를 벗어야 했다.

'가슴에 넣어 두는 것이 더 좋을까?'라는 생각이 들기도 했다. 하지만 그렇게 하려면 허리띠를 다시 풀어야만 했다. 그래서 그냥 모자 속에 넣어두기로 했다. 그런데 또 불안한 마음이 들기 시작했다.

'모자 안감이 튼튼히 바느질되지 않아서 돈 봉투가 떨어지기라도 한다면……. 집에 도착할 때까지는 절대로 모자를 벗지 말아야겠다.'

폴리쿠쉬카는 귀족 부인께서 배려해주시는 마음이 너무 고맙다는 생각이 들었다. 그리고 수고의 대가로 받게 될 5루블을 생각하니 흥분되기도 했다. 5루블이 눈앞에서 어른거렸다. 그는 돈이 안전한지 확인하기 위해 다시 모자를 벗었다. 돈이 그대로 있는 것을 확인한 그는 모자를 깊숙이 눌러 귀까지 덮이도록 눌러썼다. 그리고 다시 꿈같은 기분이 들어 혼자 웃었다.

아쿨리나는 모자에 난 구멍을 하나씩 살펴 가며 꼼꼼하게 꿰맸다. 그러나 폴리쿠쉬카가 너무 자주 모자를 벗었기 때문에 새로운 곳이 터지고 말았다. 폴리쿠쉬카는 이러한 사실을 알지 못했다. 확인을 위해 돈 봉투를 꺼내 본 후 안감 안으로 다시 깊이 넣으려 하다가 그만 모자의 천을 뚫고 비죽이 튀어 나오고 말았다. 태양은 하늘 높이 솟아나 있었지만 폴리쿠쉬카는 전날 밤 거의 잠을 자지 못했기 때문에 모자를 깊이 눌러 쓰고 따뜻한 햇살을 받으며 깊은 잠에 떨어지고 말았다. 그 때 돈 봉투가 모자 속에서 바깥으로 빠져 나오고 말았다.

폴리쿠쉬카는 자신의 마을에 도착해서야 겨우 잠에서 깨어났다. 눈을 뜨자마자 본능적으로 모자가 머리 위에 있는지 확인

하기 위해 머리 위로 손이 갔다. 모자가 그대로 있는 것을 확인한 그는 모자 안은 살펴보지도 않고 돈이 그대로 있을 것이라고 믿었다. 채찍으로 말을 살짝 때리자 말은 달리기 시작했다. 그는 집으로 향해 달려가면서 보수로 얼마를 받게 될지 생각해 보았다. 이미 귀족 부인의 집사라도 된 것 같은 기분이었다.

그의 집이 눈앞에 보였다. 단칸방의 초라한 자신의 집이 보였고, 옷감 다발을 지고 가는 옆집 목수의 모습도 보였다. 하인들의 숙소와 부인의 저택도 보였다. 마침내 그는 자신이 정직하다는 것을 증명할 수 있게 되었다. 부인이 그를 보면 이렇게 말할 것 같았다.

"수고했다. 폴리쿠쉬카! 너도 믿을 수 있다는 것을 사람들에게 증명해 보인 거야. 수고한 대가로 5루블, 아니 10루블 주마."

게다가 부인께서 나를 위해 차 한 잔을 준비해 줄 것이다. 보드카 한 잔을 줄지도 모른다. 보드카를 생각하니 느닷없이 기뻤다. 그는 큰 목소리로 소리쳤다.

"10루블이면 우리 가족이 즐거운 휴일을 보낼 수 있을 거야! 그 돈이면 니키타에게 진 빚 4루블을 갚고도 아이들에게 새 신발을 사주고도 남을 돈이야."

집이 가까워지면서 폴리쿠쉬카는 옷매무새를 가다듬었다. 그리고 머리카락의 손질도 잊지 않았다. 머리카락을 손질하기 위해서는 모자를 벗어야만 했다. 그렇게 모자를 벗은 뒤에 안감 속의 돈 봉투를 확인해 보았다. 그러자 그의 손길이 점점 빨라졌다. 돈 봉투가 느껴지지 않았다. 두 손을 다 동원해서 모자 속을 뒤져 보았지만 돈 봉투는 안감 속에 없었다. 폴리쿠쉬카는 두려움을 느끼기 시작했다. 그의 손이 낡은 모자의 구멍으로 빠져나갔을 때 그의 얼굴은 두려움으로 하얗게 질리고 말았다. 폴리쿠쉬카는 말을 멈추고 마차 위를 샅샅이 살펴보았다. 그러나 소중한 돈 봉투는 보이지 않았다. 그는 주머니를 차례로 뒤져 보았으나 돈 봉투는 없었다.

"도대체 무슨 일이 벌어진 거야? 대체 어떻게 해야 하지?"

그 때 그의 마차는 자신의 옆집까지 도착해 있었고 그들의 눈에 띌 수 있다는 것을 깨달았다. 그는 다시 모자를 깊숙이 눌러 쓰고 잃어버린 보물을 찾아 되돌아가기 시작했다.

6

마을 사람들은 그날 하루 종일 폴리쿠쉬카의 모습을 볼 수 없었다. 오후부터 귀족 부인은 폴리쿠쉬카의 행방을 물으면서 악시웃타를 보내왔지만 그때마다 아쿨리나는 남편이 아직 돌아오지 않았다는 말만 반복했다. 아직 상인과 함께 있을지도 모르고 아니면 말에 이상이 있을지도 모른다는 말을 했다.

아쿨리나도 걱정이 되긴 마찬가지였다. 집안일도 손에 잡히지 않았고 주일인 다음날의 준비도 할 수 없었다. 아이들도 아버지가 걱정이 되어 속히 돌아오기만을 기다렸다. 아쿨리나는 마음을 가라앉혀 보려고 여러 가지 방법을 썼으나 걱정을 떨쳐 버릴 수가 없었다.

그날 마을 사람들이 폴리쿠쉬카에 대해서 알아낸 소식은 폴리쿠쉬카가 길을 수없이 왔다 갔다 하면서 만나는 사람마다 봉투를 보았느냐고 묻는다는 어떤 농부의 말뿐이었다. 또한 그 농부는 이렇게 말했다.

"내 생각에 그 사람은 술에 취한 것 같이 정신이 없었어. 이틀 동안 아무것도 먹이지 않은 것처럼 말도 무척이나 지쳐 보였어."

그런 소문에 아쿨리나는 잠을 잘 수 없었다. 조그마한 소리에도 깜짝 놀라고 심장이 두근거려 꼬박 뜬눈으로 남편을 기다렸다. 하지만 그날 밤 폴리쿠쉬카는 돌아오지 않았다. 수탉이 세 번 울자 그녀는 난롯불을 살펴보려고 일어났다.

이미 동이 트고 있었고 교회종이 울리기 시작했다. 곧 아이들이 일어났다. 그러나 여전히 남편의 소식은 없었다. 아침이 되자 차가운 겨울바람이 조그마한 집으로 스며들었다. 하늘에서 흰 눈이 쏟아졌다. 온 마을의 집 마당과 길들이 온통 눈으로 뒤덮여 버렸다. 교회로 예배를 드리러 가야만 했다. 집에서 꽤 먼 곳까지 바라보았지만 눈에 띄는 사람은 없었다.

아쿨리나는 아침 식사로 빵을 굽고 있었다. 아이들의 기쁜 목소리가 들리지 않아 남편이 집으로 돌아오고 있다는 것을 몰랐다. 잠시 후 남편은 손에 꾸러미를 안고 말없이 집으로 들어왔다. 아쿨리나는 남편의 얼굴을 보았다. 무척이나 창백해 보이고 심각한 고민이 있다는 것을 알 수 있었다. 마치 소리라도 지르고 싶은 심정이지만 그렇게 할 수 없어서 화가 난 표정이었다. 그녀는 초조한 마음을 참지 못하고 남편에게 물었다.

"여보, 괜찮은 거예요?"

그는 무엇이라고 알아들을 수 없는 말로 중얼거렸다. 그녀가 다시 한 번 큰 목소리로 물었다.

"여보, 귀족 부인을 만나보셨어요?"

폴리쿠쉬카는 방구석에 놓인 침대 위에 앉아 꼼짝하지 않고 씁쓰레한 웃음을 짓고 있었다. 그는 아내의 질문에 한마디도 대답하지 않았다. 아쿨리나가 다시 소리쳤다.

"왜 아무 말도 안하는 거예요?"

마침내 폴리쿠쉬카가 입을 열었다

"아쿨리나, 걱정하지 마. 부인에게 돈을 갖다 드렸어."

그리고는 갑자기 걱정스러운 표정으로 두리번거렸다. 그의 입술에는 슬픈 미소가 사라지지 않고 있었다. 그는 오랫동안 요람 속의 아기와 사다리에 묶어 놓은 밧줄만 응시하고 있었다. 한참 바라보다가 사다리로 가서 밧줄의 매듭을 풀기 시작했다. 매듭을 풀고 나서 얼마 동안 아이들을 바라보았다.

아쿨리나는 남편의 이런 행동을 쳐다볼 시간이 없었다. 그녀는 빵을 구워 테이블 위에 옮겨 놓아야만 했다. 폴리쿠쉬카는 재빨리 밧줄을 외투 속에 감추고 침대 모서리에 다시 앉았다. 아쿨리나가 다시 물었다.

"무슨 문제가 있으세요? 당신답지 않아요."

"잠을 못 자서 그래."

그때 검은 그림자가 창가를 스치고 지나갔다. 그리고 악시웃타가 황급히 뛰어 들어오면서 말했다.

"폴리쿠쉬카, 부인께서 지금 당장 오라는 분부예요."

폴리쿠쉬카는 먼저 아쿨리나의 얼굴을 쳐다보았다. 그리고 악시웃타를 돌아보며 말했다.

"또 뭘 원하시는 것일까?"

남편의 차분한 목소리에 안심한 아쿨리나는 귀족 부인이 남편에게 수고한 대가를 주려고 부르는 것이라고 생각했다. 폴리쿠쉬카는 집을 나섰다. 그러나 악시웃타의 뒤를 따르지는 않았다. 다른 곳으로 갔다. 집 현관에는 다락방으로 올라가는 사다리가 놓여 있었다. 폴리쿠쉬카는 재빨리 주변을 살펴보았다. 아무도 보이지 않았다. 그는 다락방으로 올라갔다. 그 사이에 악시웃타는 귀족 부인의 집에 도착해 있었다. 귀족 부인은 초조한 마음으로 하녀에게 물었다.

"폴리쿠쉬카는 왜 아직 오지 않지?"

악시웃타는 다시 쏜살같이 폴리쿠쉬카의 집으로 달려갔다. 아쿨리나가 대답했다.

"얼마 전에 나갔는데요."

그리고는 문득 불길한 생각이 들어 말했다.

"어쩌면 귀족 부인 집으로 가다가 잠이 들었는지도 몰라."

그때 옆집 목수의 아내는 헝클어진 머리와 지저분한 옷차림으로 전날 널어 두었던 빨래를 걷으러 지붕으로 올라가고 있었다. 갑자기 공포에 질린 목소리가 들려왔다. 목수의 아내는 공포에 질린 표정으로 비명을 지르며 사다리를 내려오고 있었다.

"폴리쿠쉬카! 폴리쿠쉬카가 목을 매달고 죽었어요!"

아쿨리나는 허겁지겁 사다리를 타고 다락방으로 올라갔다. 사다리를 오르다 그녀는 허탈한 비명과 함께 시체처럼 쓰러졌다. 주변 사람들이 붙잡아 주지 않았다면 그녀도 이 세상에 없었을 것이다.

그날 저녁 무렵, 도시에 갔다가 돌아온 마을의 한 농부가 길가에서 폴리쿠쉬카가 잃어버린 돈 봉투를 발견하고 귀족 부인에게 전해 주었다.

두 친구

-Lev Nikolaevich Tolstoi

두 친구

-Lev Nikolaevich Tolstoi

∾

어느 마을에 호로쇼프와 이아네스키라는 두 사람이 살고 있었다. 이 두 사람은 어릴 때부터 한 마을에서 자란 소꿉친구였고 사이도 아주 좋았다. 그들은 같이 성장하여 청년이 되었을 때 결혼도 비슷한 나이에 했고 이제는 둘 다 아이들을 가진 아버지가 되어 있었다.

호로쇼프도 아들이 셋, 이아네스키도 아들이 셋, 모든 것이 서로 비슷했다. 두 사람의 아이들도 사이좋게 지내면서 자랐다. 게다가 두 친구는 재산도 비슷해서 살림 형편이 크게 차이가 나지 않아 서로 흉허물 없이 지내고 있었다. 마을 사람들은 이 두 사람의 우정을 매우 부러워했다.

이렇게 사이좋게 지내던 어느 날, 갑자기 호로쇼프가 병이 들어 자리에 눕게 되었다. 호로쇼프의 식구들은 물론 친구 이아네스키까지 무척 걱정을 했다. 그는 매일같이 친구의 집으로 문병을 다녔다. 그러나 친구의 간절한 문병도 소용없이 친구의 병세는 깊어져만 갔다. 이윽고 죽음을 앞에 둔 호로쇼프는 어린 자식들과 아내를 두고 이 세상을 떠나는 것이 큰 걱정이었다. 그는 안타까운 마음에 친구 이아네스키를 불렀다. 그래도 믿을 만한 사람은 어릴 때부터 함께 자라온 친구밖에 없다고 생각했기 때문이다.

이아네스키는 곧 달려왔다. 이미 친구 호로쇼프는 거의 죽어가고 있었다. 호로쇼프는 마지막 남은 힘을 다하여 친구의 손을 잡고 눈물을 흘리면서 말했다.

"여보게, 내가 믿을 사람이라고는 자네밖에 없네. 그래서 부탁인데 우리 집사람과 아이들을 좀 부탁하네. 내게도 그동안 모아둔 돈과 땅이 있으니 자네가 조금만 도와준다면 내 아내와 아이들은 별일 없이 잘살 수 있을 걸세. 자네가 그렇게만 해준다면 나는 편히 눈을 감을 수가 있겠네."

"염려 말게. 모든 걸 나에게 맡겨주게."

이 말을 들은 호로쇼프는 안심이 된다는 듯 빙그레 웃고는 친구의 손을 꼭 잡고 눈을 감았다.

호로쇼프가 죽은 뒤, 얼마 동안은 별일 없이 지나갔다. 그러나 날이 지나가면서 이아네스키의 태도가 점점 달라지기 시작했다. 친구 호로쇼프가 남긴 재산이 탐이 났던 것이다. 그는 어떻게 해서든 친구의 재산을 뺏고 싶었다. 마침내 생각 끝에 음흉한 꾀를 내었다. 그는 무릎을 치며 말했다.

"그래, 그렇게 하면 인심도 잃지 않고 재산은 저절로 내게 굴러 들어오겠지."

다음날 아침, 그는 호로쇼프의 집으로 갔다. 가 보니 아내와 어린 아이들이 아버지가 없는 텅 빈 집에 쓸쓸히 앉아 있었다. 호로쇼프의 아내는 이아네스키를 보자마자 반가워하면서 맞아들였다. 남편이 죽어 외로웠던 이들 가족에겐 오직 이아네스키의 방문만이 큰 위안이었다.

"어서 오세요. 그렇지 않아도 왜 안 오시나 하고 그 동안 몹시 기다렸습니다."

"네, 좀 바쁜 일이 있어서 그 동안 자주 찾아뵙지 못했습니다. 오늘은 좀 상의할 일이 있어서 이렇게 찾아왔습니다. 아이들을 모두 부르시지요."

호로쇼프의 아내는 아이들을 모두 불렀다. 호로쇼프의 온 가족이 모인 자리에서 이아네스키는 입을 열었다.

"내가 그 동안 여러 가지로 생각을 해 보았는데, 아무래도 아주머니나 아이들이 모두 우리 집에 와서 함께 사는 것이 좋을 것 같아요. 호로쇼프의 유언도 있고 해서 어차피 이 집 식구들을 내가 돌보아야 할 터인데 이렇게 따로 떨어져 있으니 보살펴 드리기도 힘들고 또 신경을 이중으로 써야 하니까요. 우리 집에서 모두 함께 살도록 합시다."

호로쇼프의 아내와 아이들은 이 말을 듣고 매우 기뻤다. 그렇지 않아도 외롭고 쓸쓸하여 눈물로 보내고 있는 터에 기뻐할 수밖에 없었다. 그들은 이아네스키의 호의를 고맙게 생각하고 그의 제안을 받아들였다.

그날로 호로쇼프의 가족들은 모두 이아네스키의 집으로 가서 살았다. 호로쇼프의 아내는 남편이 남긴 돈을 모두 기꺼이 이아네스키에게 맡겼다. 이아네스키는 기분이 매우 좋았다. 모든 일이 계획대로 척척 되어가고 있기 때문이었다. 이아네스키는 서둘러 호로쇼프의 집을 모두 팔아 버렸다. 물론 그 돈은 자기가 가졌다.

이제 남은 것은 그들이 가지고 있는 땅이었다. 그것을 빼앗는 일도 그렇게 힘든 일이 아니었다. 이미 호로쇼프의 가족들이 모두 이아네스키의 집에서 살고 있으니 그들의 땅에서 나온 곡식도 이아네스키가 관리하는 것은 당연한 일이었다. 마침내 이아네스키는 호로쇼프의 재산을 모두 차지하게 되었다. 단지 호로쇼프의 가족들을 먹여 살릴 일을 생각하니 그것이 마음에 걸릴 뿐이었다.

'아무래도 그들을 그냥 먹일 수는 없지. 하인들을 다 내보내

고 대신 그들을 부려먹으면 어떨까? 호로쇼프의 아내도 하녀로 부려먹으면 되겠지?'

이렇게 생각한 이아네스키는 며칠 후 일꾼들과 하녀들을 모두 내보냈다. 식구들이 많이 늘어서 돈을 절약하기 위해서 어쩔 수 없다는 말에 하인들도 아무런 불평 없이 수긍을 했다. 이아네스키의 음흉한 속을 모르는 사람들은 오히려 이아네스키를 칭찬하고 그들의 우정을 부러워했다.

"이아네스키는 매우 훌륭한 사람이야. 어쩌면 식구가 넷이나 늘었는데 그렇게 보살펴주지?"

"그게 다 호로쇼프와의 우정을 못 잊어서 그러는 거 아니겠소."

드디어 농사철이 되었다. 이아네스키는 호로쇼프의 아들 셋을 불러 앉혀 놓고 이렇게 말했다.

"너희들도 이제부터는 일을 해야 한다. 이 바쁜 농사철에 일손이 모자라는데 가만히 놀 수야 없지 않느냐?"

그의 말에 호로쇼프의 아들들은 당연하다는 듯이 고개를 끄덕였다.

"네, 물론 해야죠. 놀고먹다니, 그것은 사람의 도리가 아니지요."

호로쇼프의 아내도 그의 말을 당연하게 받아들였다. 그녀 역시 이아네스키의 집에서 하녀 일을 열심히 했다. 이렇게 해서 호로쇼프의 식구들은 모두 열심히 일을 했다. 그 덕택에 이아네스키의 가족들은 편안히 생활할 수 있었다. 옛날에는 서로 친구 사이였던 이아네스키의 아이들도 이제는 호로쇼프의 아이들을 종처럼 마구 부려먹었다. 그래도 호로쇼프의 아이들은 아무런 불평 없이 열심히 일을 했다.

이아네스키는 점점 부자가 되었다. 두 집의 재산을 모두 합친데다가 호로쇼프의 가족들이 열심히 일을 했기 때문에 수확은 점점 더 많아졌다. 그런데 이이네스키의 탐욕이 여기에서 그치는 게 아니었다. 그의 탐욕은 점점 더 커져서 호로쇼프의 아이들을 밤낮을 가리지 않고 혹사시키기 시작했다. 밭에 나가서 일을 하고 돌아오면 바로 말을 먹이는 일을 시키는 식으로 이일 저일 마구 부려먹었다. 호로쇼프의 아내도 마찬가지였다. 빨래하고 청소하고 또 바느질하느라 정신이 없었다.

날이 갈수록 호로쇼프 식구들의 일은 점점 늘어만 갔다. 너무 심한 노동에 지치게 되자 그토록 착한 호로쇼프의 식구들 마음속에도 원망이 쌓이기 시작했다. 그러나 그것을 모를 리 없는 이아네스키는 그들을 더욱더 부려먹었다. 어느 날, 이아네스키는 화를 내면서 마구 소리를 지르고 악을 썼다.

"이 은혜도 모르는 놈들아! 의지할 데 없는 너희들을 데려다

가 밥 주고 옷 입혀 주고 재워주니까 이제 와서 고맙다는 소리
는 못할망정 원망을 해? 그럴 거면 썩 나가버려!"

이아네스키가 너무나 펄펄 뛰고 화를 내어서 호로쇼프의 아
이들은 아무 말도 못하고 다시 일을 해야만 했다. 그러던 어느
날이었다. 그날도 호로쇼프의 아이들은 새벽부터 밭일을 하고
있었다. 땀을 뻘뻘 흘리며 일을 하다가 보니 어느새 해가 중천
에 떠 있었다. 배가 고픈 동생이 형에게 말했다.

"형, 배가 고픈데 먹을 것 좀 없어?"

"응, 여기 빵이 좀 있는데 지금 먹어 버리면 나중에 저녁에
배가 고파 참을 수 없으니까 조금 더 참았다가 저 밭두렁 하나
만 갈아 놓고 먹자."

마음 착한 이 형제들은 형의 말에 따라 고픈 배를 움켜쥐고
열심히 일을 했다. 이윽고 밭두렁 하나를 다 갈았다. 형제들은
풀밭에 나란히 앉아 맛있게 빵을 나누어 먹었다. 워낙 배가 고
팠던 그들은 순식간에 빵을 다 먹어치웠다. 빵을 다 먹고 나니
너무 지친 나머지 졸음이 몰려왔다. 형제들은 잠시 쉬었다가
다시 일을 하기로 하고 풀밭에 드러누웠다. 그런데 공교롭게도
그 때 이아네스키가 밭에 나왔다가 그 광경을 본 것이다.

"아니, 이놈들이! 누가 이렇게 빈둥빈둥 놀고 있으라고 했
어."

그러더니 긴 채찍을 가지고 와서 사정없이 두 형제들을 마구 때렸다. 끔찍할 정도로 매를 맞은 호로쇼프의 형제들은 그 자리에 축 늘어졌다. 그래도 성이 풀리지 않은 이아네스키는 몸도 제대로 가누지 못하는 그들에게 마구 채찍을 휘두르면서 일어나서 일을 하라고 소리쳤다. 마치 미친 사람처럼 날뛰었다. 겁에 질린 형제들은 초죽음이 된 몸을 이끌고 일어나 일을 했다.

그날 밤 이아네스키는 침대 위에서 잠을 자면서 땀을 뻘뻘 흘리고 신음 소리를 내며 끙끙 앓고 있었다. 왜냐하면 자신의 아들들이 모두 호로쇼프의 아들들에게 호되게 당하는 꿈을 꾸고 있었기 때문이었다.

자신의 첫째 아들은 호로쇼프의 첫째 아들 앞에 무릎을 꿇고 빌고 있었는데 그곳은 전쟁터였다. 군복을 입은 호로쇼프의 아들과 자기의 아들은 모두 군인 복장을 하고 있었다. 계급장을 보니 호로쇼프의 아들이 자기 아들의 상관이었다. 상관은 무서운 얼굴을 하고 총을 들고 있었다. 첫째 아들은 벌벌 떨면서 호로쇼프의 아들을 붙잡고 애원을 하고 있었다. 그러나 호로쇼프의 아들은 막무가내였다. 노기가 가득한 얼굴로 성을 내더니 마침내 벌벌 떨고 있는 자기 아들을 발길로 걸어찼다. 그리고 처참하게 총살시켜 버렸다. 이아네스키는 너무나 끔찍하여 그만 "악!"하고 소리를 지르고 말았다.

이번에는 호로쇼프의 둘째 아들이 경찰이 되어 있었다. 손에
는 수갑을 들고 있었다. 그는 엄숙한 얼굴로 도박판을 벌이고
있는 자기 둘째 아들 곁으로 가더니 다짜고짜 손목을 휘어잡
고는 수갑을 채우고 무조건 끌고 나갔다. 그 모습을 본 이아네
스키는 너무나 어이가 없어서 그만 자리에 털썩 주저앉고 말았
다. 부들부들 떨고 있다가 이래서는 안 된다는 생각에 급히 호
로쇼프의 둘째 아들을 쫓아갔다. 그리고는 그를 붙들고 애원
을 해 보았다.

"이번 한 번만 용서해주렴. 너희들은 옛날부터 친구가 아니
니? 옛정을 생각해서라도 친구를 풀어주렴."

그러나 호로쇼프의 둘째 아들은 들은 척도 안하고 냉정한 얼
굴로 자기의 둘째 아들을 데리고 가버렸다.

당황한 이아네스키는 이번에는 셋째 아들을 찾아가 보았
다. 셋째 아들 역시 호로쇼프의 셋째 아들에게 심하게 매를 맞
고 있었다. 호로쇼프의 셋째 아들은 어느 새 굉장한 부자가 되
어 있었다. 장사를 해서 크게 성공한 모양이었다. 그는 자기들
이 빼앗긴 땅을 모두 되찾고 이아네스키의 땅마저 모두 사들일
정도로 큰 부자가 되어 있었던 것이다. 게다가 자기 셋째 아들
을 하인으로 부리고 있었다. 자기 아들이 게으름을 피우고 일
을 안 한다고 매를 맞고 있었다. 긴 채찍의 끝은 마치 칼날처

럼 날카로웠다. 채찍 끝이 자기의 셋째 아들 등으로 떨어질 때
마다 검붉은 상처가 뱀이 지나간 자국처럼 생겼고 그 자리에는
곧 붉은 피가 줄줄 흘렀다.

그것을 본 이아네스키는 너무나 끔찍하여 그만 머리를 막 쥐
어뜯다가 눈을 번쩍 떴다. 꿈이었다. 잠에서 깨어난 이아네스
키의 온몸에 식은땀이 흘렀다. 너무나 끔찍한 꿈이었다. 소름
이 끼치는 악몽이었다.

이아네스키는 꿈에 대해서 골몰히 생각했다. 왜 이토록 끔찍
한 꿈을 꾸게 되었는가를 생각하다가 자신도 모르게 눈물이
흐르는 것을 느꼈다. 그 동안 자신이 호로쇼프의 가족들에게
큰 잘못을 했다는 것을 깨달은 것이다. 오직 자신만의 욕심을
위해 자신의 가족과도 같은 친구의 가족을 너무나 괴롭혔다는
생각이 들었다. 그는 소리없이 울었다.

그 다음날, 그는 호로쇼프의 가족들을 불러 사죄했다. 그들
에게서 빼앗았던 땅과 재산을 모두 돌려주고 아주 친절하고
알뜰하게 호로쇼프의 가족들을 보살폈다.

호로쇼프의 가족들은 갑자기 변한 이아네스키의 태도가 처음
에는 당황스러웠지만 더 깊이 생각하지 않기로 하고 또한 옛날
일은 잊기로 했다. 호로쇼프의 아이들은 원망하던 마음도 잊고
전보다 더 열심히 일을 하여 훌륭한 농사꾼이 되었다. 그로부

터 얼마 후 호로쇼프의 가족들은 따로 집을 얻어서 아주 풍요롭게 살았다. 아버지의 영향을 받은 이아네스키의 아들들도 전과 같이 그들과 친한 친구가 되어 사이좋게 지냈다.

어느 덧 세월이 흘러 이아네스키가 아주 늙어 죽을 때가 되었다. 그날도 또 이상한 꿈을 꾸었다. 그 꿈속에는 호로쇼프의 천사가 나타났다. 그 천사는 아주 흐뭇한 웃음을 띠면서 이렇게 말했다.

"이아네스키, 너는 참 좋은 일을 했다. 너에게 하느님의 축복이 있을 거야."

이아네스키는 천사 앞에 무릎을 꿇고 이렇게 말했다.

"나는 한 일이 없다네. 다만 내 죄를 깨달았을 뿐이라네."

그리고는 평온한 웃음을 띤 채 눈을 감았다.

톨스토이 대표 단편선 *Representative short stories of Tolstoy*

꼬마 악마와 빵 조각

- Lev Nikolaevich Tolstoy

꼬마 악마와 빵 조각

-Lev Nikolaevich Tolstoi

∞

    어떤 가난한 농부가 일찍 일어나 점심에 먹을 빵 조각을 싸 가지고 밭을 갈러 나갔다. 농부는 말에 쟁기를 달고 빵 조각을 외투로 돌돌 말아 덤불 아래 내려놓은 후 일을 시작했다. 한참 일을 하고 나니 농부는 배가 고파졌고 말도 지쳤다. 농부는 쟁기를 세우고 말은 풀을 뜯어 먹도록 풀어 준 다음, 빵을 놓아 둔 덤불이 있는 곳으로 걸어가서 앉았다. 그리고 점심을 먹으려 했다. 농부는 빵 조각을 말아둔 외투를 풀어헤쳤다. 그런데 빵 조각이 보이지 않았다. 그는 주변을 둘러보며 외투를 다시 한 번 들어 보고 흔들어 보기도 했지만 빵 조각은 어디에도 보이지 않았다. 어찌된 일인지 알 수가 없었다.

    "이상한 일이야. 아무도 지나간 사람이 없었는데……. 아무래도 누가 몰래 와서 빵을 훔쳐 간 것이 분명해."

    농부는 그렇게 생각했다. 그러나 농부가 쟁기질하는 동안에 빵을 훔쳐 간 것은 바로 꼬마 악마였다. 꼬마 악마는 덤불 뒤에 숨어서 빵 조각을 잃은 농부가 욕설을 퍼붓기를 기다렸다. 그러면 자신의 주인인 악마가 기뻐할 것이라고 생각했다.

농부는 빵을 잃어버려 아쉽기는 했지만 이렇게 말했다.

"어쩔 수 없지. 한 끼 굶는다고 죽기야 하겠어? 얼마나 배가 고팠으면 빵을 훔쳐 갔을까? 그 사람이라도 배가 불렀으면 좋겠는데."

농부는 샘으로 가서 물을 잔뜩 마시고 잠시 쉬었다. 그리고 말을 끌고 와서 다시 쟁기질을 시작했다.

꼬마 악마는 농부가 욕을 퍼붓지 않자 실망했다. 꼬마 악마는 그날 있었던 일을 보고하기 위해 악마를 찾아갔다. 농부의 빵을 훔쳤지만 농부가 욕을 하기는커녕 오히려 "훔쳐 간 사람이 그걸 먹고 배라도 불렀으면 좋겠다."고 말했다고 보고했다. 악마는 잔뜩 화가 나서 말했다.

"농부가 너를 이겼다면 그것은 순전히 네 잘못이다. 너의 방법이 잘못된 것이다. 다른 농부들과 그들의 아내까지 그런 식으로 행동한다면 큰일이다. 그냥 넘어갈 수 없는 일이다. 당장 그 농부에게 돌아가서 복수해라. 앞으로 삼 년 내에 그 농부를 이기지 못하면 너를 성수 속에 빠뜨릴 것이다."

꼬마 악마는 너무 무서웠다. 그래서 실수를 만회하기 위해 허

둥지둥 지상으로 돌아왔다. 꼬마 악마는 생각에 생각을 거듭하다가 묘안이 떠올랐다.

꼬마 악마는 부지런한 일꾼으로 변하여 그 가난한 농부를 찾아가 일을 거들었다. 봄이 되자 꼬마 악마는 그 해 가뭄이 들 것을 알고 그 농부에게 습지에 호밀 씨앗을 뿌리라고 권했다. 농부는 그 꼬마 악마의 말대로 습지에 호밀 씨앗을 뿌렸다. 결국 그 해에는 심한 가뭄이 들어서 다른 농부들의 호밀은 모두 말라 죽고 말았다. 그러나 습지에 심은 농부의 호밀은 잘 자라서 실한 알맹이를 맺었다. 덕분에 가난한 농부는 한 해를 거뜬히 지내고 남을 만큼 많은 호밀을 수확해서 저장해 둘 수 있었다.

다음해 꼬마 악마는 농부에게 언덕에 호밀 씨앗을 뿌리라고 권했다. 그 해 여름에는 엄청난 비가 내려서 밭에 물이 들어왔다. 그래서 다른 농부들이 심은 호밀은 넘어지고 썩어서 낟알이 여물지 않았다. 하지만 언덕에 심은 농부의 호밀은 잘 자랐다. 이번에도 농부는 풍성한 수확을 했고 수확한 호밀을 저장할 곳이 없을 정도였다. 그래서 꼬마 악마는 농부에게 남은 호밀로 술을 담그라고 권했다. 농부는 남은 호밀을 빻아 술을 만들었고 그 양이 너무 많아 친구들과 나누어 마셔야겠다고 생각했다.

꼬마 악마는 회심의 미소를 지으면서 주인인 악마에게 달려가 이제야 실수를 만회하게 되었다고 말했다. 악마는 꼬마 악마의 말이 사실인지 확인해 보기로 했다. 악마가 농부의 집에 도착했을 때, 농부는 자기 친구들을 집에 초대해 놓고 술을 마시고 있었다. 농부의 아내는 손님에게 술을 차례대로 나누어 주고 있었다. 그런데 그만 테이블 모서리에 걸려 넘어지면서 술을 바닥에 쏟아 버렸다. 농부는 화가 나서 아내에게 소리쳤다.

"뭐하는 거야! 방정맞은 여편네 같으니! 이것이 구정물인 줄 알아? 이처럼 귀한 것을 쏟다니? 제대로 보고 다녀!"

꼬마 악마는 악마의 옆구리를 콕콕 찌르면서 말했다.

"보세요! 저 농부는 빵이 없어졌을 때는 가만히 있더니 술이 없어졌다고 저 야단입니다."

농부는 아내 대신 자신이 직접 술을 돌리기 시작했다. 바로 그때 농부의 초청을 받지 않은 한 농부가 그의 집에 들어왔다. 그는 일을 마치고 돌아가다가 술상이 벌어진 것을 보고 자기도 한잔 마시고 싶었다. 자기에게도 술을 줄 것으로 생각하고 앉아서 기다렸으나 집 주인은 그에게 술을 주지 않았다. 집 주인 농부는 투덜거리며 말했다.

"아무에게나 귀한 술을 줄 수는 없지!"

이것을 바라본 악마는 너무나도 기뻤다. 그러자 꼬마 악마는 낄낄거리며 말했다.

"잠깐만 더 기다려 보세요. 더 멋진 일이 벌어질 테니까요."

집 주인 농부와 그가 초대한 농부들은 술을 모두 한 잔씩 마셨다. 그들은 술을 마신 뒤 빈말로 서로를 공치사하며 거짓말을 하기 시작했다. 악마는 그들의 대화를 들은 다음 꼬마 악마를 칭찬해 주었다.

"저들은 술 한 잔을 마시고 교활한 인간이 되어서 저렇게 거짓말을 하기 시작하는구나. 이제 저들 모두가 우리 손아귀에 들어온 것이나 마찬가지야."

그러자 꼬마 악마가 말했다.

"또 무슨 일이 벌어지는지 두고 보세요. 저들이 또 한 잔씩 마시고 있군요. 지금은 여우같은 인간이 되어 서로에게 환심을 사려고 안간힘을 다하겠지만 조금 더 있으면 사나운 늑대로 변할 겁니다."

농부는 또 한 잔씩을 손님들에게 돌렸다. 그들의 대화가 점차 거칠어지기 시작했다. 입에 발린 칭찬보다는 서로를 헐뜯으며 으르렁거렸다. 곧 싸움이 벌어지면서 주먹이 왔다 갔다 했다. 집 주인도 싸움에 끼어들더니 실컷 얻어맞기만 했다. 악마는 이런 모습을 보면서 역시 기뻐했다.

"정말 잘했다."

그러자 꼬마 악마는 의미 있는 웃음을 지으면서 말했다.

"조금만 기다려 보세요. 이제 곧 세상에서 가장 멋진 장면을 보게 될 겁니다. 저들이 세 잔을 마실 때까지 기다려 보세요. 지금은 늑대처럼 광란을 하고 있지만 곧 돼지처럼 변할 겁니다."

농부들은 술을 한 잔씩 더 마셨다. 농부들은 완전히 취했고 얼마 안 있어서 그들의 술자리는 끝장이 났다. 혼자 가는 사람도 있었고 둘이나 셋씩 짝을 지어서 가는 사람들도 있었다. 그러나 그들 모두 얼마 안 가서 길거리에서 비틀거리다가 그만 쓰러지고 말았다. 집주인도 손님에게 작별 인사를 하려고 나왔다가 그만 물웅덩이에 빠지고 말았다. 발끝에서 머리까지 오물을 뒤집어쓴 채로 웅덩이에서 나오려고 돼지처럼 끙끙거렸다. 악마는 이런 모습을 보고 기뻐서 어쩔 줄을 몰라 했다.

"잘했다. 이것으로 빵 조각으로 저지른 실수는 충분히 만회했다. 하지만 저런 음료수를 어떻게 만들었지? 넌 틀림없이 첫번째 잔에는 여우의 피를 넣었을 것이다. 그래서 저들이 여우처럼 간교를 부렸겠지. 다음 잔에는 늑대의 피를 탔을 거야. 그래서 늑대처럼 흉포해졌겠지. 그리고 마지막 잔에는 돼지의 피를 탔겠지. 저 농부들을 돼지처럼 행동하게 만들려고 말이야."

그러자 꼬마 악마가 말했다.

"아닙니다. 저는 그런 방법을 사용하지 않았습니다. 저는 농부에게 필요 이상의 호밀을 수확할 수 있게 해주었을 뿐입니다. 짐승의 피는 항상 사람의 몸속에 흐르고 있습니다. 사람이 필요한 만큼의 곡식만을 가진다면 그 짐승의 피는 표출되지 않습니다. 바로 그 때문에 농부는 빵을 잃고도 아무런 불평을 하지 않았습니다. 그런데 곡식이 넘쳐흐르게 되자 그는 그것에서 다른 즐거움을 찾으려고 했습니다. 그래서 제가 그에게 술 만드는 법을 가르쳐 주었습니다. 결국 농부는 하느님의 선물을 자기만의 쾌락을 위해 술로 바꾸어 마시기 시작했고 그의 몸속에 흐르고 있던 여우와 늑대와 돼지의 피가 한꺼번에 솟아 나오게 된 것입니다. 저 농부가 계속해서 술을 마시는 한, 언제나 짐승과 다를 바가 없을 것입니다."

악마는 꼬마 악마를 칭찬하면서 옛날에 저지른 그의 실수를 용서해 주었고 가장 높은 지위에 올려 주었다.

톨스토이 대표 단편선 *Representative short stories of Tolstoy*

달�걀만큼 큰 낱알

-Lev Nikolaevich Tolstoi

달걀만큼 큰 낱알

-Lev Nikolaevich Tolstoi

∾

　어느 날 아이들이 놀다가 산골짜기에서 씨앗처럼 생긴 것을 주웠다. 그것은 가운데 기다랗게 줄이 있었고 달걀만한 것이었다. 마침 그곳을 지나가던 사람이 그것을 신기하게 보고 아이들에게 10 코페이카를 주고 샀다. 그는 그것을 도시로 가지고 가서 왕에게 바쳤다.

　왕은 학자들을 불러모아 그들에게 그것이 무엇인지 알아보라고 명령했다. 학자들은 여러 번 조사하고 연구했지만 그것이 무엇인지 도저히 알 수 없었다. 그러던 어느 날 그 물건을 창문 위에 올려놓았는데 암탉이 날아와서 그것을 쪼아 구멍을 내고 말았다. 그때서야 학자들은 그것이 호밀 씨앗인 줄 알게 되었고 왕에게 달려가 말했다.

　"이것은 호밀의 낱알입니다."

　학자들의 말에 왕은 깜짝 놀랐다. 왕은 이런 큰 낱알이 언제

어디에서 생겼는지 알아보라고 학자들에게 명령하였다. 학자들은 수많은 문헌들을 찾아보며 조사했지만 출처를 알 수 없었다. 학자들은 왕 앞에 나아가 말했다.

"황송하오나 저희들로서는 도저히 알아낼 수가 없습니다. 어떤 책에도 이런 낟알에 대해서 쓰여 있지 않습니다. 농부들에게 물어 보십시오. 낟알이 언제 어디에서 이 정도의 크기로 자랐는지 조상들에게 들어서 알고 있는 농부가 있을지도 모릅니다."

그래서 왕은 아주 나이가 많은 농부를 불러 오도록 명령하였다. 신하들이 농부 한 사람을 데리고 왔다. 그 농부는 늙어서 허리도 꼬부라지고 얼굴엔 병색이 완연하였으며 이마저 모두 빠져 있었다. 늙은 농부는 두 지팡이에 의지하여 겨우 비틀거리며 왕 앞으로 들어왔다.

왕은 늙은 농부에게 큰 낟알을 보여 주었다. 농부는 눈이 어두워 낟알을 제대로 보지 못했다. 그래서 농부는 낟알을 손으로 만지작거렸다. 왕이 농부에게 물었다.

"노인, 그 낟알이 언제 어디에서 생겼는지 알겠소? 혹시 그런 낟알을 밭에 뿌려 본 적이 있소? 아니면 그런 낟알을 시장에서 사 본 적이 있소?"

노인은 귀가 어두워서 왕의 말을 잘 알아듣지 못했다. 몇 번을 말하자 겨우 알아들은 노인은 대답했다.

"아닙니다. 저는 밭에 이런 낱알을 뿌려 본 적도 없고 거두어들인 적도 없습니다. 게다가 이런 낱알을 사 본 적도 없습니다. 제가 호밀을 살 때에도 낱알 크기는 이렇지 않았습니다. 그러나 저의 아버님에게 물어 보십시오. 아버님은 이 낱알이 어디에서 생겼는지 알지도 모르겠습니다."

그래서 왕은 신하를 시켜서 노인의 아버지를 불러 왔다. 노인의 아버지를 겨우 찾았다. 그런데 노인의 아버지는 지팡이를 하나만 짚고 걸어들어 왔다. 왕은 노인에게 큰 낱알을 보여 주었다. 그 노인은 아직 눈이 밝은지 낱알을 잘 알아보았다. 그래서 왕은 노인에게 물었다.

"노인장, 이런 낱알이 어디에서 생겼는지 알고 있소? 혹시 이런 낱알을 밭에 심거나 시장에서 사본 적이 있소?"

노인은 귀가 좀 어두웠으나 아들보다는 잘 알아들었다.

"아닙니다. 이런 큰 낱알은 제 밭에 심어본 적도 없거니와 수확해 본 적도 없습니다. 게다가 사 본 일은 더욱 없습니다. 왜냐하면 제가 젊었을 때는 돈이란 것을 사용하지 않았으니까요. 모두가 필요한 곡식만을 심었고 없는 것이 있으면 서로 바꾸어 썼습니다. 이런 낱알이 어디에서 생겼는지 저도 잘 모릅니다. 물론 낱알이 지금보다는 컸지만 이렇게 큰 것은 보지 못했습니다. 하지만 제 아버님 시대에는 저의 시대보다 훨씬 큰 낱알을 심었고 훨씬 큰 낱알을 거두었다는 이야기를 들은 적이 있습니다. 제 아버님에게 물어 보시는 것이 좋을 듯합니다."

그래서 왕은 다시 그 노인의 아버지를 찾아오도록 했다. 신하들은 그 노인을 찾아서 왕 앞으로 데리고 왔다.

그 노인은 목발도 짚지 않고 가벼운 발걸음으로 들어왔다. 두 눈도 밝았고 귀도 잘 들렸으며, 말소리도 또렷했다. 왕은 그 노인에게 큰 낱알을 보여 주었다. 노인은 그 낱알을 살펴보고 이리저리 만져 보더니 대답했다.

"이렇게 좋은 낱알은 참으로 오랜만에 보았습니다."

그러고 나서 그 노인은 그 낱알을 깨물어 보더니 말했다.

"제가 알고 있는 호밀의 낱알이 맞습니다."

왕은 기쁜 표정을 지으며 물었다.

"그럼 이 낱알이 언제 어디서 생겼는지도 알고 있을 테니 말해 보게."

노인이 대답했다.

"이런 큰 호밀은 제가 젊었을 때에는 어디에서나 자라고 있었습니다. 그래서 이런 호밀을 먹고 살았고 또 다른 사람들도 이런 호밀을 먹고 살았습니다. 제가 젊었을 땐 직접 이런 호밀을 심고 수확했습니다."

왕이 다시 물었다.

"노인의 밭은 어디요? 이런 낟알을 어디에서 길러 왔소?"

"저의 밭은 하느님의 땅이었습니다. 쟁기질을 하는 곳은 어디나 제 밭이었습니다. 땅 주인이 따로 없었습니다. 누구도 자기만의 땅이라 주장하는 사람이 없었습니다. 다만 직접 심고 거두는 노동만을 내 것이라 말할 수 있었습니다."

왕이 물었다.

"그럼 두 가지만 묻겠네. 하나는 왜 옛날에는 이런 낟알이 있었는데 지금은 없는가 하는 것이고, 두 번째는 당신의 손자는 지팡이를 두 개나 짚고 또 당신의 아들은 지팡이 하나를 짚었는데 오히려 당신은 아무것도 짚지 않고 걸으며, 눈도 밝고, 귀도 밝으며, 이도 튼튼하고, 말소리도 또렷한 이유가 무엇인가 하는 걸세. 어떻게 그럴 수 있는가?"

노인이 대답했다.

"그 이유는 다름이 아닙니다. 사람들이 자기 노동으로 살아가지 않고, 다른 사람들의 노동에 의지하여 살려고 하기 때문입니다. 그때는 사람들이 자기 것만 가지고 살았고 남이 만든 것은 탐내지 않았습니다. 이유라면 바로 이것이지요."

톨스토이 대표 단편선 *Representative short stories of Tolstoy*

세가지 질문
-Lev Nikolaevich Tolstoi

세 가지 질문

-Lev Nikolaevich Tolstoi

∾

어느 날 어떤 왕에게 이런 생각이 떠올랐다.

만약 어떤 일을 하려고 할 때 그 일을 해야 할 때를 알 수 있
다면, 또한 내가 만나야 할 사람과 피해야 할 사람이 누구인지
알 수 있다면, 그리고 그 일을 위해 가장 중요한 것이 무엇인지
알 수 있다면 무슨 일을 하든지 절대로 실패하지 않을 것이라
고 생각했다.

그래서 왕은 신하를 불러서 전국에 방을 붙이라고 명령했다.
모든 일을 시작할 시간을 알 수 있고, 가장 필요한 사람이 누
구이고, 가장 중요하게 생각해야 할 것이 무엇인지를 왕에게
알려 주면 큰 상을 내리겠다고 했다.

그러자 학식이 뛰어난 사람들이 왕을 찾아와 왕의 세 가지
질문에 각양각색의 대답을 내놨다.

첫 번째 질문에 대한 대답으로 어떤 학자는 이렇게 대답했다.

즉 모든 일을 시작할 적절한 시간을 알기 위해서는 미리 일과 표를 하루, 1개월, 1년 단위로 작성해 놓고 그 일과표를 엄격히 지키라고 말했다. 그렇게 한다면 모든 일이 정확한 시간에 행해질 수 있다고 말했다.

또 어떤 학자는 모든 일을 행할 적절한 시간을 미리 정한다는 것은 불가능하므로, 시간을 쓸데없이 낭비하지 말고 당장에 행해지고 있는 일에 신경을 쓰면서 가장 필요한 일을 행하는 것이 올바른 방향이라고 말했다.

또 어떤 학자는 왕 혼자서는 제아무리 신경을 곤두세워도 모든 일에 적합한 시간을 올바로 정하기란 불가능하므로 슬기로운 사람들로 구성된 자문단을 만들어 두고 그들의 도움을 얻는 것이 좋다고 말했다.

그러나 어떤 학자는 자문단에게 자문을 구할 만큼 시간이 충분하지 않고, 해야 할지 말아야 할지 지금 당장 결정해야 될 일도 있으므로 자문단의 구성에 대해서 회의적이었다. 대신에 미리 어떤 일이 일어날지 알 수 있는 사람은 점술가들뿐이므로 점술가들에게 자문을 구해야 한다고 했다.

두 번째 질문에 대해서도 대답이 다양했다. 왕에게 가장 필요한 사람은 자문을 해줄 수 있는 사람이라고 주장하는 사람이 있는가 하면 성직자라고 주장하는 사람도 있었고 의사라고 말

하는 사람도 있었다. 또 어떤 사람은 가장 필요한 사람은 군인
이라고 말했다.

세 번째 질문에 대해서도 마찬가지로 대답이 다양했다. 어떤
사람은 세상에서 가장 중요한 일은 과학이라고 말했고, 어떤
사람은 전쟁을 치루는 기술이라고 대답했다. 또 어떤 학자는
종교적인 행위라고 대답했다.

이렇게 같은 질문에 대해서 수없이 많은 대답이 나왔다. 왕
은 그 대답 중에 어떤 대답도 마음에 들지 않아서 아무에게도
상을 내리지 않았다. 결국 왕은 그 질문에 대한 올바른 대답을
듣고 싶어서 지혜가 많기로 명성이 자자한 어떤 학자를 찾으러
떠났다. 그는 어떤 곳에 은둔하고 있었다.

그 은둔자는 숲 속에 살면서 결코 그 숲을 떠난 적이 없었으
며 오로지 평범한 사람들의 부탁만을 들어 주었다. 그래서 왕
은 일부러 수수한 옷을 입고 은둔자가 있는 숲에서 멀리 떨어
진 곳에 말을 세워둔 다음 함께 간 신하들도 떼어 놓고 혼자
은둔자를 찾아 숲으로 갔다.

왕이 찾아갔을 때 은둔자는 오두막집 앞에서 땅을 파고 있었
다. 그는 왕을 보고 가볍게 인사한 다음 다시 땅을 파기 시작
했다. 은둔자는 몸이 몹시 약해 보였다. 가쁜 숨을 내쉬며 겨
우 삽질하는 모습이 매우 힘들어 보였다. 왕이 그에게 가까이

다가갔다.

"지혜로운 은둔자님, 당신에게 세 가지 질문에 대한 답을 얻고자 이렇게 왔습니다. 어떤 일을 올바른 시간에 하는 방법을 어떻게 하면 알 수 있습니까? 나에게 가장 필요한 사람은 누구입니까? 즉 내가 누구보다도 소중하게 생각해야 할 사람은 누구입니까? 그리고 가장 소중히 여겨야 할 일은 무엇입니까?"

은둔자는 왕의 말을 진지하게 듣는 것 같았는데 아무런 대답이 없었다. 그는 손에 침을 뱉고는 다시 삽을 쥐고 땅을 파기 시작했다. 왕이 말했다.

"피곤해 보이십니다. 삽을 이리 주십시오. 내가 당신을 대신해서 잠시나마 땅을 파보겠습니다."

"고맙습니다."

은둔자는 이렇게 말하며 왕에게 삽을 건네 준 다음 땅바닥에 주저앉았다. 왕은 화단 두 개를 판 후, 잠시 하던 일을 멈추고 다시 물었다. 그러나 은둔자는 여전히 묵묵부답이었다. 그는 말없이 왕에게 손을 내밀어 삽을 달라는 표시를 했다.

"잠시 쉬십시오. 이번에는 내가 땅을 파겠습니다."

그러나 왕은 삽을 주지 않고 다시 땅을 파기 시작했다. 시간이 흘러 마침내 해가 나무 뒤로 기울기 시작했다. 참다못한 왕은 삽을 땅에 꽂은 뒤에 말했다.

"지혜로운 은둔자님, 질문에 답을 구하기 위해 이렇게 찾아온 것입니다. 당신께서 답을 주실 수 없다면 그렇다고 말해 주십시오. 그만 집으로 돌아가겠습니다."

"저기 누군가가 이쪽으로 달려오고 있습니다."

왕은 고개를 돌렸다. 그때 수염을 덥수룩하게 기른 한 남자가 숲에서 달려오고 있었다. 그 남자는 두 손으로 배를 움켜잡고 있었고 배에서 피가 흐르고 있었다. 그는 왕 앞에 쓰러져 끙끙거리며 신음 소리를 냈다. 그의 옷을 풀어헤치자 배에 커다란 상처가 보였다. 왕은 피를 닦아 낸 다음 가지고 있던 수건으로 상처를 감싸주었다. 그러나 피는 계속 흘렀다. 왕은 피묻은 수건을 풀고 그 수건을 물에 씻어서 다시 상처에 동여매어 주었다.

마침내 피가 멈추자 남자는 정신을 차리고 마실 물을 찾았다. 왕은 재빨리 냇가로 달려가 물을 가져다가 그 남자에게 주었다. 그러는 동안에 날이 저물었고 날씨도 쌀쌀해졌다. 그래서 왕은 은둔자의 도움을 받아 그 남자를 오두막 안으로 옮겨 자리에 눕혀 주었다. 상처를 입은 남자는 자리에 눕자 곧 눈을 감고 잠이 들었다. 왕도 오랜 여행과 땅을 파는 힘든 일로 피곤하여 눕자마자 잠이 들고 말았다. 여름의 짧은 하룻밤이 지나고 눈을 떴을 때는 다음날 아침이었다. 왕은 잠이 깨고 나서 얼마 후에야 자신이 어디에 있는지 알 수 있었다. 또한 반짝이는 눈으로 자신을 뚫어지게 바라보고 있는 덥수룩한 수염의 남자가 누구인지 기억할 수 있었다. 덥수룩한 수염의 사내는 왕이 잠에서 깨어난 것을 보고 착 가라앉은 목소리로 왕에게 말했다.

"용서해 주십시오."

"용서라니? 그게 무슨 말이오?"

"당신은 저를 모르지만 저는 당신을 잘 알고 있습니다. 동생들을 죽이고 저의 재산을 빼앗았기 때문에 저는 당신에게 복수하려고 마음먹었습니다. 그래서 기회를 기다리던 중 당신이 혼자 은둔자를 만나러 간다는 소식을 듣고 당신이 은둔자를 만나고 돌아올 때 당신을 죽이려고 했습니다. 하지만 해가 떨어졌는데도 당신이 돌아오지 않아서 숨어 있던 곳에서 나온 뒤 당신을 찾으려고 했습니다. 그러다가 당신의 경호원을 만나게 되었고, 이렇게 상처를 입었습니다. 저는 죽을힘을 다해 도망을 쳤습니다. 만약 당신이 저를 치료해 주지 않았다면 저는 피를 흘려 죽었을 것입니다. 저는 당신을 죽이려고 했는데 당신은 저의 목숨을 구해 주셨습니다. 이제 다시 몸이 완전히 회복된다면 저는 당신의 가장 충성스러운 부하가 되겠습니다. 당신의 아들에게도 충성을 하겠습니다. 제발 용서해 주십시오."

왕은 평생의 원수와 쉽게 화해를 하고 부하까지 얻게 된 것이 기뻤다. 왕은 그를 용서하고 주치의를 보내어 계속 돌보아 주겠다고 약속했다. 또 그의 재산도 돌려주겠다고 약속했다. 왕은 그에게 작별 인사를 한 다음, 오두막집을 나와 은둔자를 찾았다. 떠나기 전에 세 가지 질문에 대한 답을 듣고 싶었다. 은둔자는 밖에서 무릎을 꿇고 앉아 어제 만들어 놓은 화단에 씨를 뿌리고 있었다. 왕은 그에게 가까이 가서 말했다.

"마지막으로 묻겠습니다. 제 질문에 대답을 해주십시오."

은둔자는 자세를 고쳐 앉더니 왕을 올려다보며 말했다.

"당신은 이미 그 대답을 얻었습니다."

왕이 깜짝 놀라 물었다.

"대답을 얻다니 무슨 뜻입니까?"

"아직 모르시겠습니까? 당신이 어제 내 몸이 약한 것을 보고 나를 대신해 화단을 파주지 않고 그냥 돌아갔다면 저 남자가 당신을 습격했을지도 모릅니다. 그랬다면 당신은 나와 함께 머물지 않았던 것을 후회했을 것입니다. 따라서 당신이 이 화단을 파며 저와 머물던 때가 가장 소중한 시간이었으며, 당신에게 함께 있던 내가 가장 소중한 사람이었습니다. 그리고 가장 소중한 일은 나를 돕기 위해 선행을 베푼 것입니다. 그다음에 저 남자가 우리에게 달려왔을 때, 당신이 그를 치료해 주었던 순간이 가장 소중한 시간이었습니다. 당신이 그의 상처를 고쳐 주지 않았다면 그는 당신과 화해도 하지 못하고 죽었을 것입니다. 당신이 치료해 주던 그가 가장 소중한 사람이었습니다. 그리고 그를 치료해 준 일이 당신에게 가장 소중한 일이었습니다.

반드시 기억해야 할 것이 있습니다. 어떤 일을 시작해야 할 시간은 그 일이 소중해지는 순간입니다. 그리고 소중한 순간은 단 한 번뿐입니다. 우리가 그것을 행할 수 있을 때가 오직 한 번뿐이기 때문에 가장 소중한 것입니다. 가장 소중한 사람은 당신과 함께 있는 사람입니다. 왜냐하면 그 사람을 제외하고는 누구와 만나게 될지 알 수 없기 때문입니다. 그리고 가장 소중한 일은 선행을 베푸는 일입니다. 왜냐하면 우리 인간은 선행을 베풀기 위해서 이 세상에 태어났기 때문입니다."

회개한 노인

-Lev Nikolaevich Tolstoi

회개한 노인

∽

  어느 곳에 일흔 살 먹은 노인이 살고 있었다. 그 노인은 지금까지 한평생동안 온갖 죄악을 저지르며 살아왔다. 그러다가 병을 얻게 되었다. 그러나 그는 뉘우칠 줄을 몰랐다. 마침내 죽음이 닥쳐 온 마지막 순간에야 비로소 울음을 터뜨리며 말했다.

  "주여! 당신이 십자가에 매달린 강도를 용서했듯이 이 죄인도 용서하여 주시옵소서."

  그가 말을 마치자마자 그의 영혼이 그의 육체를 떠났다. 그리고 노인의 영혼은 그 순간 하느님을 사랑하고 하나님의 사랑을 믿었기 때문에 천국의 문에 도달하게 되었다. 노인은 문을 두드리며 천국에 들어가게 해달라고 간청하였다. 그러자 어떤 목소리가 노인이 서 있는 문 뒤에서 들려 왔다.

  "천국의 문을 두드리고 있는 사람은 어떤 사람인가? 천국에

들어가게 해달라고 말하는 사람은 어떤 사람인가?"

　그 질문에 생전에 사람들이 행한 일을 알려주는 고발인이 대답했다. 고발인은 노인이 행한 죄를 하나도 남김없이 고했다. 그런데 착한 일은 하나도 한 것이 없었다. 고발인의 말을 다 들은 후에 문 뒤에서 어떤 목소리가 들려 왔다.

　"죄지은 사람은 여기에 들어올 수 없으니 썩 물러가라!"

　그때 노인이 말했다.

　"당신의 목소리는 들려오는데 얼굴은 보이지 않으니 당신의 존함을 알고 싶습니다."

　그러자 목소리가 들렸다.

　"나는 사도 베드로이니라."

　"사도 베드로님, 인간은 약한 자이며, 신은 자애롭다는 것을 생각해 주십시오. 당신은 그리스도의 제자가 아닙니까? 당신은 그리스도께 직접 가르침을 듣고 또 그분이 행하는 귀감을 보시지 않았습니까? 이런 일을 상기해 보십시오. 언젠가 그분이 괴로운 마음으로 슬퍼하고 있을 때 그분이 당신에게 잠자지 말고 기도를 드리라고 세 번이나 말씀하신 적이 있을 것입니다. 그런데 당신은 눈꺼풀이 무거워 계속 잠을 자고 말았고, 그분은 세 차례나 당신이 자고 있는 모습을 보셨을 것입니다. 저도 그와 마찬가지입니다. 또 이런 일도 상기해 보십시오.

당신은 죽는 한이 있더라도 그분을 버리지 않겠다고 그처럼 굳게 약속해 놓고도 그분이 가이샤의 집으로 끌려갔을 때 당신은 세 번이나 버리지 않았습니까? 저도 그와 마찬가지입니다. 그리고 또 이 일도 상기해 보시기 바랍니다. 당신은 닭이 울기 시작하자마자 그곳을 떠나 회개하며 슬프게 울었던 일이 있습니다. 저도 마찬가지입니다. 이제 저도 천국에 들어가게 해 주십시오."

그러자 문 뒤의 목소리가 조용해졌다. 문은 열리지 않았고 노인은 잠시 있다가 또다시 문을 두드리며 천국에 들어가게 해달라고 간청했다. 그러자 문 뒤에서 다른 목소리가 들려 왔다.

"저 사람은 누군가? 저 사람은 세상에서 어떻게 살았는가?"

고발인의 목소리가 그 질문에 대답했다. 또다시 노인이 저지른 나쁜 일들만 들렸고 좋은 일은 하나도 없었다. 문 뒤에서 목소리가 말했다.

"이곳에서 썩 물러가라! 그러한 죄인은 천국에서 함께 생활할 수 없느니라."

노인은 말했다.

"당신의 목소리는 듣고 있습니다만 얼굴도 볼 수 없고 존함도 알지 못합니다."

그러자 목소리가 들렸다.

"나는 왕이자, 예언자인 다윗이니라."

노인은 희망을 버리지 않았다. 그래서 천국의 문에서 한 발자국도 물러서지 않고 말했다.

"나를 불쌍히 여겨 주십시오. 왕이자, 대예언자인 다윗님, 인간의 나약함과 신의 자비를 생각해 주십시오. 신은 당신을 사랑하셨고 사람들 앞에서 높이 끌어올려 주셨습니다. 당신은 왕국도, 부도, 명예도 모든 것을 가지고 계셨습니다. 그런데도 당신은 가난한 자의 아내를 보시고는 마음속에 죄가 싹터 가난한 유리아의 아내를 빼앗고 유리아를 죽였습니다. 당신은 부자이면서도 가난한 자의 손에서 마지막 양을 빼앗고 그 자를 죽였습니다. 저도 그와 마찬가지입니다. 그리고 다윗님이 그러한 일을 어떻게 회개하셨나 생각해 보시기 바랍니다. 당신은 당신의 죄를 알고 있고, 당신의 죄를 더할 나위 없이 슬퍼하고 있다고 말씀하셨습니다. 저도 그와 마찬가지입니다. 그러므로 저를 천국에 들어가지 못하게 할 이유가 없다고 생각합니다."

또 문 뒤의 소리가 잠잠해졌다. 문은 열리지 않았고 그는 잠시 서 있다가 또다시 문을 두드리기 시작했으며 천국에 들어가게 해달라고 간청했다. 그러자 문 뒤에서 목소리가 들려왔다.

"저 사람은 누군가? 그리고 저 사람은 세상에서 어떻게 살아왔는가?"

고발인은 대답했다. 이번에도 노인이 한 나쁜 일들만 들렸고 좋은 일을 한 것은 하나도 들리지 않았다. 그러자 문 뒤에서 목소리가 들렸다.

"여기에서 당장 물러가라. 죄인은 천국에 들어올 수 없느니라."

노인이 대답했다.

"당신의 목소리는 듣고 있습니다. 그러나 얼굴은 뵙지도 못하고 성함도 알지 못합니다."

목소리가 들렸다.

"나는 그리스도의 사랑을 많이 받은 제자 요한이로다."

그러자 노인은 기뻐하며 말했다.

"이제야말로 저를 천국에 들어가게 하셔야 합니다. 베드로 님과 다윗님은 인간의 나약함과 신의 자비를 알고 계시기 때문에 저를 들어가게 해 주실 것입니다. 그리고 당신은 당신 속에 많은 사랑이 있기 때문에 저를 들어가게 해 주실 것입니다. 당신은 당신이 쓰신 책 속에서 신은 사랑이며, 사랑하지 않는 사람은 신을 모르는 자라고 하시지 않으셨나요? 또한 '형제들이여 서로 사랑하라.'고 사람들에게 말씀하셨던 것은 당신이 아니었나요? 그런 당신이 어떻게 저를 미워하고 저를 몰아내시겠

습니까? 당신이 말씀하셨던 것을 내동댕이치지 않으시려면 저
를 사랑하여 천국에 들여 놓아 주십시오. "

　그러자 천국의 문이 열리고 요한이 회개한 노인을 끌어안으
며 그를 천국 안으로 맞아들였다.

| 세 노인 |

-*Lev Nikolaevich Tolstoi*

세 노인

-Lev Nikolaevich Tolstoi

～

한 주교가 아르한겔스크를 출발해 솔로베츠크를 향해 배를 타고 항해하고 있었다. 이 배에는 수도원의 제단에 가서 참배하려는 순례자들이 많이 타고 있었다. 항해는 순조로웠다. 바람도 알맞게 불었고, 날씨도 화창했다.

순례자들은 갑판에서 먹고 지냈으며 여러 명이 모여 대화를 나누기도 했다. 주교가 밖으로 나와서 이곳저곳 돌아다니다 주위를 살펴보니 뱃머리에 많은 사람들이 모여 있는 것이 보였다. 그들은 바다를 가리키며 무엇인가를 이야기하고 있는 어부에게 귀를 기울이고 있었다.

주교도 발걸음을 멈추고 어부가 가리키는 방향을 바라보았다. 아무것도 보이지 않았다. 다만 햇살을 받아 반짝이는 바다만 보일 뿐이었다.

주교는 좀더 가까이 가서 어부의 이야기를 들어 보았다. 그러나 어부는 주교를 보자 모자를 벗고 인사를 하고는 입을 다물었다. 그러자 주위에 있던 사람들도 모자를 벗고 주교에게 인사를 했다. 주교가 말했다.

"여러분을 방해할 생각은 없습니다. 다만 저분이 이야기하는 것을 듣고 싶을 뿐입니다."

한 상인이 나서며 말했다.

"어부는 은둔자에 대해서 말해 주었습니다."

주교는 배의 한쪽에 놓인 상자 위에 앉으며 말했다.

"어떤 은둔자에 대해서 말했습니까? 저에게도 말씀해 주십시오. 그럼 조금 전에 가리킨 것은 무엇입니까?"

어부가 배 앞쪽을 가리키며 말했다.

"저기 보이는 저 섬을 가리켰는데요. 저 섬에는 은둔자들이 자신들의 영혼을 구원하기 위해 살고 있습니다."

"그 섬이 어디에 있소? 나에게는 아무것도 보이지 않는데요."

"좀 멀리 떨어져 있습니다. 제 손끝을 따라 보십시오. 저기 작은 구름이 보입니까? 구름 아래 약간 왼쪽으로 희미한 점 같은 것이 보입니까? 그게 바로 그 섬입니다."

주교는 주의 깊게 그쪽을 바라보았다. 그러나 바다에 익숙지 못한 신부에게는 아무것도 보이지 않았다. 오로지 햇살에 출렁거리는 파도만 보일 뿐이었다.

"저에게는 아무것도 보이지 않습니다. 그런데 그 섬에 살고 계신다는 은둔자는 어떤 분입니까?"

"그분들은 모두 성스러운 분들입니다. 그분들에 대해서 오래전부터 들어 왔지만 작년까지는 한 번도 직접 뵐 기회가 없었습니다."

그리고 어부는 고기잡이를 나갔다가 밤중에 배가 좌초되어 그 섬에서 지내게 된 이야기를 해 주었다. 어부는 배가 좌초된 그날 밤에는 그곳이 어디인지 몰랐다. 아침이 되어 그 섬을 배회하던 중 그는 우연히 흙집을 발견하게 되었고, 그 옆에 서 있는 노인 한 분을 만나게 되었다. 그때 다른 두 노인이 흙집에서 나왔다. 그 노인들은 어부에게 먹을 것을 주었고 옷가지를 말려 주었다. 또 배를 수리하는 것을 도와주기도 했다. 주교가 물었다.

"그분들은 어떻게 생겼나요?"

"한 분은 작고 등이 굽었습니다. 그분은 성직자가 입는 흰색 옷을 입고 있었는데, 무척 늙어 보였습니다. 제 짐작으로 백 살은 넘어 보였습니다. 그래서 하얀 수염이 푸르스름한 빛을 띨 정도였지만 언제나 미소를 짓고 계셨고, 얼굴은 하늘에서 내려온 천사처럼 환했습니다. 두 번째 노인은 키가 더 컸지만 역시 무척 연세가 많은 분입니다. 그분이 걸친 옷은 누더기가 되어버린 농부 옷이었으며, 무성한 수염은 노르스름한 회색빛을 띠고 있었습니다. 그런데 힘은 굉장했습니다. 혼자서 제가 타고 온 배를 마치 양동이처럼 뒤집었습니다. 성격은 친절하고 무척 쾌활하였습니다. 마지막으로 세 번째 분은 키가 크고 눈처럼 하얀 수염을 거의 무릎에 닿을 정도로 기르고 있었습니다. 위로 치켜 올라간 눈썹 때문인지 무척 엄격해 보였습니다. 옷은 거적때기 같은 하의만 걸치고 있었습니다. "

주교가 물었다.

" 그분들이 당신에게 혹시 말을 걸지는 않았나요? "

" 그분들은 말없이 모든 일을 처리하였습니다. 그분들끼리도 말이 없었습니다. 한 분이 눈짓만 해도 다른 분들이 무슨 뜻인지 이해하는 것 같았습니다. 제가 키가 가장 큰 노인에게 그 섬에서 얼마나 오래 생활하셨느냐고 물었지요. 그러자 그분은 화가 난 표정을 지으며 뭐라고 투덜대었습니다. 하지만 연세가 가장 높은 노인분이 그분의 손을 잡아 주며 미소를 지어주자 마음의 안정을 찾는 것 같았고 저에게 '그저 저희를 가엽게 여겨 주시옵소서.'라고 말씀하시며 미소를 지어 보였습니다. "

어부와 이야기를 하는 동안 배는 점점 그 섬을 향해 다가가고 있었다. 그 때 상인이 손으로 섬을 가리키며 말했다.

"이제 저 섬이 똑똑히 보이네요."

주교도 얼굴을 들어 그 섬을 쳐다보았다. 검은 점 같은 것이 또렷이 보였다. 분명히 섬이었다. 주교는 한참 동안 섬을 바라보다가 뱃머리를 떠나 조타수에게 다가가 물었다.

"저 섬의 이름이 무엇이오?"

"이름 없는 섬입니다."

"저 섬에는 자신의 영혼을 구원하기 위해 은둔자들이 살고 있다는 말이 사실이오?"

"그렇게 들었습니다. 그러나 그것이 사실인지 아닌지 잘 모르겠습니다. 어부의 말에 따르면 은둔자들이 살고 있다고 합니다. 하지만 낭설일 수도 있습니다."

"저 섬에 내려서 그분들을 만나고 싶습니다. 나를 저 섬에 내려줄 수 있겠소?"

"큰 배는 저 섬에 가까이 댈 수가 없습니다. 하지만 작은 배로 노를 저어서 갈 수는 있을 겁니다. 선장에게 말씀해 보시지요."

주교는 선장을 불러서 말했다.

"저 섬에 산다는 은둔자를 만나고 싶습니다. 혹시 저 해안까지 데려다 줄 수 있소?"

선장은 주교를 만류하려고 애를 썼다.

"물론 그렇게 할 수 있습니다만 많은 시간이 소요됩니다. 제가 말씀드리고 싶은 것은, 그 노인들은 주교님이 만나 볼 만한 인물들이 못 됩니다. 제가 듣기로는 모두 어리석은 노인들이라고 합니다. 아는 것이라고는 전혀 없고 바다에 사는 물고기처럼 전혀 말을 하지 않는다고 합니다."

"그래도 그분들을 만나고 싶습니다. 그만한 수고와 노력의 대가는 내가 지불하겠으니 작은 배를 하나 내 주시오."

결국 선장은 주교의 부탁을 거절할 수가 없었다. 선장은 명령을 내렸다. 선원들은 돛을 조절했고, 조타수는 키를 돌려 마침내 배는 그 섬을 향해 나아가기 시작했다. 주교는 뱃머리에 의자를 놓고 그 의자에 앉아 섬을 바라보았다. 승객들도 모두 뱃머리로 모여들어 그 섬을 쳐다봤다. 눈이 나쁘지 않은 사람은 벌써 섬 안에 우뚝 솟아 있는 큰 바위를 볼 수 있었다. 선장은 망원경을 가져와 섬을 살펴본 후, 망원경을 주교에게 주었다.

"맞습니다. 해안에 세 사람이 있습니다. 저 큰 바위 오른쪽입니다."

주교는 망원경을 받아 들고 초점을 맞추었다. 세 사람이 보였다. 키가 큰 사람과 그보다 약간 작은 사람 그리고 아주 작고 허리가 굽은 사람이 서로 손을 마주잡고 해안에 서 있었다.

선장이 주교에게 말했다.

"이 배로는 더 이상 가까이 갈 수 없습니다. 주교님, 해안까지 가시려면 작은 배로 옮겨 타도록 하십시오. 저희는 이곳에 닻을 내리고 있겠습니다."

쇠사슬이 풀어지면서 닻이 바다에 던져졌다. 배의 돛이 접히면서 배가 약간 흔들렸다. 노 젓는 인부들이 작은 배 위로 뛰어내렸다. 주교는 사다리를 타고 내려가 미리 마련된 자리에 앉았다. 인부들이 노를 젓기 시작하자 작은 배는 빠른 속도로 섬을 향해 나아갔다. 해안에 가까워지자 세 노인이 서 있는 모습이 뚜렷하게 보였다. 키가 큰 노인은 거적때기만 걸치고 있었고, 그보다 작은 노인은 누더기 같은 농부 옷을 입고 있었으며, 매우 늙어 보이고 허리가 굽은 노인은 낡은 성직자 옷을 입고 있었는데 두 손을 잡고 서 있었다.

인부들은 바닷가까지 배를 저어가 갈고리 같은 것으로 배를 고정시킨 다음 주교를 안전하게 내려 주었다. 주교가 온 것을 보고 세 노인들이 허리를 굽혀 주교에게 인사를 했다. 주교도 그들에게 축복의 인사를 해 주었다. 그러자 노인들은 허리를 더욱 깊이 숙여 인사를 했다. 주교가 말했다.

"성스러운 분들이 영혼을 구원하고, 많은 사람들을 위해 하느님께 기도를 드리고 있다는 이야기를 들었습니다. 저는 비록

못났으나 하느님의 은혜로 그분의 양떼를 가르치고 지키도록 부름을 받은 몸입니다. 그래서 여러분에게 가르침을 드리기 위해 제가 할 수 있는 일을 하고 싶어 이렇게 여러분을 찾아왔습니다."

세 노인들은 서로 얼굴을 마주보며 미소를 지었다. 그러나 아무런 말이 없었다. 주교가 말했다.

"말씀해 보십시오. 세 분은 영혼을 구원하기 위해 무엇을 하고 계시며, 어떻게 하느님을 섬기고 계십니까?"

농부 옷의 은둔자가 한숨을 내쉬며 가장 나이 많은 은둔자를 바라보았다. 그러자 가장 나이 많은 은둔자가 웃으면서 말했다.

"우리는 하느님을 어떻게 섬겨야 하는지 모르오. 우리는 그저 하느님의 종으로 살아갈 뿐이오."

주교가 다시 물었다.

"그러면 하느님께 어떻게 기도를 드립니까?"

"우리는 이런 식으로 기도를 한다오. '당신께서 계시고 저희도 있습니다. 저희를 가엽게 여기소서!'라고 기도할 뿐입니다."

말이 끝나자 세 은둔자는 하늘을 쳐다보며 똑같은 기도를 되풀이했다.

"당신께서 계시고 저희도 있습니다. 저희를 가엾게 여기소서!"

주교는 미소를 지었다.

"성스러운 삼위일체에 대해서는 들어본 적이 있는 것 같군요. 하지만 올바른 기도법이 아닙니다. 여러분이 저를 만난 것은 행운입니다. 여러분은 하느님을 기쁘게 해드리려고 무척 노력하고 있지만 그분을 섬기는 방법을 모르는 것 같습니다. 여러분의 기도는 올바른 기도가 아닙니다. 여러분께 가르쳐 드릴 테니 잘 들어 보십시오. 제가 가르치는 것은 저만의 독특한 방법이 아니며 하느님이 모든 사람에게 그렇게 기도하도록 성경에 남겨 놓은 방법입니다."

그리고 주교는 하느님이 사람들에게 어떻게 헌신하셨는지 설명하기 시작했고, 성부와 성자와 성령에 대해서도 말해주었다.

"하느님이 인간을 구원하러 이 땅에 내려 오셨습니다. 바로 그 분이 우리 모두에게 가르친 기도법이 있습니다. 잘 들어보시고 저를 따라하십시오. 하늘에 계신……."

첫 번째 노인이 따라했다.

"하늘에 계신……."

두 번째 노인도 따라했다.

"하늘에 계신……."

세 번째 노인도 그를 따라했다.

"하늘에 계신…….."

주교가 다음을 계속했다.

"우리 아버지시여."

첫 번째 노인이 따라했다. 그러나 두 번째 노인이 입 안에서 우물거리는 바람에 세 번째 노인이 똑바로 따라할 수 없었다. 입까지 자란 머리카락이 입에 말려 들어가는 바람에 똑바로 발음이 되지 않았던 것이다.

주교는 계속해서 기도문을 알려 주었다. 세 노인들은 그를 따라 기도문을 외웠다. 주교는 바위 위에 앉았고, 노인들은 주교 앞에 서서 그의 입을 쳐다보며 그가 말하는 그대로 기도문을 따라했다. 주교는 기도문을 스무 번, 서른 번, 백 번씩이나 되풀이하면서 거의 한나절을 보내었다. 노인들은 끈질기게 주교를 따라 기도문을 외웠다. 그들이 우물거릴 때마다 주교는 처음부터 다시 외우도록 가르쳐 주었다. 주교는 기도문 전체를 가르쳐 줄 때까지 그 섬을 떠날 수 없었다.

먼저 농부 옷을 입은 중간키의 은둔자가 기도문을 전부 외우게 되었다. 주교는 다른 은둔자들에게도 계속해서 반복하여 외우도록 하였고, 마침내 다른 은둔자들도 그렇게 할 수 있게 되었다.

날이 점점 어두워졌다. 달이 바다 위에 모습을 드러낸 후에야 주교는 큰 배로 돌아가기 위해서 바위에서 일어났다. 주교가 세 은둔자에게 작별 인사를 하자, 그 노인들은 머리가 땅에 닿도록 고개를 숙이며 절을 했다. 주교는 그들을 일으켜 주며 손등에 인사의 입맞춤을 해 주었다. 그리고 그들에게 가르쳐 준 대로 기도하라고 일러준 다음 작은 배에 올라타고 큰 배로 향했다.

주교는 큰 배로 돌아가면서 은둔자들이 기도문을 암송하는 것을 들을 수 있었다. 큰 배가 가까워질수록 암송하는 소리가 점차 희미하게 들렸다. 그러나 달빛을 통해서 그들이 해안에 서 있는 모습을 볼 수 있었다. 가장 작은 노인이 가운데 서 있었고, 가장 큰 노인은 오른쪽에, 중간키의 노인은 그 왼쪽에 서 있었다. 주교가 큰 배에 도착해서 배에 오르자마자 닻이 오르고, 돛이 다시 펼쳐졌다. 배는 바람을 안고 쏜살같이 달려갔다.

주교는 배 뒤편에 앉아 점점 멀어지는 섬을 바라보았다. 얼마 동안 은둔자의 모습이 보였지만 곧 그들의 모습이 시야에서 사라졌다. 마침내 섬의 모습도 시야에서 사라지면서 달빛에 넘실대는 바다만 보일 뿐이었다.

순례자들은 모두 잠이 들어 갑판 위는 매우 조용했다. 주교는 잠을 자고 싶지 않았다. 배 뒤편에 혼자 앉아 이제는 보이지 않는 섬이 있던 방향을 바라보며 세 노인을 생각했다. 그들이 기도문을 외워 얼마나 기뻐할까를 생각했다. 또 성실히 구원받기 위해 살아온 노인들을 가르칠 수 있었다는 것에 보람을 느꼈다.

주교는 섬이 사라져 버린 바다를 보며 이런저런 생각에 잠겨 있었다. 그때 파도 위에 반사된 빛이 그의 눈앞에서 깜빡거렸다. 그리고 달빛 아래에 하얗게 빛을 내는 무언가가 갑자기 나타났다. 갈매기인가? 작은 배에서 비추는 빛인가? 주교는 의아하게 생각하면서 그 빛을 바라보았다.

"어떤 배가 우리를 뒤따라오는 것인가? 엄청나게 빨리 우리를 따라오는구나. 조금 전까지 아주 멀리 있었는데, 지금은 점점 가까워지고 있어. 그런데 배는 아닌 것 같은데……. 돛이 안 보이는데……. 하지만 저것이 무엇이든 우리를 뒤따라오는 것만은 틀림없어. 곧 우리를 따라잡겠어."

주교는 그것이 무엇인지 알 수 없었다. 배도 아니었고, 새도 아니었고, 물고기도 아니었다. 사람이라고 하기에는 너무 컸다. 게다가 사람이 저렇게 바다 위에 있을 수는 없는 일이었다. 주교는 자리에서 일어나 조타수에게 말했다.

"저기 보시오. 저게 대체 뭐요?"

주교는 반복해서 물었다. 한참 바라보던 주교는 그때서야 그것이 무엇인지 알 수 있었다. 세 은둔자가 온몸에서 하얀 빛을 내며 바다 위를 걸어오고 있었다. 그들은 잿빛 수염을 번쩍이며 쏜살같이 배를 향해 접근해 오고 있었다. 조타수는 그 노인들을 보고 두려워서 키를 놓고 말았다.

"오, 하느님! 은둔자들이 바다 위를 마치 땅 위를 걷듯이 달려오고 있습니다."

순례자들이 주교의 목소리를 듣고 벌떡 일어나 배 뒤편으로 몰려들었다. 그들은 세 은둔자가 손을 맞잡고 다가오는 것을 보았다. 양쪽 끝에 있는 두 노인이 배를 멈추라고 손짓했다. 세 노인은 모두 발은 조금도 움직이지 않으면서 바다 위를 미끄러져 오고 있었다. 배가 미처 멈추기도 전에 세 노인은 배 앞에 다가와 얼굴을 높이 쳐들고 한 목소리로 말했다.

"하느님의 부름을 받은 분이시여, 우리는 당신이 가르쳐 주신 기도문을 잊고 말았소. 계속해서 암송할 때에는 기억할 것 같았는데, 다른 일 때문에 잠시 멈추어버리자 한 낱말이 생각나지 않더니 이제는 온통 뒤죽박죽이 되어 한 마디도 기억할 수 없게 되었소. 우리에게 다시 가르쳐 줄 수 있겠소?"

주교는 가슴에 십자가를 긋고 나서 몸을 기울여 아래를 내려다보며 말했다.

"어떻게 기도를 드려도 여러분의 기도가 하느님께 닿으실

겁니다. 저는 여러분을 가르칠 수 없습니다. 저와 같은 사람들을 위해 기도해 주십시오."

그리고 주교는 세 은둔자에게 허리를 굽혀 절을 했다. 은둔자들은 뒤를 돌아 바다를 가로질러 사라져 버렸다. 그들이 사라져 버린 그곳엔 한 줄기 빛이 새벽이 될 때까지 비추고 있었다.

톨스토이 대표 단편선 *Representative short stories of Tolstoy*

악마의 유혹과 그 결말

-Lev Nikolaevich Tolstoi

악마의 유혹과 그 결말

-Lev Nikolaevich Tolstoi

❧

아주 옛날에 마음씨 착한 부자가 살고 있었다. 그는 많은 하인들을 거느리고 있었다. 착하기로 소문이 났을 뿐만 아니라 하인들에게도 많은 존경을 받고 있었다.

"이 세상에 우리 주인어른만큼 좋은 사람은 없어. 먹을 것도 넉넉하게 주시고 또 입을 것도 좋은 것만 주시지. 게다가 일도 적당히 알맞게 주셔서 우리가 너무 힘들게 일하게 하시지 않거든. 기분 나쁜 일이 있어도 겉으로 내색을 하시지 않지. 하인을 소나 말처럼 부려먹고 잘못이 없는데도 벌을 주거나 때리고 못살게 구는 부자들이 얼마나 많은지 알지? 하인들에게 말 한마디 부드럽게 하지 않는 부자들도 많은데 우리 주인어른은 그런 부자들하고는 천지 차이로 다르지."

"맞아. 주인어른은 언제나 우리를 배려해 주시지. 좋은 말씀도 많이 해주시고 따뜻한 은혜가 넘치는 분이시지. 이런 어른은 어디를 가도 다시 만날 수 없을 거야."

하인들은 이렇게 입을 모아 주인을 칭송했다. 이것을 본 악마는 은근히 화가 났다. 주인과 하인들이 불평 한마디 하지 않고 사이가 좋았기 때문이다. 그래서 악마는 생각했다.

'이놈들을 좀 싸우게 할 수 없을까? 어디 한번 하인들이 주인을 미워하게 만들어 보자.'

악마는 궁리 끝에 '아레브'라는 하인을 유혹해서 자기편으로 끌어들였다. 그런 다음 악마는 아레브에게 다른 하인들도 주인을 미워하도록 일을 꾸미라고 명령하였다.

"네, 알겠습니다. 곧 일을 시작하겠습니다."

아레브는 기회를 노리고 있었다. 어느 날 하인들이 일을 하다가 잠시 쉬려고 모여앉아 주인 칭찬을 하고 있었다. 그러자 그 자리에 끼어 있던 아레브는 큰 소리로 불평을 하기 시작했다.

"이봐요, 당신들은 밤낮 주인어른 칭찬을 하는데 누구든지 자기를 칭찬하고 추켜세우는데 좋아하지 않을 사람이 어디 있소? 악마라도 자기를 칭찬하면 좋아할 것이오. 우리들이 알아서 주인어른 마음에 흡족하게 일을 하고, 또 우리가 부지런하니까 잘해주시는 거요. 싫은 소리를 할 것이 어디 있어야지. 우리가 금방 눈치 채고 척척 알아서 하니까 좋아할 수밖에……. 우리에게 싫은 소리를 하지 않는다고 해서 덮어 놓고 칭찬할 것 없소. 싫은 소리를 할 필요가 없을 뿐이지."

그 말을 들은 하인들은 한참 동안 생각에 잠기더니 어떤 사람은 수긍하는지 고개를 끄덕이고 또 어떤 사람은 반대의 의견을 말했다.

"그런 소리 하지 마시오! 주인어른은 우리가 더 잘 알잖소."

그러나 아레브는 계속 엉뚱한 소리만 했다.

"그럼 일부러라도 사고를 저질러 보시오. 다른 주인들처럼 야단치지 않나? 다른 악명 높은 부자들보다 더 심한 벌을 줄지도 모르지."

이렇게 해서 시비가 벌어졌다. 결국 하인들은 두 패로 나뉘어서 내기를 하기로 했다. 아레브는 자신이 주인을 화나게 만들겠다고 했다. 만일 주인을 화나게 하지 못하면 자기의 외출복을 내놓기로 하고, 반대로 성공한다면 반대했던 하인들의 외출복을 몽땅 가지기로 약속했다.

다음날 아침부터 아레브는 어떻게 하면 주인을 화나게 할 수 있을까 궁리를 하기 시작했다. 아레브가 하는 일은 양을 치는 일이었다. 그가 치는 양 중에 아주 값비싼 숫양이 있었는데 주인은 그 숫양을 무척이나 아꼈다. 그래서 아레브도 그 숫양만큼은 무척이나 정성을 기울여 돌보고 있었다. 아레브는 얼마 동안 궁리를 하다가 무슨 생각이 났는지 속으로 부르짖었다.

'어디 두고 봐라. 반드시 주인을 화나게 만들 테니까.'

아레브는 하인들을 향해서 자신이 있다는 눈빛을 보였다. 하인들은 모두 긴장된 얼굴을 하고서 도대체 어떤 일을 꾸며 주인을 화나게 하는지 조마조마 지켜보고 있었다. 악마도 나뭇가지 위에 앉아서 내려다보고 있었다.

잠시 후 주인이 그날 방문한 손님들에게 자신의 자랑거리인 양들을 보여 주려고 손님들과 함께 왔다. 그를 따라 온 손님들은 잘 자란 양들을 바라보며 부러워했다. 그리고 주인은 자기가 제일 아끼고 사랑하는 숫양을 보여 주려고 손님들에게 말했다.

"다른 양들도 좋은 양이지만 저기 뿔이 꼬인 숫양은 값을 매길 수 없을 만큼 소중한 양입니다. 나는 저 놈을 제 자식보다 소중히 여기고 있습니다."

그 숫양을 보기 위해 손님들이 양떼에 가까이 가자 함께 몰려 있던 양들이 갑자기 흩어지기 시작했다. 양들이 여기저기로 흩어지면서 손님들은 어느 양이 그 숫양인지 구분할 수 없게 되었다. 조금 있다가 양들이 다시 모이자 아레브는 일부러 양들을 놀라게 해서 양들을 흩어지게 했다. 양들이 다시 뒤섞이고 말았다. 손님들의 눈으로는 어느 놈이 그 숫양인지 도저히 분간할 수 없었다. 마침내 주인은 아레브를 불렀다. 그러나 그의 얼굴은 화가 난 얼굴이 아니었다.

"아레브, 수고스럽지만 저 뿔이 꼬인 수놈을 살짝 잡아서 이리로 끌고 오게."

주인이 부드러운 말로 아레브에게 부탁했다. 아레브는 성난 사자와 같은 기세로 양들이 모여 있는 곳으로 뛰어들어 그 숫양의 털을 움켜쥐었다. 그리고는 한 팔로 양의 왼쪽 앞발을 잡아채 번쩍 들어 올리는가 싶더니 주인이 보고 있는 눈앞에서 그 양의 다리를 비틀어버렸다. 그러자 보리수나무가 부러지는 소리가 났다. 숫양은 몹시 아픈 듯 구슬픈 소리를 내면서 힘없이 주저앉고 말았다.

"아니, 저런, 저럴 수가!"

순식간에 일어난 그 광경에 손님들과 하인들은 놀라서 소리를 질렀다. 악마는 아레브가 자기가 시킨 대로 일을 벌이는 것을 보고 기뻐했다.

"일이 잘 되어가는구나!"

주인도 갑작스럽게 일어난 일에 처음에는 다른 사람들처럼 놀라 소리를 지르더니 말없이 고개를 숙이고 말았다. 손님들과 하인들은 주인의 그 모습을 보고 입을 다물고 말았다. 주인은 얼마 동안 숨을 가다듬더니 가슴속에서 끓어오르는 화를 몰아내려는 듯이 고개를 몇 번 흔들었다. 그리고는 고개를 들어 하

늘을 쳐다보았다. 하늘은 구름 한 점 없이 맑았다.

잠시 후 마음속에서 불쾌함으로 요동치던 구름은 서서히 없어지고 또한 얼굴에 노여운 기운도 사라지면서 주인의 얼굴에는 잔잔한 미소가 떠올랐다. 주인은 그 얼굴로 아레브를 바라보면서 말했다.

"아레브야, 너는 너의 주인인 악마의 말을 듣고 나를 화나게 할 모양이구나. 그러나 너의 그런 생각은 잘못된 것이다. 내가 섬기는 주인은 네가 섬기는 주인보다 훨씬 강해. 너는 나를 화나게 하지 못한다. 대신 너는 네가 섬기는 주인을 화나게 할 것이다. 너는 나에게 벌을 받을 것이 두렵고 나에게서 자유롭고 싶겠지? 아레브야, 나는 너를 벌하지 않는다. 또한 손님들이 보고 계시는 이 자리에서 너에게 자유를 주마. 자, 이제 너는 내 하인이 아니다. 어서 네가 가고 싶은 데로 가거라."

주인은 부드럽고 상냥한 목소리로 말하고는 집안으로 들어갔다. 이것을 본 악마는 화가 나서 이를 갈고 날뛰다가 그만 나무 위에서 떨어지고 말았다. 그리고는 그림자도 남기지 않고 사라지고 말았다.

아버지와 세 아들

-Lev Nikolaevich Tolstoi

아버지와 세 아들

-Lev Nikolaevich Tolstoi

∾

한 아버지가 첫째아들에게 재산과 토지를 나누어 주면서 말했다.

"나처럼 살도록 해라. 그렇게 하면 행복해질 것이다."

자기 몫을 나누어 받은 첫째아들은 아버지의 곁을 떠나 자기 멋대로 살기 시작했다.

"아버지께서 자신처럼 살라고 하셨어. 아버지는 즐겁게 사셨으니까 나도 즐겁고 유쾌하게 살아야지."

그렇게 일 년, 이 년, 십 년, 이십 년이 지나자 마침내 나누어 받은 재산을 모두 탕진해 버리고 말았다. 빈털터리가 된 첫째아들은 아버지에게 돌아와서 말했다.

"아버지, 제발 도와주십시오."

그러나 아버지는 아들의 애원을 거절했다. 아들은 아버지의 환심을 사려고 자기가 가지고 있는 물건 중에서 제일 비싸고 좋은 것을 아버지에게 드리고 사정을 했다.

"아버지 제발 도와주세요. 아버지."

그러나 아버지는 끝내 첫째아들의 애원을 들어주지 않았다. 아들은 자신이 무엇을 잘못했는지 생각해 보았지만 도무지 알 수가 없었다. 행여 무슨 잘못이 있으면 용서해 달라고 빌었지만 소용이 없었다. 아버지는 아들을 결코 용서해 주지 않았다. 그러자 화가 난 아들이 아버지에게 대들었다.

"아버지는 지금 제게 아무것도 주지 않으시면서 왜 그때 아버지처럼 살면 행복할 것이라고 하셨습니까? 이제까지 제가 맛본 행복은 지금 제가 겪고 있는 고통과 비교하면 아무것도 아닙니다. 저는 지금 죽을 것 같은 절박감에 놓여 있습니다. 그런데 이러한 불행의 원인을 제공한 분이 누구입니까? 그건 아버지가 아닙니까? 저처럼 살면 결국에는 이렇게 불행해진다는 것을 아시면서도 아버지께서는 가르쳐 주시지 않았습니다. 그냥 '나처럼 살아라.'라고 말씀만 해주시고 방관만 하셨습니다. 저는 아버지 말씀대로 세상의 즐거움에 저를 맡겼습니다. 아버지께서는 그렇게 즐기고 살아도 될 만큼 재산이 있으셨지만 저는 그게 모자랐던 것입니다. 아버지는 거짓말쟁이입니다. 제게 아버지는 원수나 다름없습니다. 아버지 얼굴도 보고 싶지 않습니다. 저는 아버지를 저주할 겁니다. 앞으로 영원히 아버

지를 원망할 겁니다. "

얼마 후 아버지는 둘째아들에게도 재산을 나누어 주면서 첫째아들에게 했던 말을 그대로 했다.

" 나처럼 살도록 해라. 그러면 너도 행복하게 될 테니까. "

둘째아들은 자기 몫의 재산을 받았는데도 그렇게 기쁘지 않았다. 이미 형에게 어떤 일이 일어났는지 알고 있었기 때문이었다.

" 형처럼 살면 거지꼴이 되겠지? "

둘째아들은 " 나처럼 살아라, 그러면 행복해질 것이다."라는 아버지의 말씀을 형이 잘못 이해해서 결국 불쌍한 신세가 된 것을 잘 알고 있었다. 그래서 그는 어떻게 하면 물려받은 재산을 더 늘릴 수 있을까 밤낮으로 고심을 했지만 쉽게 방법이 떠오르지 않았다.

어느 날 둘째아들은 아버지에게 상의하러 갔다. 그러나 아버지는 아들에게 아무런 말도 해주지 않았다. 아들은 어쩌면 아버지가 자신만의 방법을 가르쳐 주기 싫어하시는지 모른다고 생각했다. 그는 아버지가 어떻게 재산을 늘렸는지 그 방법을 알아내려고 온갖 노력을 다했지만 허사였다. 아들은 재산을 모으려고 했지만 아무리 해도 모으지 못했다. 하지만 그는 자신의 재산에 대한 탐욕을 인정하고 싶지 않았기 때문에 아버지를 비난하기 시작했다. 그는 엄청나게 많은 재산을 모은 아버지가 아들에게는 아주 적은 재산밖에 넘겨주지 않았다고 떠벌리고 다녔다.

이렇게 한탄하며 지내는 동안 물려받은 재산은 어느새 다 없어지고 말았다. 재산이 완전히 바닥이 난 둘째아들은 이제 남은 일은 죽는 일밖에 없다고 생각하고 자살해 버렸다.

아버지는 셋째아들에게도 다른 두 아들에게 한 것처럼 재산을 나누어 주면서 똑같이 말했다.

"나처럼 살아라. 그러면 행복해질 것이다."

재산을 물려받은 셋째아들은 기뻐하면서 아버지 집을 나섰다. 그러나 두 형에게 벌어진 일들을 잘 알고 있는 그는 아버지의 말을 깊이 생각했다.

'첫째형님은 아버지처럼 산다는 것을 쾌락을 쫓는다는 것으로 알고 가지고 있던 재산을 모두 탕진하고 만 거야. 둘째형님은 아버지만큼 재산을 모으라고 한 줄 알고 실패한 거야. 그렇다면 나처럼 살라고 하신 아버지 말씀의 진정한 뜻은 무엇이지?'

셋째아들은 자기가 알고 있는 아버지의 삶을 생각해 보았다. 여러 가지를 생각하는 동안에 섬광처럼 번쩍 그의 뇌리를 스쳐가는 것이 있었다. 그것은 바로 아버지가 자기와 두 형들에게 모두 자신의 재산을 나누어 주었다는 것이다. 아버지는 자식을 낳고 키우면서 행복을 느꼈던 것이다. 이제야 셋째아들은 아버지가 '나처럼 살아라. 그러면 행복해질 것이다.'라고 한 진정한 뜻을 알게 되었다. 그것은 한마디로 남에게 좋은 일을 하면 자신도 행복해진다는 것이었다.

이렇게 결론을 내린 셋째아들은 아버지를 찾아가 자신의 뜻을 말씀드렸다. 그 말을 들은 아버지는 기쁨에 넘쳐서 환하게 웃으면서 말했다.

"이제야 비로소 우리가 다시 함께 살면서 행복을 누릴 수가 있게 되었구나. 어서 내가 좋아하는 사람들에게 가서 나를 본받는 자는 정말로 행복해진다는 것을 알려 주고 오너라."

그래서 셋째아들은 자기와 같은 젊은이들에게 아버지로부터 들은 이야기를 해주었다. 그 뒤로 자식들은 아버지로부터 재산을 많이 받았는지, 적게 받았는지가 아니라 아버지처럼 베풀면서 살았느냐 살지 못했느냐가 행복의 척도임을 알게 되었다.

아버지는 하느님이고 아들들은 인간이다.

톨스토이 대표 단편선 *Representative short stories of Tolstoy*

짧은 여행 긴 생명

-Lev Nikolaevich Tolstoi

짧은 여행 긴 생명

-Lev Nikolaevich Tolstoi

∾

   잔인한 아시리아의 왕 앗사르하든은 나일 국가를 점령하여 도시를 불사르고 주민들을 자신의 나라로 잡아갔다. 또 나일의 병사들은 모두 죽이고, 장교들은 목을 자르거나 껍질을 벗겼으며, 나일의 왕은 옥에 가두었다.

   그날 밤, 앗사르하든은 잠자리에 누워 나일 왕을 어떻게 죽일 것인가 생각하고 있었다. 그때 침상 옆에서 이상한 소리가 들려서 눈을 떠보니, 흰 턱수염을 길게 기른 한 노인이 옆에 서 있었다. 앗사르하든은 깜짝 놀라 물었다.

   " 너는 도대체 누구냐? "

   " 나일 왕에 대해서 이야기하러 왔다. "

   " 그 놈에 대해서는 아무 소리도 듣고 싶지 않다. 내일이면 사형에 처해질 것이다. 단지 어떤 방법으로 죽일 것인지를 생각하고 있는 중이다. "

"왜 그를 죽이려고 하는가? 나일 왕은 바로 네가 아닌가?"

그러자 왕이 화가 나서 소리 지르듯이 말했다.

"말도 안 되는 소리를 하는군. 나는 나이고, 나일 왕은 나일 왕일뿐이다!"

"너와 나일 왕은 모두 같은 인간이다."

노인의 말은 칼날처럼 가슴속을 예리하게 파고들었다.

"자신이 나일 왕이 아니라는 생각은 너의 환상에 지나지 않는다."

그러자 왕은 눈을 흘기며 말했다.

"무슨 허튼 소리냐. 나는 지금 침상에 누워 있고 내 주위에는 순종하는 노예들이 시중을 들고 있다. 그리고 나는 내일도 오늘처럼 잔치를 벌일 것이다. 그러나 나일 왕은 새장에 갇힌 새처럼 감옥에 갇혀 있는 몸이다. 그리고 내일이면 혀를 내밀고 죽을 것이며 그 시체를 개들이 뜯어먹을 것이다."

"아니, 너는 절대로 그의 목숨을 빼앗지 못할 것이다."

"나는 나일의 병사들 1만4천 명의 목숨을 빼앗았고 그 시체로 둑을 쌓을 정도다. 나는 이렇게 멀쩡하게 살아 있지만 그들은 이미 죽고 없다. 이것만 보아도 내가 나일 왕의 목숨을 빼앗기란 식은 죽 먹기보다 쉽다는 걸 증명하지 않는가?"

"병사들이 죽고 없다는 것을 어떻게 알 수 있는가?"

"내 눈에 보이지 않기 때문이다. 그들은 이미 죽임을 당했지만 나는 그렇게 되지 않았다. 그들은 아마 고통스러웠을 것이다. 하지만 나는 즐겁다."

"그것은 단지 네가 그렇게 생각할 뿐이다. 너는 너 자신을 괴롭혔을 뿐이지 그들을 괴롭힌 것이 아니다."

"무슨 소리인지 도무지 모르겠군."

노인은 물이 가득 들어 있는 성수반을 가리켰다. 왕은 일어나 성수반 가까이 갔다.

"옷을 벗고 이 안에 들어가라."

노인이 말했다. 왕은 노인이 시키는 대로 옷을 벗고 성수반 안으로 들어갔다.

"내가 위에서 물을 뿌리기 시작하거든 머리를 물속에 담그도록 하여라."

노인은 물 주전자를 왕의 머리 위로 높이 쳐들어 천천히 물을 뿌리기 시작했다. 그러자 왕의 머리가 물속에 잠겼다.

앗사르하든은 물속에 잠기자, 자신이 다른 사람이 되는 것을 느꼈다. 그리고 자신은 좋은 침상 위에 누워 있었고 그 옆에는 아름다운 여인이 있는데 지금까지 한 번도 본 일이 없는 여인인데도 자기 부인임을 알았다. 그녀가 일어나면서 말했다.

"여보, 나일. 어제는 정말로 피곤하셨죠. 그래서인지 늦잠을

주무시더군요. 그래서 깨우지 않았습니다. 하지만 지금 대신들이 당신을 기다리고 있어요. 자, 어서 옷을 입고 나가보도록 하세요."

앗사르하든은 이 말을 듣고 자기가 나일 왕이 되었다는 것을 알았지만 조금도 놀라지 않았다. 다만 어째서 내가 나일 왕이라는 것을 의심할까 이상하게 생각하면서 옷을 갈아입고 대신들이 기다리는 곳으로 갔다.

대신들은 그들의 왕에게 엎드려 절을 했다. 그리고 명령에 따라 왕 앞에 앉았다. 그러자 그들 중 가장 원로인 대신이 입을 열었다. 그는 난폭하고 잔인한 앗사르하든 왕의 횡포를 도저히 참을 수 없으니 당장 앗사르하든 왕과 전쟁을 시작하자고 간청했다. 그러나 나일 왕은 여기에 동의하지 않았다. 대신에 사신을 보내 항의하겠다면서 대신들을 내보내었다. 그 후 왕은 저명한 인사를 사신으로 임명하여 앗사르하든 왕에게 항의할 말을 일렀다.

이 일이 끝난 후 자신을 나일 왕이라 생각하고 있는 앗사르하든은 친구들과 산토끼 사냥을 나갔다. 사냥은 매우 성공적이어서 매우 흡족했다. 왕 자신도 두 마리를 잡았다. 그리고 궁전에 돌아와 친구들과 술잔을 벌이고 여인들의 춤을 보면서 흥에 잠겼다.

다음날, 그가 궁전에 가자 거기에는 상소하러 온 사람들, 고소하러 온 사람들, 그리고 죄인들이 기다리고 있었다. 왕은 평소와 다름없이 자신이 처리해야 할 일들을 했다. 일이 끝나자 왕은 또 사냥을 나갔다. 이번에도 사냥은 성공적이었다. 늙은 암사자를 쏘아 죽이고 새끼사자 두 마리를 사로잡았다. 사냥이 끝난 뒤에는 술잔치를 벌이고 음악과 춤을 즐겼다. 그리고 밤에는 사랑하는 아내와 시간을 보냈다.

이렇게 그는 왕으로서의 직무와 쾌락으로 그날그날을 보내면서 앗사르하든 왕에게 보낸 사신이 돌아오기를 기다리고 있었다. 그러나 한 달이 지나도 아무런 소식이 없었다. 그리고 얼마 후 사신이 돌아왔을 때는 그의 귀와 코가 잘려져 있었다. 앗사르하든 왕이 사신을 통해 보낸 대답은 다음과 같았다.

"나일 왕은 금은과 노송나무를 조공으로 바쳐라. 또한 나일 왕 자신도 정기적으로 앗사르하든 왕에게 문안 인사를 올려라. 만일 이행하지 않는다면 나일 왕에게도 사신에게 한 것과 똑같은 고통을 주겠다."

예전에 앗사르하든 왕이었던 나일 왕은 대신들을 소집하여 어떻게 하면 좋을지 의견을 물었다. 대신들은 입을 모아 공격을 당하기 전에 먼저 앗사르하든 왕의 나라로 쳐들어가야 한다고 말했다.

왕은 그 주장을 받아들여 직접 선두에 서서 아시리아로 진격해 들어갔다. 전투는 7일 동안 계속되었다. 왕은 매일같이 말을 타고 다니며 군사들의 사기를 진작시켰다. 전투가 벌어진 지 8일째 되는 날 그들의 군대는 넓은 분지에서 앗사르하든이 이끄는 군대를 만났다. 나일 왕의 군대는 용감하게 싸웠다. 그러나 적군에게 분지를 빼앗기면서 그의 군대는 마치 개미떼처럼 산에서 퇴각했고 대부분의 군사들을 잃었다. 이제 남은 나일의 군사는 불과 몇 백에 불과했는데, 앗사르하든의 군사는 수천이나 되었다. 그리하여 마침내 나일 왕 자신도 결국 사로잡히는 몸이 되고 말았다.

그는 다른 포로들과 같이 앗사르하든 군대의 호위를 받으며 9일 동안이나 걸었다. 10일째 되는 날 아시리아의 수도 니네베에 도착하여 감옥에 투옥되었다.

나일 왕은 굶주림과 상처보다는 치욕과 분노에 괴로웠다. 그가 할 수 있는 일이라고는 자신이 당하는 고통을 적에게 보여 적을 기쁘게 하는 일밖에 없었다. 그래서 그는 어떤 힘든 고통을 당해도 절대로 괴로워하지 않고 사나이답게 참겠다고 결심을 했다.

나일 왕은 20일 동안 처형될 날만 기다리며 감옥에서 지냈다. 그는 대신들과 친척들이 사형장으로 끌려가는 것을 보았다. 그들은 처참히 죽을 것을 알면서도 두려워하지 않았다. 또 사랑하는 아내가 손발이 묶인 채 끌려가는 것을 보았다. 자기 아내가 앗사르하든의 노예가 된다는 것을 알았으나 그는 아무 말도 할 수 없었다. 그때 그를 감시하고 있던 병사가 그에게 말했다.

"이봐, 나일 왕. 가련한 신세가 되었군. 한 때는 왕이었는데 이 꼴이 되다니."

나일 왕은 이 말을 듣자 지금까지 잊고 있던 노인의 말이 생각났다. 그래서 감옥 벽에 머리를 부딪쳐 자살하려고 생각했다. 그러나 자살을 할 힘도 없었다. 그는 극도의 절망감으로 감옥 바닥에 쓰러졌다.

마침내 간수 두 사람이 감옥의 문을 열었다. 그리고 그의 두 팔을 가죽 끈으로 묶고는 피가 흥건하게 고여 있는 사형장으로 끌고 갔다. 나일 왕은 핏방울이 뚝뚝 떨어지는 형틀을 보았는데, 그 피는 조금 전에 그의 대신이 흘린 피였다. 이곳에서 자신도 처형된다는 것을 깨달았다. 사형 집행관 두 사람이 그의 여윈 팔을 붙들고 높이 쳐들어 형틀에 매달았다.

"아! 이제 죽는구나! 모든 것이 끝이구나."

왕은 이런 생각이 들자 지금까지 침착했던 모습이 무너지면서 흐느껴 울며 살려달라고 애원했다. 그러나 한 사람도 그의 말에 귀를 기울이지 않았다. 왕은 생각했다.

'아니, 이건 현실이 아니다. 나는 분명히 잠들어 있는 것이다. 이것은 꿈이다.'

그는 눈을 뜨려고 몸부림쳤다. 그러자 정말 잠에서 깨어났다. 하지만 눈을 떠보니 자신은 앗사르하든도 아니고 나일 왕도 아니고 일종의 동물에 불과했다. 그는 자신이 어느새 동물이 되어 있는 것을 보고 깜짝 놀랐다. 게다가 자신이 지금까지 본 적이 없는 동물이라는 것에 더 놀랐다.

앗사르하든은 골짜기에서 풀을 뜯거나 꼬리로 파리를 쫓거나 하고 있었다. 그리고 그의 주위에는 다리가 길고 잿빛인 새끼당나귀가 놀고 있었다. 그 새끼 당나귀는 앗사르하든을 보고 전속력으로 달려왔다. 그리고 부드러운 코끝으로 앗사르하든의 배를 비비면서 열심히 젖꼭지를 찾아 쭉쭉 빨아 먹기 시작했다. 앗사르하든은 자신이 암당나귀가 되어 있다는 것을 깨달았다. 하지만 그는 놀라지 않고 오히려 기분이 좋았다. 처음으로 자식을 키우는 경험을 할 수 있었기 때문이었다.

그런데 어느 날 갑자기 무엇인가가 윙 하는 소리와 함께 날아왔다. 그리고 그것의 예리한 끝머리가 배를 뚫었다. 심한 통증을 느낀 앗사르하든은 새끼가 물고 있는 젖꼭지를 빼고 자신이 조금 전까지 서성거리던 초원을 향해 달리기 시작했다.

새끼당나귀도 같이 달려왔다. 둘은 겨우 초원에 도달했다. 그 순간 또 하나의 화살이 날아와 새끼의 목에 박혔다. 새끼는 부르르 떨었다. 새끼는 아픔을 못 이겨 비명을 지르다가 이윽고 그 자리에 쓰러졌다. 앗사르하든은 이것을 그냥 보고 있을 수 없어서 새끼를 감싸며 그 위에 버티고 섰다. 새끼는 비틀거리면서 일어났다. 그러나 몇 걸음을 걷다가 다시 쓰러졌다. 무서운 두 발을 가진 동물, 즉 인간이 달려와 새끼의 목을 칼로 찔렀다.

'이건 현실이 아니다. 이것은 단순히 꿈에 지나지 않는다.'

앗사르하든은 이렇게 생각하면서 있는 힘을 다해 눈을 뜨고자 애를 썼다.

"나는 분명히 나일 왕도 아니고, 당나귀도 아니고, 앗사르하든 왕이다!"

왕은 큰 소리로 외쳤다. 이와 동시에 성수반에서 머리를 쳐들었다. 그러자 노인이 옆에 서서 마지막 물방울을 그의 머리 위에 떨어뜨리고 있는 중이었다. 앗사르하든은 노인을 보며 말했다.

"아! 얼마나 고통스러운지 모른다. 그리고 참을 수 없을 정도의 기나긴 시간이었다."

"너는 물속에 머리를 담갔다가 바로 나왔을 뿐이다. 자, 이것을 봐라. 주전자에 아직 물이 남아 있지 않느냐. 그래, 이제는 알겠느냐?"

앗사르하든은 겁에 질려 한마디도 못하고 노인을 쳐다보고만 있었다. 노인은 말을 이었다.

"이제는 깨달았을 테지. 나일 왕은 다름 아닌 바로 너다. 그리고 네가 죽인 병사들도 바로 너다. 병사들뿐만 아니라 네가 죽여 술안주를 삼은 짐승들도 역시 너인 것이다. 너는 자기 혼자만 목숨을 가진 줄로 알 테지만 나는 그러한 미망과 착각의 구름을 헤쳐 주었다. 뿐만 아니라 네가 다른 사람에게 나쁜 짓을 하면 그것이 곧 자신에게 나쁜 짓을 한 것과 같다는 것을 너에게 깨우쳐 주었다."

노인은 의자에 앉으며 말을 계속했다.

"이 세상에 생명이란 단 하나뿐이고, 만물에게 공통된 것이다. 그리고 네가 가진 생명은 그것의 일부에 지나지 않는 것이다. 네가 자신이 갖고 있는 생명을 늘리려고 한다면, 네 생명과 다른 사람의 생명 사이에 가로놓여 있는 장애물을 허물고 자신과 마찬가지로 남을 생각하고, 남을 자신처럼 생각하지 않으면 안 된다. 그러면 너의 작은 생명이 점점 확대되어 나가는 것이다. 남의 생명을 빼앗는다는 것은 도저히 네 힘으로 불가능한 것이다."

왕은 언뜻 자신이 지키려고 했던 새끼당나귀가 생각났다.

"너는 제한된 네 생명만을 생각했기 때문에 남의 생명을 빼앗는 것을 즐겁다고 생각하는 어리석은 짓을 한 것이다. 그런 짓을 하면 점점 더 생명이 줄어들 것이다. 네가 죽인 생명은 바로 네 눈앞에는 보이지 않지만 결코 사라진 것이 아니다."

왕은 자신이 죽인 수많은 병사들의 모습이 떠올랐다.

"생명은 시간과 공간을 초월하여 존재하는 것이다. 순간적인 생명이 있는가 하면 1천 년의 생명도 있다. 너의 생명도, 세계에 있는 모든 생명체들의 생명도 결국 같은 것이다. 생명은 바꿀 수 없는 존재이다. 엄연히 존재하는 유일한 것이기 때문이다. 그리고 단지 따로 존재하는 것처럼 우리에게 보일 뿐이다."

노인은 말을 마치자 홀연히 모습을 감추고 말았다.

다음날 아침, 앗사르하든 왕은 나일 왕을 비롯한 모든 포로를 석방하라는 명령을 내렸다. 사형도 물론 취소시켰다.

그리고 그 다음날, 아들인 앗사르바니팔에게 왕위를 물려주었다. 그리고 자신은 지금까지 배운 것을 다시 생각하기 위해 사막으로 들어갔다.

얼마 후 그는 방황의 길을 떠나 여러 곳을 다니며 생명은 하나밖에 없는 것이므로 남에게 피해를 주는 것은 결국 자신을 해치는 것이라고 열심히 설교하였다.

톨스토이 대표 단편선 *Representative short stories of Tolstoy*

세 농사꾼

Lev Nikolaevich Tolstoi

세 농사꾼

-Lev Nikolaevich Tolstoi

∿

어느 마을에 세 농사꾼이 살고 있었다. 그들은 모두 같은 땅주인의 땅을 경작하며 살고 있었다.

한 사람은 아주 정직하고 성실한 사람으로 하르코프라는 소작인이었다. 또 한 사람은 구즈넬스키라고 하는데, 그저 무엇이든지 적당히 어물어물 넘어가면서 남을 속이기를 잘하는 사람이었다. 마지막 한 사람은 속이 엉큼하고 도둑질도 곧잘 하는 사람으로 시노비치라는 사람이었다.

이 세 사람은 인자한 주인 밑에서 열심히 일을 했다. 주인은 이 사람들을 믿었고, 거듭되는 풍년으로 거두어들이는 수확도 많아 아무런 불평 없이 지낼 수가 있었다.

그러던 어느 해, 이 마을에도 그만 흉년이 들고 말았다. 세 소작인들에게 큰 걱정거리가 생긴 것이다. 자신이 먹을 곡식은 커녕 땅주인에게 바쳐야 할 곡식마저 모자라게 되었다.

"어떻게 하지? 추수한 곡식을 모두 다 바쳐도 모자라니?"

"아! 이걸 어쩐다? 그렇다고 주인을 속일 수도 없고."

그들은 한 자리에 모이기만 하면 이렇게 걱정을 하며 의논했다. 그러나 뾰족한 방법이 나오지 않았다. 드디어 주인에게 곡식을 가지고 가야 할 날이 다가왔다. 근심과 걱정 끝에 이들은 다시 모여서 의논을 했다. 정직한 하르코프가 먼저 의견을 말했다.

"할 수 없어. 주인에게 솔직하게 말하는 것이 좋아. 먹을 것이 없으면 빌려서라도 먹어야지."

그러자 구즈넬스키는 그것은 말도 안 된다는 듯이 고개를 흔들며 말했다.

"아니야, 그렇게 아니라 우리 먹을 것을 미리 떼어놓고 나머지만 바치는 거야. 그것밖에 농사를 짓지 못했다고 하면 주인인들 어찌 하겠어? 올해가 흉년이라는 것은 주인도 잘 알고 있을 테니까."

하지만 속이 검은 시노비치는 이들과는 아주 달랐다. 아주 태연하게 사소한 걸 가지고 고민한다는 듯이 말했다.

"무얼 그걸 가지고 걱정들이오? 있는 대로 다 갖다 바치고 우리가 먹을 것은 주인의 창고에서 가져오면 돼지."

그 말에 하르코프는 깜짝 놀라 펄쩍 뛰면서 말했다.

"그건 도둑질이 아니오? 그런 나쁜 짓을 우리 보고 하라는 거요?"

"그건 나도 못하겠소. 차라리 주인을 속이면 속였지. 어떻게 도둑질을 한단 말이오?"

구즈넬스키도 반대하고 나섰다. 그러자 시노비치는 화가 난 표정으로 말했다.

"그렇게 하기 싫으면 관두시오. 나는 그렇게 하겠소."

결국 그들은 아무런 결론도 못 내고 각자 집으로 돌아갔다. 집으로 돌아간 그들은 각자 생각에 잠겼다.

하르코프가 근심에 젖어 집으로 돌아갔을 때, 아내와 아이들은 모두 식탁에 둘러앉아 빵을 먹고 있었다. 서로 떠들고 웃으면서 맛있게 먹고 있었다. 그 광경을 바라본 하르코프는 마음이 아팠다.

"저렇게 좋아하는 빵을 먹을 수 있는 것도 잠시 뿐인데…….
농사지은 곡식들을 모두 주인에게 갖다 주고 나면 식구들은 모두 굶어야 한다. 저 철모르는 아이들이 얼마나 힘들까?"

하르코프는 눈물이 나왔다. 하지만 남을 속일 수는 없었다. 더구나 남의 창고에 가서 도둑질을 한다는 것은 상상도 못할 일이다. 그저 가슴만 답답했다.

'흉년이 들지 않았으면 얼마나 좋았을까? 할 수 없지. 없으

면 없는 대로 사는 수밖에. 그저 순리대로 살자.'

이렇게 결심한 하르코프는 다음날 아침 주인을 찾아갔다.

"주인님 안녕하십니까?"

"오! 하르코프가 아닌가? 그래 올해 농사는 어떻게 되었지?"

"예, 저 달구지에 주인님에게 바칠 곡식을 모두 가져왔습니다."

"음, 수고 많았네. 내가 조금 있다가 가서 보도록 하지. 그건 그렇고 다른 어려운 일은 없는가?"

"올해는 흉년이 들어서 조금밖에 수확하지 못했습니다."

"그래, 그것 참 안 됐군. 무슨 어려운 일이 있으면 다시 오게."

"예, 알겠습니다."

하르코프는 답답한 마음을 가슴에 묻고서 주인 앞을 물러났다. 이제부터가 큰일이었다. 눈앞이 캄캄해지고 다리에 힘이 빠졌지만 정직하게 주인에게 다 바치고 나니 마음은 홀가분했다.

한편 구즈넬스키는 집에서 한참동안 바쁘게 돌아다녔다. 내년까지 먹어야 할 곡식을 덜어놓아야 하기 때문이다. 아내와 아이들까지 불러내 거두어들인 곡식 일부를 숨겨 놓기에 바빴다. 그날 저녁 무렵, 구즈넬스키는 덜어내고 남은 곡식을 달구지에 싣고 주인에게 갔다.

"오, 구즈넬스키 왔나? 그래 올해 농사는 어땠나?"

"주인님, 말도 마십시오. 올해 흉년이 들어서 농사가 엉망입니다. 그래서 수확이 형편없습니다. 애를 썼지만 거두어들인 수확은 저것뿐입니다. 주인님, 죄송합니다."

"아무튼 수고했네. 무슨 어려운 일이 있거든 찾아오게."

구즈넬스키는 이렇게 거짓말을 하고 집으로 돌아왔다. 그는 기분이 너무 좋았다. 주인이 속아 넘어갔기 때문이다.

시노비치는 아주 태연하게 새 옷을 입고 달구지에 거두어들인 곡식을 모두 싣고 주인집으로 갔다. 그는 말 위에서 혼자 중얼거렸다.

"흥, 바보 같은 놈들. 모두들 바보 멍텅구리야. 하르코프란 놈, 도둑질을 어떻게 하느냐고? 배에서 쪼르륵 소리가 나 보라지. 그래도 제까짓 놈이 도둑질을 안 해? 자식 놈들이 배고프다고 울어 봐. 그러면 정신이 바짝 날 거야. 구즈넬스키, 그놈도 마찬가지야. 그건 말도 안 되는 소리지. 주인이 그렇게 호락호락 넘어갈 것 같아? 섣불리 거짓말을 했다가는 인심만 잃고 그나마 자기 땅에서 농사도 못 짓게 되지. 나처럼 이렇게 솔직하게 갖다 주고 뒷구멍으로 슬쩍 빼내오는 게 상책이라고. 인심 안 잃고 굶지 않고, 꿩 먹고 알 먹는 격이지. ”

시노비치는 의기양양하게 주인에게 갔다.

“주인님, 그 동안 한 번도 찾아뵙지 못해 죄송합니다. ”

“뭘 그 동안 바빴을 텐데. 수고가 많았어. 그래 농사는 어떠했는가? ”

“예, 흉년이 들기는 했습니다만 다른 해보다 열심히 일을 했더니 수확은 거의 비슷합니다. 자, 보십시오. 저 문 밖에 싣고 왔습니다. ”

“오, 그래. 수고가 많았네. 다른 해보다 열심히 일을 해서 수확이 떨어지지 않았다니 무척 기쁘구먼. ”

이렇게 해서 세 사람의 곡식을 받은 주인은 곰곰이 생각했다.

‘이놈들, 어디 어떻게 하나 두고 보자. ’

그들의 속을 뻔히 알면서도 주인은 모른 체하고 있었다.

한 달이 가고 두 달이 갔다. 지금쯤 양식이 모두 떨어져 갈 때가 되었다고 생각한 주인은 슬며시 하르코프의 집으로 가 보았다. 하르코프의 집 앞에는 아이들이 모두 나와 앉아 누군가를 기다리고 있었다. 그들은 하나같이 먹지 못해 모두 바싹 말라 있었다. 그 중 제일 어린 동생이 형에게 보채기 시작했다.

“형, 나 배고파. 얼른 빵 좀 먹었으면 좋겠어. ”

“그래, 조금만 기다려. 엄마가 곧 올 테니까. ”

"엄마가 오면 뭘 해? 빵이 생기나?"

"아냐, 엄마가 이모네 집으로 빵을 꾸러 갔어. 곧 올 테니까 조금만 기다려."

"정말 배가 고파 못 살겠어. 물이라도 먹어야겠어."

꼬마는 힘없이 집으로 들어가 버렸다. 이 광경을 본 주인은 눈시울을 붉혔다. 하르코프의 정직한 마음에 또 한 번 감탄을 했다.

다음에는 구즈넬스키의 집으로 가 보았다. 마침 식사 시간인지 식탁 위에는 김이 모락모락 나는 흰 빵이 한 접시 놓여 있었다. 그 식탁 주위에 둘러앉은 구즈넬스키의 가족들은 웃어 가며 맛있게 빵을 먹고 있었다. 아이들은 모두 포동포동 살이 올라 건강해 보였다. 주인은 무엇인가를 알았다는 듯이 고개를 끄덕이고는 이번에는 시노비치의 집으로 가 보았다.

시노비치의 집은 다른 두 사람의 집과는 비교도 할 수 없었다. 마치 굉장한 부잣집처럼 모든 것이 풍성하고 부족한 것이 없어 보였다. 식탁 위에는 흰 빵은 물론 고기며, 우유, 수프 등 없는 것이 없었다. 그 맛있는 냄새가 밖으로 새어나와 주인의 코를 찔렀다.

모든 것을 확인한 주인은 모르는 체하고 집으로 돌아왔다. 집에는 마침 하르코프가 와서 기다리고 있었다. 하르코프는 주인을 보자마자 자리에서 벌떡 일어났다. 그의 얼굴은 까칠했고, 눈은 쑥 들어가 보기에도 딱하기가 이를 데 없었다.

"하르코프, 웬일인가? 무슨 일로 왔는가?"

주인은 시치미를 떼고 물었다.

"예, 주인님께 부탁이 있어 왔습니다."

"응, 무언가? 어서 말해 보게."

"양식을 좀 꾸어 주십시오. 내년에 농사가 잘 되면 모두 다 계산에 넣어 갚아드리겠습니다."

"그래, 갚는 건 염려 말고 어서 갖다 먹게. 가족들을 굶겨서는 안 되지."

예상과 달리 주인이 시원하게 허락하자 하르코프는 기쁜 마음으로 양식을 가지고 집으로 돌아왔다. 이 이야기를 들은 구즈넬스키는 배가 아프기 시작했다. 자기도 주인을 찾아가 양식을 얻어올 생각으로 집을 나섰다. 그런데 얼마쯤 가다가 길에서 주인을 마주치게 되었다.

"자네, 어딜 그렇게 바쁘게 가는 건가? 흉년이 들었는데 살 만한가?"

"말씀 마십시오. 아주 죽을 지경입니다. 그래서 지금 주인께 양식을 좀 구하러 가는 길입니다."

"내가 잘못 보았나?"

"뭘 말씀입니까?"

"내가 보니까 자네 식구들은 모두 흰 빵을 맛있게 먹고 있던데."

"예?"

구즈넬스키는 아무 소리도 못하고 당황하여 얼굴이 빨개지면서 다시 집으로 꽁지가 빠지도록 사라졌다. 주인은 도망가는 구즈넬스키를 향해 껄껄 웃으며 말했다.

"남을 속인다고 길게 가나? 하늘에서 보시는데……."

한편 시노비치는 매일 밤 주인의 창고에 가서 먹을 것을 훔쳐왔다. 창고 안에는 곡식뿐만 아니라 갖가지 맛있는 것들이 가득 차 있었다. 고기도 있고, 말린 생선도 있고, 과일이며 야채, 온갖 먹을 것이 넘쳐 났다. 힘 안 들이고 먹을 것을 마음대로 빼내올 수 있었기 때문에 시노비치는 신이 났다. 그는 창고에 몰래 구멍을 미리 파 놓고 그 구멍으로 드나들었다. 그것도 한꺼번에 가지고 나오면 들킬 수 있으니까 날마다 조금씩 빼왔다.

그러던 어느 날이었다. 주인집에서 기르던 개가 광견병에 걸려 미치게 되었다. 주인은 그 동안 기른 정을 생각해서 버릴 수 없으니 하인에게 명령하여 창고에 가두라고 하였다.

아무것도 모르는 시노비치는 그날도 날이 어두워지자 살금살

금 주인의 창고로 들어갔다. 그런데 웬일인지 그날따라 온몸이 섬뜩해지는 것을 느꼈다. 무엇인가가 꼭 덤벼드는 것 같았고, 뒤에서 누가 잡아당기는 것 같았다. 바로 그때였다. 무서운 생각이 없어지기도 전에 바로 눈앞에서 얼굴을 꿰뚫어보는 것 같은 두 개의 광채가 번쩍하고 빛을 발했다. 시노비치는 머리끝이 쭈뼛 올라서 한 걸음 뒤로 물러섰다. 그러자 물러섬과 동시에 그 두 개의 광채는 앞으로 휙 달려들어 시노비치를 물고 늘어졌다. 곧이어 무서운 소리와 함께 바닥에 쓰러뜨리고 닥치는 대로 물어뜯었다. 놀란 시노비치는 피할 겨를도, 소리칠 겨를도 없었다.

다음날 아침, 하인들이 창고 안을 들여다보았을 때는 이미 개도 사람도 죽어 있었다. 밤새도록 얼마나 싸웠는지 창고 안에는 피가 사방에 뿌려져 있었다. 이 소식을 듣고 달려온 주인은 창고 속에 죽은 시체가 시노비치임을 알고 쓴웃음을 지었다. 그리고 들릴 듯 말 듯한 목소리로 말했다.

"하늘을 속일 수는 없지."

다음해 주인은 두 사람의 땅을 모두 빼앗았다. 그리고 그 땅을 모두 하르코프에게 주면서 말했다.

"자네는 이제 곡식을 바치지 않아도 된다네. 내가 주는 이 땅으로 자유롭게 농사를 지어 잘 살도록 하시오."

감격한 하르코프는 무릎을 꿇으며 말했다.

"주인님, 어째서 이렇게 많은 땅을 제게 주십니까? 게다가 곡식을 바치지 않아도 된다니⋯⋯."

주인은 엄숙한 표정을 지으며 말했다.

"이것은 하늘의 뜻이오. 하느님은 자네를 잘 알고 계신다네."

이리하여 정직한 하르코프는 자유로운 몸이 되었고, 많은 땅을 받아서 그 땅으로 열심히 경작하여 부자가 되었다. 또한 어려운 사람들을 도와주며 행복한 일생을 살았다.

사람에겐 얼마만큼의 땅이 필요한가

- Leo Nikolaevich Tolstoi

사람에겐 얼마만큼의 땅이 필요한가

-Ler Nikolaevich Tolstoi

∾

1

도시에 살고 있는 언니가 시골에 살고 있는 동생을 찾아왔다. 언니는 도시에서 장사하는 사람에게 시집을 갔고, 동생은 시골 농부와 결혼을 했다.

언니와 동생은 차를 마시면서 세상 돌아가는 이야기와 그 동안에 있었던 일들에 대한 이야기를 나누었다. 정다운 이야기가 계속되었는데, 그때 언니가 자기가 사는 도시 생활에 대한 자랑을 늘어놓기 시작했다. 자기는 도시에서 넓고 깨끗한 집에서 부러워할 것 없이 살며, 아이들에게도 좋은 옷을 입히고, 날마다 맛있는 음식을 먹이며, 어디를 가도 마차를 타고 가고, 여행도 하면서 산다고 자랑을 늘어놓았다. 그러자 동생은 분한 마음에 도시에서 사는 사람들의 염치없고 몰인정한 생활을 꼬집으며 자기네 농촌 생활을 자랑하였다.

"아무리 도시 생활이 좋다고 하지만 농촌 생활과 바꿀 생각은 조금도 없어요. 왜냐하면 우리들 생활이 그렇게 호화롭지는 않아도 큰 걱정거리 없이 살 수 있어요. 언니가 이야기한 것처럼 도회지 생활은 깔끔해서 좋고 벌이가 좋으면 큰돈도 벌 수 있지만 벌이가 없거나 운이 나쁘면 집도 없어지고 거지가 될 수도 있잖아요. 거기에 비하면 우리 농촌 생활은 안전하고 확실해요. 비록 큰 부자는 못 되더라도 살아가는 데는 아무런 불편이 없어요."

언니가 그 말을 맞받아쳤다.

"살아가는 데 불편이 없다고? 집이라고 해봐야 돼지우리 같은 곳이고, 아무리 땀을 흘리고 일을 해도 좋은 옷도 못 입고, 화려한 파티도 열 수 없어. 또 네 남편이 아무리 열심히 일을 해도 평생 이 꼴로 살아야 하고 아이들에게도 희망이 없지 않니?"

동생이 다시 말했다.

"우리들은 이런 생활에 만족하고 있어요. 우리는 항상 자유롭게 생활하고 누구에게 머리를 숙이거나 아부하지 않아도 돼요. 그리고 도시에서는 끊임없는 불안과 유혹 속에서 살아야 돼요. 오늘은 괜찮아도 내일은 어떤 악마의 유혹을 받게 될지 모르죠. 이런 말을 해서 안 됐지만 언니의 남편도 언제 도박이나 술에 빠져 재산을 날리고 처량한 신세가 될지 모르잖아

요?"

동생의 남편인 빠흠이 난로 옆 침대에 누워서 두 여자가 열을 올리면서 이야기하는 것을 듣고 있다가 말했다.

"그건 맞아요. 우리들 농부는 어릴 때부터 땅을 벗삼아 살아왔기 때문에 그런 엉뚱한 생각은 안 하지요. 다만 아쉬운 것은 땅이 넉넉하지 못하다는 거예요. 땅만 충분하다면 악마건 무엇이건 아무것도 두려울 것이 없어요."

두 자매는 차를 마시며 아름다운 옷과 맛있는 음식에 대해서 한참 이야기하다가 찻잔을 치우고 잠자리에 들었다.

그런데 악마가 들어와 난로 뒤에서 그들이 하는 이야기를 모두 듣고 있었다. 악마는 빠흠이 자기 아내의 이야기에 동조하면서 땅만 충분하다면 악마 따위는 두렵지 않다고 큰소리치는 것을 보고 내심 쾌재를 불렀다.

"잘됐다. 그렇다면 네 놈과 결판을 내겠다. 네 놈에게 땅은 얼마든지 주겠다. 어디 충분한 땅을 가진 후에 나를 이길 수 있나 두고 보자."

2

빠흠이 사는 마을에 큰 부자는 아니지만 땅을 좀 많이 가지고 있는 여자 땅주인이 살고 있었다. 대략 125헥타르의 땅을 소유하고 있는 이 여자는 지금까지 소작인을 억울하게 하거나 못 살게 구는 일 없이 소작인들과 사이좋게 지냈다. 그런데 이 땅주인 밑에 군대에서 제대한 사나이가 새로운 관리인으로 들어왔다. 이 관리인은 걸핏하면 소작인들에게 벌금을 물어 소작인들을 괴롭혔다.

빠흠도 매우 조심을 했지만 벌금을 자주 낼 수밖에 없었다. 말이 밭에 들어가 보리를 뜯어 먹었다든지, 소가 꽃밭에 들어갔다든지, 또는 송아지들이 땅주인 목장의 풀을 먹었다는 등의 이유로 자주 벌금을 냈다. 여름 내내 이 관리인 때문에 많은 고생을 했다. 농사철이 끝나고 겨울이 되어 가축들을 우리에 가두고 나니 벌금 걱정을 덜게 되었다.

그런데 이 여자 땅주인이 땅을 팔기 시작했으며, 큰길에서 여관을 하는 사람이 그 땅을 산다는 소문이 돌았다. 소작인들은 이 소식을 듣고 한숨만 내쉬고 있었다.

"이거 큰일 났군. 그 여관집 주인이 땅을 산다면 그자는 지금의 관리인보다 더 고약해서 마음대로 벌금을 물리고 우리를 못살게 굴 거야."

그래서 소작인들은 모여서 의논한 후 여자 땅주인에게 찾아가 제발 여관집 주인에게 땅을 팔지 말고 자기들에게 땅을 팔아 달라고 간청했다. 그러자 여자 땅주인은 그렇게 하겠다고 승낙했다. 소작인들은 다함께 조합을 만들어 그 땅을 전부 사기로 하고 여러 차례 회의를 가졌으나 좋은 결론이 나오지 않았다. 악마가 끼어들어 훼방을 놓았기 때문에 좀처럼 의견 일치가 되지 않았다. 그래서 농부들은 각자 자기 능력대로 적당한 면적을 개별적으로 사기로 했다. 여자 땅주인은 그것도 허락했다. 빠홈은 생각했다.

'다른 사람이 땅을 다 사버리면 지금까지 농사를 짓던 땅을 다 잃게 될 거야.'

그래서 빠홈은 아내와 상의했다.

"다른 사람들도 땅을 사고 있으니 우리도 10헥타르 정도는 사야 될 것 같소. 그러지 않으면 근처에 땅이 없어서 살아갈 수가 없을 것 같소."

부부는 어떻게 땅을 살까 궁리를 했다. 그들에게는 저축해 둔 돈 100루블이 있었다. 그리고 망아지 한 마리와 벌꿀을 팔았다. 또 아들을 머슴으로 보내고 돈을 받았다. 그래도 부족하여 언니한테까지 돈을 빌렸다. 이렇게 돈을 모았지만 모든 돈을 합쳐도 자기들이 사기로 한 땅 값의 절반 정도밖에 안 되었다.

빠흠은 그 돈을 들고 여자 땅주인을 찾아가서 숲이 울창한 땅 15헥타르를 사기로 했다. 절반은 현찰로 주고 나머지는 2년 후에 갚기로 하고 매매 계약을 체결했다.

이렇게 해서 빠흠은 드디어 자기 소유의 땅을 얻게 되었다. 빠흠은 이렇게 얻게 된 땅에 농사를 지어 1년 만에 빌린 돈과 절반의 땅값을 모두 치를 수 있었다. 빠흠은 이제 자기 땅을 갈아서 씨를 뿌리고, 자기 목장에서 풀을 베고, 자기 숲에서 장작을 얻고, 자기 땅에서 가축을 기르게 되었다. 그는 자기 땅에서 자라는 작물들과 푸른 초목들을 볼 때마다 한없이 기뻤다. 땅은 예전과 달라진 것이 없었지만 빠흠에게는 완전히 다른 땅으로 보였다.

3

빠흠은 즐거운 나날을 보냈다. 마을 사람들이 가축을 풀어서 그의 곡식이나 목장의 풀들을 망치는 일을 제외하고는 모든 것이 즐거웠다. 그는 마을 사람들에게 곡식이나 목장의 풀을 망치지 않도록 조심해 달라고 정중히 부탁을 했다. 그러나 별 효과가 없었다. 마을 사람들은 소나 말에게 풀을 먹이려고 종종 그의 땅으로 소나 말을 몰았다. 빠흠은 그때마다 소나 말을 몰아 쫓아내기만 했다. 그러나 이런 일이 계속 일어나자 하는 수 없이 재판소에 고발을 했다.

빠흠은 마을 사람들이 그렇게 하는 것은 나에게 나쁜 마음이 있어서가 아니라 땅이 좁기 때문이라는 것은 알았지만 자신의 소중한 곡식과 초목이 망가지는 것을 보고만 있을 수는 없었다. 한 번쯤은 혼을 내주어야 되겠다고 생각했다. 그래서 재판을 걸어 마을 사람들에게 벌금을 받아 냈다. 그 결과 이번에는 마을 사람들이 빠흠을 원망하게 되었고, 일부러 빠흠의 땅에 들어가 곡식과 초목을 망쳤다. 어떤 사람은 밤에 숲에 들어가 보리수 나무껍질을 벗겨 하얀 몸통이 나오게 했다. 다음날 아침, 빠흠이 숲을 지나가다 보니 무엇이 희끗해서 가까이 가 보니 나무들이 모두 껍질이 벗겨져 있었다. 쓸 만한 나무는 모두 그 모양으로 되어 있었다. 빠흠은 화가 치밀어 올랐다.

"어떤 놈이 이런 짓을 했는지 알기만 하면 가만 두지 않겠어! 아주 혼을 내줘야지."

빠흠은 곰곰이 생각했다.

'대체 누가 이런 짓을 했을까? 아무래도 이건 숄카의 짓이 분명해!'

그는 몰래 숄카의 집에 가서 수색해 보았으나 아무런 단서도 찾지 못했다. 그래도 그는 숄카의 짓이라고 생각하고 그를 재판소에 고발했다.

어느 날 두 사람은 법정에 섰다. 재판은 몇 번이나 엎치락뒤치락하더니 결국 증거가 불충분하다는 이유로 피고인 숄카에게 무죄가 선고되었다. 빠홈은 더욱 화가 나서 재판장과 마을 어른들에게까지 행패를 부렸다.

"당신들은 모두 도둑놈의 편이군요. 당신들이 제대로 된 생각을 가진 사람들이라면 도둑놈에게 무죄를 선고하는 그런 어처구니없는 짓은 안 했을 겁니다."

빠홈은 마을 사람들과 자주 싸웠다. 마을 사람들은 집에 불을 지르겠다고 협박을 했다. 빠홈은 자기 소유의 땅은 가지게 되었지만 사람들에게 인심을 잃어 외롭게 살아가지 않으면 안 되었다. 빠홈이 이처럼 곤경에 처해 있을 때 근처의 농부들이 새로운 곳으로 이주한다는 소문이 돌았다. 이 소식을 들은 빠홈은 생각했다.

'나는 내 땅을 버리고 다른 곳으로 이주할 필요가 없지. 근처의 농부들이 여기를 떠나 다른 곳으로 간다면 이곳은 넓어질 것이 아닌가? 그들이 두고 간 땅을 내가 산다면 여유가 생겨서 지금처럼 싸우지는 않겠지. 아무래도 이렇게 좁은 땅에서는 살 수 없겠어.'

어느 날 그곳을 지나던 여행객 한 사람이 빠흄의 집을 찾아왔다. 빠흄은 그 여행객을 맞이하여 하룻밤을 묵을 것을 권유하고 식사를 대접한 뒤 요즘 세상 돌아가는 이야기를 나누었다. 그 여행객도 농부였다.

빠흄은 그 농부에게 어디서 왔느냐고 물었다. 그 농부는 볼가강 하류 쪽에서 왔는데 이곳저곳을 떠돌아다니며 일을 하고 있다고 했다. 그 농부는 자기가 일하던 곳으로 많은 농부들이 이주해 오고 있다고 말했다. 그리고 그곳으로 이주한 농부들은 조합에 가입한 후, 식구 일인당 10헥타르씩의 땅을 분배받았다고 말했다. 그는 또 말했다.

"거기다가 땅이 매우 비옥하여 보리 같은 곡식을 파종하면 소나 말의 등이 보이지 않을 정도로 보리가 자랍니다. 그래서 어떤 농부는 빈손으로 와서 얼마 안 가 말 여섯 마리에다가 소 두 마리를 가지게 됐을 정도입니다."

마을 근처의 땅을 사려고 했던 빠흄의 마음은 흔들리기 시작했다.

"그렇게 살기 좋고 비옥한 땅이 있다면 이런 고양이 낯짝만 한 좁은 땅에서 아옹다옹 다투며 살 필요가 없잖아. 당장 이 땅을 팔아서 그곳에 가서 새로운 땅을 얻자. 이 비좁은 땅에서 살다가 보니 인심만 잃고 죄만 짓게 된단 말이야. 하지만 소문만 듣고 갈 것이 아니라 내가 직접 가서 그곳 형편을 알아봐야 겠다."

여름이 되자 빠홈은 차비를 하여 출발했다. 볼가강 하류의 도시 사마라까지 가기 위해서 그는 볼가강에서 배를 타고 얼마를 내려가 다시 그곳에서 천리 길을 걸어갔다. 간신히 목적지에 도착했다.

실제로 보니 모든 것이 여행객에게 들은 대로였다. 농부들은 제각기 일인당 10헥타르씩 땅을 분배받아 모두 풍족한 생활을 하고 있었다. 이주한 사람들은 누구나 조합에 가입할 수 있었다. 그뿐만 아니라 돈만 있으면 분배받은 땅 외에도 얼마든지 땅을 구입할 수 있었다. 좋은 땅도 헥타르당 3루블 정도면 살 수 있었다.

그곳의 사정을 알게 된 빠홈은 고향에 돌아가 모든 재산을 정리하기 시작했다. 그는 땅을 팔고 집도 가축도 팔았다. 조합도 탈퇴했다. 그리고 봄이 오기를 기다렸다가 가족과 함께 새로운 땅으로 향했다.

4

빠흠은 가족과 함께 새로운 땅에 도착하자 큰 마을로 갔다. 빠흠은 마을 어른들에게 식사를 대접하며 인사를 하고, 필요한 서류를 모두 준비해서 조합에 가입을 신청했다. 얼마 안 되어서 조합에 가입이 허락되었고 식구 다섯 명에 대한 땅으로 50헥타르를 분배받았다. 빠흠은 새로 집을 짓고 축사를 만들어 가축을 길렀다. 그가 소유한 땅은 그 전의 세 배가 되었고, 땅도 매우 비옥했다. 살림은 예전보다 열 배나 불어났다. 경작지는 충분했고 목초지도 아주 흡족했다. 얼마든지 가축을 기를 수가 있었다.

이주한 뒤 얼마동안은 여러 가지로 바쁘게 살며 가축이 늘어나는 재미에 생활은 만족스러웠다. 그러나 점점 이 땅도 좁게만 느껴졌다. 빠흠은 첫해에 땅에다가 밀을 심었다. 놀랄 정도로 대풍이었다. 그래서 더 많은 밀을 경작하고 싶었으나 더 심을 수 있는 땅이 부족했다. 밀을 심기에는 적당하지 않은 땅도 있었다. 밀을 심기 위해서는 땅에 퇴비나 비료를 주고 몇 년을 묵혀야 했기 때문에 그런 땅은 서로 사려고 경쟁이 심했다. 돈이 있는 사람은 직접 땅을 사들여 경작을 했으나 돈이 없는 사람은 돈을 내고 땅을 빌려서 농사를 지어야 했다.

빠흠은 더 많은 땅에다가 밀농사를 짓고 싶었다. 그래서 땅을 빌려서 더 많은 땅에 밀을 심었다. 또 풍년이었다. 그런데 빌려서 밀농사를 한 곳은 마을에서 16km나 떨어져 있어서 농작물을 운반하기가 불편했다. 하지만 근처에 사는 농부는 직접 땅을 사서 거기서 농사를 짓고 그곳의 별장에 곡식을 저장했다가 그 곡식을 팔았다.

'나도 저 농부처럼 직접 땅을 사서 별장을 지으면 일일이 곡식을 멀리까지 운반하지 않아도 될 텐데…….'

그래서 빠흠은 어떻게 해서라도 더 많은 땅을 사야 되겠다고 생각했다. 어느덧 3년의 세월이 흘렀다. 해마다 많은 땅을 빌려 밀농사를 했다. 매년 풍년이었다. 돈도 많이 모았고 이제는 무엇 하나 부족한 것이 없이 살게 되었다. 그러나 빠흠은 매년 남에게 땅을 빌리기 위해 여기저기 부탁을 하고 마음을 졸이는 것이 못마땅했다. 땅을 빌리지 못하면 한해 농사를 지을 수 없었다. 빠흠은 생각했다.

'내 땅만 있으면 누구에게도 아쉬운 소리 안 하고 이렇게 불안한 일을 반복하지 않아도 되는 것이 아닌가?'

그래서 빠흠은 영구히 자기 재산으로 할 수 있는 땅을 찾고 있었다. 그 결과 한 농부를 만났다. 그 농부는 500헥타르의 땅을 가지고 있었는데 빚으로 파산을 하여 땅을 아주 싼 값에 판다고 했다. 빠홈은 그 농부와 흥정을 했다. 여러 차례 절충한 결과 절반은 후불로 하고 1500루블에 매매하기로 이야기만 하고 헤어졌다.

빠홈은 계약을 마치기 위해서 땅값을 준비하고 있었는데 어느 날, 상인이 한 사람 찾아와 그와 함께 식사를 하게 되었다. 빠홈과 상인은 식사 후 차를 마시면서 여러 가지 이야기를 하였다. 상인은 그곳에서 멀리 떨어진 바쉬키르 지방에 살고 있으며 바쉬키르에서 5000헥타르의 땅을 겨우 1000루블에 샀다고 말했다. 빠홈은 자신이 사려고 하는 땅값의 10분의 1도 안 되는 가격으로 땅을 샀다는 것에 놀랐다.

"놀라실 것 없습니다. 그 지방 어른들의 비위만 잘 맞춰 주면 됩니다. 나는 그 땅을 사기 위해 1백 루블 정도의 옷과 차 한 상자를 선물하고, 술을 대접해서 1헥타르당 겨우 20코페이카에 살 수 있었습니다."

상인은 땅문서를 보여 주면서 계속 말했다.

"그곳은 하천을 끼고 있고 무성한 풀이 자라는 평원입니다."

빠홈은 더 상세히 말해 달라고 했다.

"그곳의 땅은 얼마나 광활한지 1년을 돌아다녀도 끝이 없을 정도이지요. 모두 바쉬키르 사람들이 소유하고 있는 땅입니다.

그들은 돼지처럼 게을러서 그 땅에 농사를 짓지 않으니까 그렇게 싼 값으로 살 수 있습니다."

"아, 그렇습니까?"

빠흠은 감탄을 했다.

"그렇다면 단 500헥타르의 땅을 구입하기 위해 빚을 지면서까지 1500루블을 지불할 필요는 없지. 바쉬키르로 가면 1000루블로 10배 이상의 땅을 살 수 있을 테니까."

5

빠흠은 그곳으로 가는 길을 자세히 물었다. 그리고 상인이 가고 난 뒤에 곧 떠날 차비를 했다. 집안일은 아내에게 맡기고 하인 한 사람만을 데리고 바쉬키르로 출발했다.

그들은 가는 길에 몇 가지 선물과 차 한 상자, 그리고 포도주 등 그 상인이 말한대로 물건을 준비했다. 일주일 동안 마차를 타고 목적지인 바쉬키르 지방에 도착했다. 모든 것이 상인이 말한 그대로였다. 그곳 주민들은 강가의 초원에 모피로 천막을 두른 수레를 세워놓고 거기서 생활하고 있었다. 그들은 스스로 땅을 경작하거나 빵을 먹지 않았다. 넓은 초원에는 소와 말들이 떼를 지어 풀을 뜯고 있었고, 그곳의 여인들은 말에서 젖을 짜서 술을 만들거나 치즈를 만들었다. 남자들은 술과 차를 마시며 양고기를 굽기도 하고 피리를 불기만 했다. 그들은 모두 건강하고 쾌활하였으나 여름 동안은 아무 일도 하지 않고 지냈다. 그들은 러시아 말을 전혀 하지 못했지만 매우 친절했다.

바쉬키르 주민들은 빠흠 일행을 발견하자 수레에서 나와 처음 보는 손님을 둘러쌌다. 그 중에서 러시아 말을 할 줄 아는 사람을 찾아 그에게 토지에 관한 일로 방문했다고 전했다. 바쉬키르 주민들은 매우 기뻐하며 빠흠을 껴안듯이 하여 제일 훌륭한 천막을 두른 수레로 안내하고 양탄자 위에 앉게 한 다음 그들도 빙 둘러앉아서 차를 권했다. 또 식사로 양고기 요리를 만들어 주었다. 빠흠은 준비한 선물을 마차에서 꺼내 나누어 주었다. 그들은 너무나 기뻐했다. 자기들끼리 열심히 떠들더니 러시아 말을 할 줄 아는 사람을 통해서 전했다.

"이 사람들이 전해 달라는 말은 당신이 마음에 든다는 것입니다. 그래서 우리들 풍습에 따라 선물에 대한 답례로 우리들이 갖고 있는 것 중에서 가장 좋은 것을 드리고 싶은데 당신의 뜻은 어떠한지 묻고 있습니다."

"아, 그렇습니까? 정말 고맙습니다. 제가 바라는 것은 여러분의 땅입니다. 우리가 사는 땅은 아주 좁을 뿐만 아니라 비옥하지 못한데, 여기는 땅도 광활할 뿐만 아니라 비옥합니다. 이처럼 아름다운 땅을 본 일이 없습니다."

통역을 맡은 사람은 이 말을 그들에게 전했다. 바쉬키르 사람들은 의논했다. 그리고 통역은 이렇게 말했다.

"당신의 친절에 보답하기 위해 필요한 만큼의 땅을 분배할 테니 말씀만 하시랍니다."

6

바쉬키르 사람들과 즐겁게 이야기하고 있는데 갑자기 여우 털모자를 쓴 건장한 사나이가 들어왔다. 모든 사람들이 일제히 일어섰다. 통역하는 사람이 말했다.

"촌장이십니다."

빠흠은 재빨리 제일 값비싼 옷을 꺼내어 촌장에게 드리고 준비해온 차 한 상자를 선물했다. 촌장은 선물을 받고 자리에 앉았다. 그러자 바쉬키르 주민들이 촌장에게 무엇이라고 말했다. 촌장은 그 말을 듣고 고개를 끄덕이더니 빠흠을 향해 러시아 말로 말했다.

"그래요. 아무 곳이나 마음에 드는 대로 가지십시오. 땅은 얼마든지 있습니다."

빠흠은 생각했다.

'이럴 수가! 갖고 싶은 대로 땅을 가질 수 있다니? 정말 감격할 일이다! 당장에 구체적인 계약으로 확정지어야겠어. 그렇지 않으면 얼마가지 않아 자기들 땅이라고 빼앗으려고 할 거야.'

이렇게 생각하고 빠흠은 말했다.

"정말 고마우신 말씀입니다. 말씀대로 여기는 좋은 땅이 얼마든지 있군요. 그러나 저는 많은 땅을 원하지 않습니다. 저에게 필요한 만큼만 가졌으면 합니다. 그 대신 내가 가진 땅의 분명한 경계가 있어야 한다고 생각합니다. 즉 내 소유라는 확실한 증명이 필요합니다. 이런 일을 소홀히 하면 나중에 세월이 흘러 당신들의 후손들이 다시 소유권을 주장하게 되면 어려운 문제가 생기기 때문입니다."

"당신 말이 옳소. 그러면 경계를 확실하게 정해 드리겠습니다."

그러자 빠흠은 다시 말했다.

"들은 바에 의하면 이곳에서 장사하는 상인 한 분이 있는 모양인데, 여러분들은 그 사람에게 땅을 팔고 땅문서를 써주셨습니다. 저에게도 그렇게 해 주시기 바랍니다."

촌장은 모든 것을 잘 이해해 주었다.

"그렇게 하지요. 그것은 어려운 문제가 아닙니다. 우리 마을에도 그런 일을 처리할 사람이 있으니 가서 서류를 작성해 드리겠습니다."

"그 전에 땅값을 얼마나 드려야 할까요?"

빠흠이 말을 꺼냈다.

"우리 마을에서는 가격이 동일합니다. 누구를 막론하고 하루에 1000루블을 받고 있습니다."

빠흠은 그 말을 이해하지 못하여 어리둥절한 표정을 짓고 있었다.

"'하루에'라는 것은 몇 헥타르나 됩니까?"

"아, 예. 우리들은 땅을 측량할 줄 모릅니다. 그래서 하루에 얼마라고 해서 땅을 팔고 있습니다. 즉 땅을 사고 싶은 사람이 하루 동안 걸어 다닌 만큼의 땅을 그 값에 파는 것입니다. 우리들은 그 값을 1000루블로 하고 있습니다."

빠흠은 놀라지 않을 수 없었다.

"정말 놀랍군요. 하루 종일 걸어 다닌 만큼이라면 아주 넓은 땅인데요."

그 말을 듣고 촌장은 웃으며 말했다.

"그렇습니다. 그 전부가 당신의 소유가 되는 것입니다. 그런데 조건이 하나 있습니다. 출발한 당일에 해가 떨어지기 전까지 출발점으로 되돌아오지 못하면 당신이 지불한 돈은 무효가 됩니다. 이 사실만은 잊지 마십시오.”

“알겠습니다. 그 점 명심하겠습니다. 그런데 제가 돌아다닌 땅이라는 것을 어떻게 표시하나요?”

“아무 곳이나 당신이 원하는 곳을 정하십시오. 우리들은 당신과 같이 그곳에 가서 거기에서 기다리겠습니다. 당신은 거기서 출발하여 한 바퀴 돌고 오십시오. 괭이 하나를 가지고 가서 알만한 곳에 표시로 구덩이를 파고 거기에 잔디라도 놓아두십시오. 나중에 나와 함께 돌아다니며 쟁기로 구덩이와 구덩이를 연결하면 될 것입니다. 어떤 식으로 돌아다녀도 관계없습니다. 다시 말씀드리지만 해가 지기 전에 반드시 돌아와야 합니다. 그렇게 표시를 해 둔 안쪽의 땅은 전부 당신의 땅이 되는 것입니다.”

빠흠은 매우 기뻤다. 다음날 해가 뜨기 전에 출발하기로 하고 여러 가지 이야기를 하면서 양고기도 먹고 술을 마시며 즐거운 시간을 보냈다. 이렇게 해서 날이 저물었다. 그곳에 모인 사람들은 빠흠에게 포근한 털 이불을 주고 모두 자신의 수레로 돌아갔다.

7

빠흠은 푹신한 털 이불에 누웠지만 좀처럼 잠을 이룰 수가 없었다. 어떻게 하면 더 크고 넓은 땅을 얻을 수 있을까 계속 생각했다.

'가능한 멀리 돌아와야지. 하루 종일 걷는다면 50킬로미터는 걸을 수 있겠지. 원을 그려서 50킬로미터면 꽤 넓은 땅이야. 그 중에 토질이 나쁜 곳은 팔든지 소작인에게 임대해 주고 좋은 곳에만 농사를 짓자. 쟁기를 끌 소 두 마리와 일꾼 두세 명만 고용해서 50헥타르 정도만 경작을 하고 나머지 땅에서는 가축을 길러야겠다.'

빠흠은 그날 밤을 뜬눈으로 보내면서 여러 가지를 생각하다가 새벽녘에야 잠이 들었다. 그는 꿈을 꾸고 있었다.

꿈속에서 그는 수레에서 자고 있었는데 천막 밖에서 누군가가 웃는 소리가 들렸다. 자리에서 일어나 밖을 내다보니 촌장이었다. 그는 배를 움켜잡고 큰 소리로 웃고 있었다. 빠흠은 이상해서 자세히 보니 그는 바쉬키르 촌장이 아니고 자기를 이곳에 소개해준 상인이었다. 그래서 그에게 말을 하려고 그를 다시 바라보니 그는 상인이 아니고 볼가강 하류에서 온 농부였다. 그런데 농부를 다시 살펴보니 뿔과 발톱을 가진 무서운 악마가 배를 움켜잡고 앞을 보며 웃고 있었다. 그 악마의 앞에는 맨발의 사나이가 쓰러져 있었다. 빠흠은 그 사나이의 정체를 알아보려고 했다. 정신을 가다듬고 자세히 살펴보니 그 사나이는 이미 죽어 있었고 그는 다름 아닌 자기 자신이었다. 빠흠은 무서움에 몸서리를 치다가 잠에서 깼다.

'아니, 꿈이잖아!'

열려 있는 문으로 밖을 내다보니 벌써 일어나야 할 시간이었다.

'모두를 깨워야 하겠다. 출발점으로 갈 시간이 되었다.'

빠흠은 자리에서 일어나 마차에서 자고 있는 일꾼을 깨워서 마차에 말을 매도록 한 다음 바쉬키르 사람들을 깨우러 갔다.

"시간이 되었습니다. 모두들 일어나십시오. 땅을 재어야지요."

바쉬키르 사람들이 일어나서 모여들었다. 조금 후에 촌장도 왔다. 바쉬키르 사람들은 우유를 마시며 그에게 차를 권했다. 그러나 그는 그렇게 한가하게 있을 수가 없었다.

"빨리 가야죠. 시간이 다 됐어요."

8

바쉬키르 사람들은 말이나 마차를 타고 출발했다. 빠흠은 일꾼과 함께 마차를 타고 출발했다. 초원에 도착하자 날이 밝았다. 한 언덕에 이르러 한 곳에 모였다. 촌장이 다가와 손으로 한 곳을 가리켰다.

"이 일대는 모두 우리들의 땅입니다. 그러므로 마음대로 좋은 곳을 택하십시오."

빠흠의 눈은 빛나고 가슴이 뛰었다. 땅은 전부 초원이었고, 손바닥처럼 평평하고 거무스레하게 보였다. 그리고 약간 패인 곳에는 여러 가지 잡초가 나무처럼 높이 자라나 있었다. 촌장은 여우 털모자를 벗어 땅에 놓고 말했다.

"이것을 출발 표식으로 합시다. 여기서 출발하십시오. 그리고 이곳으로 돌아오십시오. 그만큼이 당신의 땅입니다."

빠흠은 떠날 준비를 마치고 하늘을 쳐다보며 몸을 풀면서 해가 솟아오르기를 기다렸다.

'절대로 시간을 낭비하면 안 되지. 덥지 않은 아침에 많이 걸어야겠다.'

해가 뜨자 빠흠은 괭이를 들고 언덕을 내려갔다. 그는 너무 빠르지도 그렇다고 너무 느리지도 않은 걸음으로 앞으로 나아갔다. 4킬로미터쯤 가서 구덩이를 파고 잔디를 떠서 올려놓았다. 그의 걸음은 점차 빨라져 갔다. 빠흠은 뒤를 돌아보았다. 출발지점은 해가 내리쬐여 손에 잡힐 듯 잘 보였다. 한참 동안 걸어왔는데 6킬로미터는 온 것 같았다. 차츰 더워져서 옷을 벗어 들고 앞으로 나아갔다. 해의 위치를 보니 아침식사 시간이 된 것 같았다.

"벌써 하루의 4분이 1이 지났다. 하지만 오던 길을 되돌아가기에는 아직 이르지."

그는 신발에 땀이 차서 신을 벗고 걷기 시작했다.

"훨씬 편한데. 앞으로 4킬로미터 정도 가다가 왼쪽으로 방향을 바꿔야겠다. 땅이 너무 좋아서 그냥 두고 가기는 아쉬운데. 앞으로 갈수록 땅이 좋은 것 같아."

그는 자꾸만 앞으로 나아가고 있었다. 뒤를 돌아보자 출발점인 언덕이 보일 듯 말 듯 희미하였다.

"이제는 왼쪽으로 가야지. 목도 타는군."

빠흠은 그곳에 큰 구덩이를 만들고 잔디를 넣고 물통을 열어 물을 마시고는 왼쪽으로 향했다. 그곳은 잡초가 무성하고 덥기도 해서 앞으로 나가기가 매우 힘들었다. 빠흠은 온몸에 기운이 빠지고 조금씩 피로해졌다. 해는 높이 떠서 정오쯤이 되었다.

'여기에서 쉬어가지 않으면 안 되겠다.'

빠흠은 잠시 쉬면서 빵과 물을 먹었다. 그는 다시 걷기 시작했다. 빵을 먹었기 때문에 힘도 솟았다. 조금은 편해졌다. 그러나 햇살이 무섭게 내리쪼여 더위와 함께 졸음이 왔다. 그래도 걸음을 멈출 수는 없었다. 잠시 동안의 인내가 평생의 행복을 약속한다고 생각했다.

빠흠은 계속 걸었다. 한참을 걷다가 다시 왼쪽으로 방향을 바꾸려고 했는데 앞을 바라보니 습지가 있었다. 버리기에는 너무나 아까운 땅이었다. 그래서 그 습지까지 전진한 다음에야 구덩이를 파서 표시를 하고 왼쪽으로 걸었다.

빠흠은 출발한 언덕 쪽을 보았으나 따가운 햇살이 어른거릴 뿐 아무것도 보이지 않았다. 빠흠은 그때서야 생각했다.

'내가 너무 욕심을 부렸군. 이번에는 조금만 가다가 방향을 바꿔야겠어.'

그는 걸음을 재촉했다. 그래도 겨우 2킬로미터밖에 나가지 못했다. 그곳에서 출발점까지는 12킬로미터를 걸어가야만 했다.

'큰일 났군. 반듯하고 네모난 땅이 아니라도 할 수 없어. 곧바로 출발점으로 돌아가야겠어.'

이렇게 생각한 빠흠은 그곳에 구덩이를 파서 표식을 하고 곧바로 출발점으로 향했다.

9

빠흠은 지칠 대로 지치고 몹시 피로했다. 전신은 땀에 젖었고, 맨발은 상처투성이고, 다리 힘이 빠져 제대로 걸을 수가 없었다. 이러다가는 해가 떨어지기 전에 출발점에 도착하기 힘들겠다고 생각했다. 그러나 해는 기다려주지 않고 빠르게 기울어지고 있었다.

'정말 야단났는데. 내가 너무 욕심을 냈나 보다. 시간 안에 못 가면 빈털터리가 되는데.'

빠흠은 걸음을 재촉했다. 출발점까지는 아직 먼데 해는 벌써 지평선 위에 있었다. 그는 뛰기 시작했다. 몸에 붙어 있는 거추장스러운 것은 모두 벗어던지고 괭이만을 들고 뛰었다.

'아! 너무 욕심을 부렸어. 쓸데없는 욕심 때문에 본전도 잃게 된 거야. 아무리 애써도 해지기 전에 돌아갈 수 없겠어.'

또 뛰었다. 숨이 막혀 왔다. 심장은 마구 뛰었다. 그러나 멈출 수 없었다.

'여기에서 모든 것을 포기할 수는 없어.'

빠흠은 계속 뛰었다. 갑자기 사람들 소리가 들렸다. 출발점이 가까워진 것이다. 언덕 위에서 함성이 들려 왔다. 그 함성을 듣자 빠흠의 심장은 더욱 심하게 뛰었다. 빠흠은 있는 힘을

다해 뛰었다. 해는 이제 지평선 위에 얹혀 있었다. 동시에 출발점에도 거의 가까워졌다. 언덕 위에서 함성을 지르는 사람들이 보였다. 땅바닥에 놓인 촌장의 털모자도 보였다. 그리고 촌장은 두 손으로 배를 움켜잡고 있었다. 그때 오늘 아침의 꿈이 생각났다.

'아, 힘들어 죽겠구나. 땅을 충분히 차지하더라도 그 땅에 살 수 있을지는 모르겠어. 아! 이제는 틀렸어.'

빠흠은 석양을 쳐다보았다. 해는 지면으로 숨고 있었다. 빠흠은 최후의 힘을 쏟아 넘어질 듯 앞으로 달려갔다. 그러다가 해가 지면으로 완전히 가라앉았다. 빠흠은 깜짝 놀랐다.

'아! 이 고생도 모두 허사로구나.'

그는 뛰는 것을 그만두려고 했으나 바쉬키르 사람들의 함성이 들려왔다.

'그렇지! 나는 언덕 아래 있기 때문에 해가 떨어진 것으로 보이지만 언덕 위에는 아직 해가 있을 지도 모른다.'

빠흠은 용기를 내어 언덕 위로 뛰어 올라갔다. 언덕 위에서는 아직 해가 보였다. 털모자가 바로 눈앞에 보였다. 촌장은 그 옆에서 까마귀 우는 소리로 불길하게 웃고 있었다. 새벽에 꾸었던 꿈이 다시 생각났다. 빠흠은 더 이상 움직일 수가 없어서 앞으로 쓰러졌다. 그리고 쓰러지면서 출발점의 털모자에 손이 닿았다.

"아! 대단하군. 참으로 훌륭하다. 진짜 좋은 땅을 얻었구려."

촌장이 소리쳤다. 빠흠의 일꾼이 달려가 주인을 일으키려고 했다. 그러나 그의 입에서는 피가 흐르고 있었다. 이미 죽은 것이다. 바쉬키르 사람들은 매우 어색해했다. 빠흠의 일꾼은 주인이 가진 괭이를 가지고 빠흠을 위해 그가 누울 수 있는 2미터의 구덩이를 팠다. 그리고 그곳에 주인을 묻었다.

The End

톨스토이 대표단편선

-Lev Nikolaevich Tolstoi